有爱的青春陪伴者

在你生命中的那一天

（下）

盈风 著

浙江工商大學出版社
ZHEJIANG GONGSHANG UNIVERSITY PRESS
·杭州·

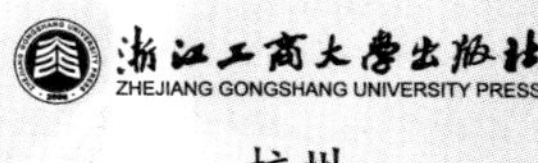

图书在版编目（CIP）数据

在你生命中的那一天：上、下册 / 盈风著. —杭州：浙江工商大学出版社, 2022.5
ISBN 978-7-5178-4781-6

Ⅰ. ①在… Ⅱ. ①盈… Ⅲ. ①长篇小说－中国－当代 Ⅳ. ①I247.5

中国版本图书馆CIP数据核字(2021)第280281号

在你生命中的那一天（上、下册）
ZAI NI SHENGMING ZHONG DE NA YI TIAN（SHANG、XIA CE）
盈 风 著

出 品 人　林连连　鲍观明
策划编辑　郑　建
责任编辑　徐　凌
责任校对　黄拉拉
策　　划　王睿婧
特约编辑　雪　人　廖唯佳
装帧设计　刘　艳
内页设计　孙欣瑞
责任印制　包建辉
营销支持　得满文化
出版发行　浙江工商大学出版社
（杭州市教工路198号　邮政编码310012）
（E-mail：zjgsupress@163.com）
（网址：http://www.zjgsupress.com）
电话：0571-88904980，88831806（传真）
排　　版　长沙大鱼文化传媒有限公司
印　　刷　长沙鸿发印务实业有限公司（长沙黄花工业园三号 邮编410137）
开　　本　880mm×1230mm　1/32
印　　张　16
字　　数　508千
版 印 次　2022年5月第1版　2022年5月第1次印刷
书　　号　ISBN 978-7-5178-4781-6
定　　价　62.80元（全2册）

Chapter 07

假如能回到过去，请你不要让她嫁给别人 

1

林巧南回到家放下行李后，做的第一件事就是到林振华的房间翻书橱和抽屉。

她记得父亲以前上班时经常随身携带笔记本或工作手册做记录，说不定在1997年的那个本子上出现过冷子荣的名字，只是当初谁都不知道命运在二十年后安排了一场殊途同归。

家里没有林巧南要找的东西，她猜想也许父亲在退休时将所有的工作记录都上交给派出所归档了。她不知道有没有这项规定，反正家里找不到线索。

她将相册放回抽屉，关上之前又犹豫了，重新拿出来翻到冷子荣和林振华的合影。她想了想，从相片袋抽出了这一张，拿回自己的房间夹进速写本里。

冷岳阳没有找到这张合影。换言之，这有可能是他们之间唯一一张。林巧南迟疑不决，虽说现在翻拍的技术越来越先进，他们再复制一张照片并不难，但这张“原版”因为其唯一性就显得弥足珍贵，她是否应该把照片给冷岳阳？合影上虽然有林振华，然而主角明显是头缠绷带的冷子荣。冷岳阳没直接索要照片的所有权，只说可能是在搬家的时候遗失了。不过看他眼神里的渴望，她也不能假装不懂。

她从小要求自己不能让家人失望，近乎强迫症一样。冷岳阳拿着林振华的手机，又有“超感”护持，在她心里的定位差不多接近“家人”。如此一来，她总觉得要是不给他照片，就有一种对不起他的负疚感。

给他吧，就当是最后的礼物。

林巧南做了决定，心情舒畅了不少。她走出房间来到客厅，江睦远端着煮好的面条走出来，招呼她赶紧吃饭。

眼前这个人才是她要托付终身的人，就算这年头结婚也不代表一辈子，但是在还没踏进婚姻之前就心猿意马，那就是她的不对了！林巧南一边吸溜着面条，一边进行自我批评。

等她一声不吭地喝完面汤，江睦远忍不住笑道："看来你真的很饿。"

"因为很好吃啊。"她大方地送上赞美。已婚的同事传授过经验，要让男人心甘情愿承包做饭这种事，女人一定要在适当的时候给予鼓励。尽管只是一碗面，那也是心意啊！

江睦远确确实实感觉到林巧南的状态好转了。在悲剧发生的最初一段日子，精神恍惚是她的常态，就连吃饭也仅仅成了填饱肚子的机械运动，更不用说得到她的一句称赞了。

"下次旅行，我一定陪你去。"他举起手信誓旦旦，"再临时有工作，我就辞职不干了。"

她看着他，清秀的面庞慢慢浮现出微笑："下一次旅行你当然不能缺席，你见过谁的蜜月旅行没有新郎吗？"

她再度提醒了江睦远，结婚并非开玩笑，而是即将来到面前的"未来"。

"嗯，在那之前，我会给你一个盛大的婚礼。"这应该是所有女人的梦想吧，华美的婚纱、隆重的仪式，在众人艳羡的目光中成为当天最美的主角。

林巧南若无其事地站起来收拾碗筷："我只有一个要求，仪式从简。"她还是要穿着婚纱嫁出去，完成父亲未了的心愿；至于其他仪式，孑然一身的自己根本不需要。

江睦远看穿了她的顾虑，昨晚他就亲历了一场婚礼，知道仪式的某些部分会让她想起已经不在人世的家人。

他按住林巧南的手，庄重地承诺："小南，我们会幸福的！"说着，他将她拥入怀抱。

接下来的一个月，他们要拍婚纱照、订婚宴、选婚纱、制订蜜月行程……所有原本在明年的计划全部提前到了下个月，时间紧迫，林巧南在脑海里打开了备忘录，将要完成的事一一列出。

在所有待完成的事项里，答应冷岳阳的那件事排在了最前面。

她必须心无杂念地嫁给江睦远。

而那个男人，在她的有生之年，她都会将他牢牢封锁在记忆深处。

国庆长假最后一天，林巧南带着冷岳阳一同去拜访林振华的同事方志平。这位方叔叔和林振华共事了二十多年，又一同光荣退休，可以说交情非常深厚。

她不想去派出所打扰父亲的同事，一来现在所里年轻人居多，二十年前的往事他们未必知情；二来则是为了避嫌，她的父亲这辈子没做过以权谋私的事，她不能坏了规矩，即使只是麻烦别人帮忙查一下二十年前为何要表彰冷子荣。

方志平还住在原来的地方。他家所在的里弄属于历史保护性建筑，拆迁是指望不上了。不过在改善旧居的政策下，老房子的内部都经过了改造，确保各家都有独立的卫浴，他和爱人也不想再换房了。

他们膝下无子，刚退休的时候两口子还跟着林振华一块儿旅行过。可惜后来他爱人身体不好，方志平不得不留在家照顾她，只能逢年过节和林振华互相串个门做客。谁知春节一别，再相逢竟是林振华的葬礼，那天方志平拉着林巧南的手不停地掉眼泪。

冷岳阳小时候也住过这种石库门的老房子，走在狭窄的弄堂里，看着两侧青灰色的砖墙，他又想起了不愉快的童年。

“我们以前住在附近，和我爷爷奶奶住一起。”他嘴角勾起迷人的弧度，眼神却是冷冰冰的，“我妈妈走了以后，弄堂里的其他小孩都说她跟野男人跑了，嘲笑我爸是个没用的人。”

“小孩子的单纯有时候很残忍，他们不知道大人会隐瞒真实的想法，或者只在背后才说别人坏话。”对于过去发生的事，林巧南没办法让他不要介意，往日的伤痕会一直留在那里，那些说伤口总有一天会痊愈的人，又有几个真正经历过刻骨铭心的伤害呢?

冷岳阳望着上空密密麻麻的电线，错综复杂，就像人心。他叹了口气，说道：“我现在难过的是，那时候我也这么想。”

她笑了笑，知道此刻的他不需要任何安慰。唯一能原谅他的人已经不在了，所以就让他自我谴责吧。只有不断地忏悔，才可能在未来的某一天与自己达成和解。

方志平家的门牌号是 99 号，他早就站在门外等着他俩。

看到他们走过来，方志平抬起手挥了挥，大声叫道：“小南，这里。”

林巧南也举起手挥舞了两下。

“方叔叔，你好啊！”她大声喊回去。

冷岳阳忍俊不禁，在他笑出来的刹那间，伤感从他身上迅速撤退，那些冰冷锐利的尖刺都消失了。

“你们以为这是在拍戏吗？”

“如果还有机会能哄我爸开心，让我做比这更傻的事情也没关系。”她轻声回答他，然后快步向方志平走去。

冷岳阳愣了愣，心里五味杂陈。是啊，那么重的悲伤怎么可能轻易放下，她只不过强迫自己将来要像个成熟的成年人一样去克制感情。

想到这里，冷岳阳快步追了上去，紧紧跟在她身后，探身向前想要抓住她的手，想对她说“不如我们试试在一起”。

他还来不及付诸行动，方志平笑呵呵的声音又传来了：“小南，你换男朋友了啊？”

“哪有的事，我和小江准备结婚了。”林巧南大惊小怪地叫起来，“这一位只是我的朋友，有些事想请教方叔叔，才带他一起来的。”

冷岳阳尴尬地缩回半个身体，满腔热情被兜头浇了一盆冰水，更令他不敢相信的是自己竟然会因为林巧南结婚的决定而心痛不已。他刚萌芽的想法明明是“试试在一起”而已，怎么却好像是被爱了很多年的女人抛弃那样难受？

喂，冷岳阳，你够了！你交往的女朋友有哪个超过三个月的，好意思说“爱了很多年”吗？他对自己的心理状态嗤之以鼻，站在她背后低着头调整情绪，直到确信不会露出一丝破绽才抬起头，展开礼貌的微笑：“方叔叔，您好！”

方志平在基层第一线做了几十年民警，什么人没见过。冷岳阳不自然的反应能瞒过林巧南，但是骗不了他的双眼。他看了看冷岳阳，再看看林巧南，在心里叹了口气。

方志平将两人带进里屋。他的住所在石库门房子的结构图里被称为“客堂间”，古时是主人用来招待、宴请宾客的地方。这个客堂间被一分为二，后面是卧室，前面连着天井的部分则被当作客厅。

林巧南翻开速写本拿出冷子荣和林振华的合影，毕恭毕敬地将其推到方志平面前：“方叔叔，这一位呢，其实是我朋友的爸爸。”她的手指了指旁边的冷岳阳，“他想知道当时他的爸爸做了什么见义勇为的好事？”

方志平拿起照片，乍然再见老友壮年时的飒爽英姿偏又同时想起对方已不再人世，他不禁热泪盈眶。照片下方显示的日期将他带回1997年，他想起了当时的事，用手背擦了擦眼角，清清喉咙说道：“1997年3月至4月中旬，上海发生过‘敲头案’，你们知道吧？”

1997年，他们才七岁，童年的部分记忆模糊不清。不过拜互联网所赐，他们自然查到了二十年前这起轰动全市的大案。当时一个外地来沪的无业人员专门在月黑风高之夜尾随走夜路的单身女性，用榔头敲击被害人头部并实施抢劫，造成了2死12伤的严重后果。

“方叔叔，您的意思不会是我爸参与了抓捕行动吧？”冷岳阳提出了质疑，这也是他和林巧南觉得“不可能”的依据，“我看过报道，案发地主要是在杨浦和宝山区，我爸的单位和我家都不在那一片。”

“冷师傅那时候是我和老林辖区联防队的志愿者。敲头案发生的那一个月，全上海人心惶惶，不用我们动员，你爸就主动去联防队帮忙了，天天晚上帮着巡逻。”二十年前，方志平也正当壮年，回想起那段峥嵘岁月，他的神情激动无比，“我们那时最怕出现模仿犯，结果怕什么还就真来什么。4 月 13 日晚上，我记得很清楚，两天后那个姓魏的凶手就落网了。”

他的茶盏空了，冷岳阳赶紧端起茶壶为他满上。

方志平给了冷岳阳一个赞赏的眼神，接着说：“那天晚上，老林和冷师傅一起巡逻，刚听到有人喊‘救命’，就瞧见一个黑影从巷子里蹿出来，他俩马上冲上去抓捕。小伙子啊，你爸头上挨了那一榔头后，差点就没命了。”

往事说起来云淡风轻，然则两人是看着香港黑帮片长大的一代人，自行脑补出一幕幕惊心动魄的影像。这时，只听得方志平又补充了一句：“老林一直说冷师傅是他的救命恩人，嫌疑人本来是要砸他头上的。”

林巧南的手微微一颤，茶盏里的水洒了出来。原来，他们的神秘联系在二十年前就被命运写下了伏笔。

冷岳阳半转头，看着她不小心洒了水，他知道她在想什么，也知道她在恐惧什么。

“小伙子，你爸爸还好吧？他后来调动工作去了外地，你爷爷奶奶也带着你搬走了，老林一直很挂念他。”方志平总觉得有些不对劲，终于忍不住提出疑问，倘若不是冷子荣出了事，他们何必要向他求证。可是他不敢问得太细，人一旦上了年纪，无所顾忌的事情里不包括别人的生死。

冷岳阳端起茶盏一口气喝完杯中苦涩的茶水，他深吸了一口气，用克制的语气一字一句道：“我爸爸因为意外过世了，就在今年的 8 月 15 日。”

他们听到了方志平的失声惊呼，二十年前因缘际会的两个人在同一天离开人世，任何人都会觉得这是个可怕的巧合。

天意和巧合，本来就是一体的。

从方志平家出来，冷岳阳和林巧南一前一后走向地铁站，一时找不到话题打破僵局。

刚过去的一小时里，意外一个接一个，令人措手不及。先是两个年轻人知晓了二十年前冷子荣救过林振华一命的往事，接着方志平得知冷子荣竟与他的好兄弟在同一天过世，最后一个意外则是他告诉林巧南的：“你爸爸带你去看望过冷师傅，你不记得了？”

“有这回事吗？”林巧南像是自言自语，又好像在向旁人求证。她的眉头皱成了纠结的“川”字，可以想象要找回这一段记忆的难度相当大。

她拿起两位父亲的合影再一次辨认，小学那几年是她最痛苦的一段回忆，她一直刻意回避它的存在，怪不得怎么努力都想不起来七岁时有没有见过与照片相像的男子。

林巧南摇了摇头，挫败地认输：“我想不起来，我爸带我去的那天，方叔叔你在场吗？”

“拍照那天我在，还是我给他俩拍的。”方志平陷入回忆，二十年前的他们，多年轻啊！“老林只说要带你去见见他的救命恩人，最后去没去，我就不清楚了。”

冷岳阳从她手里接过照片，冷子荣那年四十岁不到，比现在瘦了一圈半，他差点没认出来。他在记忆长河里逆流而上，搜寻着二十年前掉落在河底的宝石——那一段父亲从未提及的英勇事迹，一定闪耀过光芒。

照片显示的日期是1997年4月19日，在警方破获“敲头案”的四天后。那时冷子荣应该度过了危险期，所以林振华代表派出所到医院给他送了锦旗。他想起来父亲去外地工作之前，确实有过一段几天不见人影的日子，他问过爷爷奶奶，他们给他的答案是“加班”。

冷子荣之后去外地工作了一年，以此为交换挤上了单位福利分房的末班车，分到了一套两室一厅的房子。冷岳阳跟着爷爷奶奶先搬进了新房，他后来没回过老房子，估计父亲也没回去过，所以和林振华失去了联系。

由此可知，所谓的“救命之恩”在冷子荣眼里根本就是小事一桩。父亲身上的洒脱、豪爽和气度，他从不知道。

“小南啊，你得把头发留长一点，做新娘子才好看。”方志平盯着林巧南的短发造型看了半天，突然扯开了话题。

两个年轻人同时愣了愣，下意识地将目光转向旁边的人，视线在空中乍然相遇，碰撞出灿烂的火花。林巧南像是被烫着了，眸子里闪过一丝慌乱，急急避开：“我剪短发已经二十多年了，现在连马尾都不会梳，留长发不是给自己找麻烦吗？”她挥挥手，强行终结与“结婚”有关的话题。

“方叔叔，我还有事要先走一步。你告诉我的这些事，对我非常非常重要，谢谢。”冷岳阳瞅准时机提出告辞，从方志平这里得不到更多信息了，要想打开封存在记忆深处的往事，只能靠他自己。

他先走了，让她稍稍松了口气。

林巧南不想和冷岳阳一起离开，免得方志平产生误解。她做到了答应冷岳阳的事，帮他揭开了照片的谜底，可以问心无愧地说“再见”了。不，还有一件事没完成，最后的礼物仍在她手上。

林巧南和方志平又说了几句家常话，然后告辞出门。她心想走快一点兴许能追上冷岳阳，刚拐了个弯，就一眼看到他靠着青灰色的砖墙仰望天空，神情忧郁。

“你怎么没走？”她脱口而出，接着暗骂自己明知故问。他站在这里不是等她，难道还是在思考人生不成？

冷岳阳不像平时那般开启冷嘲热讽模式，他若有所思地看着她，淡然地回了一句：“我在等你。”

心跳悄然加快，林巧南看到他眼睛里的火焰，艳丽地、奔放地、孤独地燃烧着，她深吸一口气，理智被焚成了灰，变成一只只灰色的蝴蝶，在她的胃里不断扑腾。

“走吧，我送你去地铁站。”说完，他先迈开步子。

她跟他隔开一步之远。他走得慢，她的速度也不快，似乎两人都有意拖延回家的时间。可是终点就在那里，她把照片交给他之后，就没必要再见面了。

对了，还有父亲的手机。她会告诉他，叫个快递到付吧。

“冷岳阳，这张合影，送给你留作纪念。”她走上前，将照片递给他。

冷岳阳伸出手去接，却不是拿照片，而是抓住了她的手：“二十年前，你的头发是不是比现在还要短？”

“嗯，我想安慰我妈妈，所以剪了一个寸头。”她的眼里闪过疑惑，捏着照片的手成功摆脱了他。

“哼，林巧南，林巧南。”他的语气和笑容满满皆是感慨，“我说过在哪里听到过你的名字吧？”

他在知道她的名字是哪三个字之后曾经对她说“好像在哪里听到过同样的名字”，林巧南默然不语，答案呼之欲出，只不过她还没想好怎么面对。

“二十年前，在我爸的病房里，我见过你爸爸，也见过你。”冷岳阳根本不给她喘息的机会，步步紧逼，“那天我爸出院，下课后爷爷带我去医院接他，所以我没见过他这样的形象。”他指了指合影中头缠绷带的冷子荣，“我们正要走的时候，一个叔叔带着个和我差不多大的小孩来了，我以为是个小男生。”七岁的冷岳阳，区别男生和女生主要依据头发的长短。谁知她偏偏剪了个寸头，比大多数男生的头发更短。

林巧南的思绪跟着他的声音穿过岁月的迷雾回到二十年前，没错，她叫过一个男人“冷叔叔”。

林巧南的表情出卖了她，他知道她想起来了。

那天，她的父亲对“冷叔叔”还有他的家人这样介绍她：“这是我家孩子，林巧南，南方的南。”

林振华没有明说她的性别，可谓用心良苦。那时他的儿子发生意外仅仅半年，那时他的女儿一心想变成男孩代替自己的哥哥，他含糊其辞是不想让敏感的她更难过。

“我儿子，冷岳阳，岳阳楼那两个字。”被她称呼为“冷叔叔”的男人拉过一脸不情愿的男生，她不知道“岳阳楼”在哪里，只是觉得这个男生比班上所有男同学都好看。

1997 年 4 月 23 日，他们相遇在二十年前。

2

“那又怎样？”林巧南故作镇定，用挑衅的语气反问，“就算我们在二十年前见过面，又能怎样？”

冷岳阳一眨不眨地盯着她看了很久，眼神越来越危险，闪烁着足以致命的诱惑。仿佛二十年那么漫长的凝视在她快要缴械投降前结束了，她刚想喘口气，他又开口说话了，声音如蜜糖，沾了剧毒的蜜糖。

“你不觉得，这就是命运的安排吗？”

“见鬼的命运安排！”林巧南又一次在他面前说了脏话，脸涨得通红。不给他回应的时间，她快速转身冲向地铁进站口，刚迈出两步，肩膀被他的手按住了。

“我还有话要说。”冷岳阳的声音低沉有力，不容她抗拒。

林巧南镇定地回过身：“我也有话要说，你先听我说完。”

他有强烈的预感，一旦让她先说完，自己想说的话就再也没机会说出口了。尽管如此，他依然放开了她的肩膀，做了一个手势示意她先说。

林巧南深深叹了口气，这些话在心里藏了很久，她从没想过某一天真的要把它们说出来。

“我和你很像，这场悲剧彻底击垮了我们。你知道吗？我每天要对自己说很多遍‘加油’，才有勇气走出去面对这个随时可能发生意外的世界。

“当我遇见你之后，我觉得自己终于可以喘口气了。不用假装没事，不用假装坚强，就算用很丧的心态面对你也没关系，因为你也一样。

“如果明天是世界末日就好了，我们可以很丧地一起迎接最后一天。可是现在我们都还活着，我就不能再见你。只要见到你，我总是会想起爸爸被推出手术室的样子。”

她镇定地说了一大段话，唯独最后一句，声音忽然颤抖。

他可以理解为那是谎言所致，她言不由衷、问心有愧，然而理智却自觉地站到了她一边，他明白她说的是事实。

“江睦远就能让你走出来吗？”他尽量克制情绪，免得语气里带上酸溜溜的醋意。

“我下个月结婚。我喜欢江睦远，我爸对他也很满意。”她没有正面答复，但是给出的答案更令他不好过。

冷岳阳差点要质问林巧南，结婚究竟是为了让自己幸福还是让老爸满意？但在说出口之前他硬生生地吞了回去。不能诋毁她的父亲，这是她的原则。再说，自己不是也曾经幻想只要冷子荣能活过来，立刻娶吴韵诗也没问题吗？在这一点上，他们倒是该死地保持了“一致”。

他朝她伸出手，冷冷地说：“照片。”

她的手递了出去，同时低下了头，不想让他发现心虚的蛛丝马迹。

照片上，林振华和冷子荣笑容灿烂。他们正处在人生的壮年期，无法预知未来已开始了二十年的倒计时。

冷岳阳捏住了照片一角，两人的视线聚焦在自己父亲脸上，遗憾、难过、悲痛齐齐涌上心头。这一瞬间，他们处于现实中，又仿佛置身于超感，虚幻与真实的界限消弭了。

林巧南率先放手，她微微摇了摇头，转身走向进站口。

她没说“再见”。

她已无话可说。

江睦远将两人准备结婚的消息传达给父母之后，一场坚持和妥协的战役不可避免地打响了，又是以熟悉的小南国包房为背景。

林巧南踏进包房之前，自然而然回想起上一次在这里发生的事。那次由冷岳阳替她表达了抗议，从今天开始，他再不会来帮忙了。

她做了一个深呼吸，喘气的声音被江睦远听到了。他飞快地转过头看了她一眼，调侃道：“很紧张吗？”

“有一点。”她坦率地承认，“还有些尴尬，之前我可是义正词严地拒绝了。”

“不用担心，要是遇上无理取闹的事，你就像上上次那样‘打败’他们就行了。”他耸耸肩，说得异常轻松。

林巧南勉强笑了笑，心想上上次拍桌子的那个人根本不是自己，他明显过于乐观了。

服务员已经推开包房的门，既然不能临阵退缩当逃兵，她只好硬着头皮上了。

谈话出乎林巧南的意料，非常顺利。许是江睦远预先做通了思想工作，对于改变不了的事情，江氏夫妻俩唯有接受，他们对这桩婚事具体如何操办基本没有异议，江学勤只提出了两个条件，其一是领证及婚礼的日子务必在林振华百日之内，另一个则是借婚礼之机将江睦远正式介绍给他的商业伙伴，希望他俩能够配合。

“我没问题。”江睦远率先表态。

林巧南有些吃惊，从来没有迹象表明江睦远对自己父亲的生意产生了兴趣。她的视线从他脸上掠过，不动声色地回答：“我也没问题。”

“好，你们先定日子，酒席的场地我们来找。”蒋秀英揽下了最困难的一件事，高档酒店的婚宴至少提前半年预订，像他们这样一个月内的“急单”，肯定要调用所有的人脉和资源才有可能搞定。

话音刚落，林巧南马上表示了感谢：“谢谢阿姨，麻烦你和叔叔了。”

“小南，马上就是一家人了，不要把自己当外人。爸爸、妈妈辛苦了一辈子，来来去去还不是想让你们过得轻松一点。”蒋秀英仿佛有感而发，说着说着竟抹起了眼泪。

林巧南不知所措，她觉得自己也许该走上前给江睦远的母亲一个拥抱，但她们之间的感情和关系似乎都没到如此亲密的程度。

正当她左右为难之际，江学勤不悦的斥责声响彻包房：“好了，赶紧擦了眼泪，丢人现眼！”

林巧南愣了，以前她只觉得江学勤有些大男子主义，并且因为掌握了家里的财政大权显得不可一世，想不到他对另一半的态度会那么差，根本不考虑在外人面前维持妻子的尊严。在外面尚且如此，可想而知回到家里会是怎样的情形……她一下子打起了退堂鼓，老爸要是知道未来的亲家私底下是这般德行，恐怕也会同意她再仔细想想要不要结婚。

她下意识地看了一眼江睦远，身边的男人面无表情，似乎对眼前发生的事见怪不怪。不过紧紧抓着毛巾的手出卖了他真实的情绪，他正在为母亲受到的羞辱感到愤怒。

林巧南伸手盖在江睦远的手上，虽说她同样不满江学勤的态度，但吵架并非解决此事的途径。她慢慢感到掌心下方的手舒展开来，他甚至一翻手，和她掌心相抵。

“是我不好，看到你们终于要结婚了，心里太激动。”蒋秀英瞧见了林巧南安抚江睦远的动作，她一边急忙打起了圆场，一边伸手拿纸巾拭泪。

林巧南左看右看，貌似自己最适合回应，性格温柔乖巧、善解人意的“她”于是主动跳了出来，说道：“谢谢阿姨，为我们费心了。”

幸好服务员推开门端上了热菜，把这一页彻底翻了过去。林巧南能感觉到，江睦远如释重负般地叹了口气。

会谈顺利圆满结束，两人回家后带着波波下楼在小区里溜达，江睦远突然又提到了包房内发生的不快。

“对不起，我代老爸道歉。最近上市的事好像遇到了一些问题，他心情不好。”

心情不好也不能把家人当作出气筒呀！林巧南默默吐槽。无奈她的原生家庭也并非完美的样本，在林健辉的悲剧面前，林振华和李裕芬都表现得十分自私，没有同其他家庭成员好好沟通过如何正确面对不幸。

她既不能指责江学勤，又不能一句话也不说，只好假装关心地询问：“呃，上市遇到什么问题呀？很严重吗？”

江睦远耸了耸肩：“我没关心过。你放心，我虽然答应见见老爸的合作伙伴，但没有接手的想法。”

以他父亲的强硬做派，只怕到时候由不得江睦远任性拒绝。林巧南笑了笑，柔顺地应道：“你也放心，不管做什么决定，我都支持你。”

倘若他最终决定继承家业，她也拿不出可以阻挠的理由，索性说些无关痛痒的漂亮话，还显得自己深明大义。

除了冷岳阳，这个世界上的其他人都需要她戴上面具应对。

长假过后重回办公室，大家一边津津有味地分食林巧南从福建带回来的鱼片干，一边夸她气色有了很大改善。

张峰最后一个走进办公室，林巧南一见到他的身影，立即抱着茶叶罐和一包干贝迎了上去：“Calvin，这是给你的手信。”

“恢复得怎么样？”他笑呵呵地接过，朝她的脸打量了几眼说出感想，“状态不错，比长假前好多了。”

“嗯，走出去就不会经常胡思乱想了。”林巧南微微一笑，将真实的情绪层层掩埋。

“王硕博销量的事情，有结果了吗？”她出发之前因为对方部门的老大 Warren 一直在出差，这件事的后续她并不知晓，想想过去了那么多天，按照张峰雷厉风行的个性，必然已搞清楚了此事。

张峰朝会议室方向抬了抬下巴：“我们去那里说。”

林巧南跟着张峰来到会议室，人还没在椅子上坐稳，就听他说道：“Lynn，这件事到此为止，别再追究了。”

“啊？”林巧南惊呼一声，马上追问，“为什么？”

张峰面有难色，他犹豫的神色落在林巧南眼中，倒是令她更加好奇了，难道那位王硕博先生还有什么不可告人的深厚背景？

“为什么呀？”她执拗地继续问，一副打破砂锅问到底的架势。

以林巧南的资历和职级，她其实无权过问张峰的决定，不过看在她率先发现线索的分上，张峰觉得给个交代也是应该的。

“这些全是康健平台下的二级经销商，康健的人和 Warren 打过招呼，让他不要管销量是否正常。他们保证绝对不会产生医疗纠纷，也不会让药监局查到公司头上。”

她事先设想过类似的理由，很快明白了张峰的言外之意。

“意思是这些销量全是假的，他们会自行‘消灭’库存，对吧？”

“聪明！”张峰朝她竖起了大拇指。一年前面试的时候，他就看中了林巧南身上的聪明劲儿，果然没看错，她一点即透。

林巧南咬着嘴唇沉默了一会儿，然后试探地问：“可不可以认为康健为了上市伪造了营业额和流水？”

张峰回避了她的视线，他转着自己的手机，语焉不详道："总之不要再为它烦心了。IT 已经在数据库里做了标记，不会影响以后出的报表。"

她的工作是保证公司大佬们收到准确无误的报表，其他事情轮不到她关心。林巧南对自己说道。

她抬起头，双眉紧皱，表情严肃："Calvin，这不是明摆着欺骗证监会和股民吗？"

"这些事用不着你操心。"张峰有些不耐烦了，他双手抱胸往后仰靠椅背，抬起下巴教育她识时务者为俊杰，"况且康健成功上市对你只有好处，有什么想不开的？"

林巧南沉默以对，张峰的态度说明了一切——连原本支持自己的人都转了立场，若再纠缠下去就是自找苦吃。

她回到座位打开电脑，仿佛没事人一样开始新的任务。系统上线前还有许多数据需要清洗，那些已经打了标记再也不会扰乱报表的数据，就让它们消失吧。

林巧南几乎每隔几分钟就要对自己催眠一次，现实正如张峰所说，她已经做不了什么了。

不，有一个人，还有一个人能够做到！

她拿出手机打开微信，置顶的联系人名叫"海中一粟"。他是一个热血、正直的好人，她深信不疑。

他会站在她这边的，林巧南如是认为。

冷岳阳走进大堂时听到了手机铃声。确切地说，是林振华的手机收到了新的消息。

他望了一眼刚刚到达一楼的电梯，里面的人正鱼贯而出，他现在走过去正好能赶上。

查找林巧南所在公司的地址并不难，她虽然没有明确说过是哪一家医疗器械公司，但根据宜山路地铁站这一线索，他还是轻易找来了。

冷岳阳已经决定不再使用超感，也不再期望另一个人来安慰自己。她比他更清醒，早一步逃离了自我麻木的陷阱，顺手给了他当头棒喝——那个比你更不幸的女人都有勇气直面惨淡的人生，你有什么理由继续沉沦？

他今天找林巧南是为了归还林振华的手机。如此珍贵的遗物还是当面交接更为妥当，冷岳阳用正当的理由说服了自己，掩盖了想再见某人一面的真实想法。

冷岳阳排在等候电梯的人群外围，进轿厢前刚好有时间能让他看一下收到的信息。他从牛仔衣口袋里掏出林振华的手机，一瞥之下，脸色剧变。

“喂，帅哥，你进不进来啊？”里面的人按住了开门键，大声招呼他。

他回过神，抱歉地笑了笑，快步走进去按下数字键“31”。电梯门合拢，无声地快速上行。

“叮咚！叮咚！叮咚！”

连续三声的提示音意味着又有新的消息。

林巧南一口气连发了三份文件，从命名方式来看，皆为报表。

他的视线回到方才所收的第一条留言。

她说：“老爸，记得之前跟你说过，江叔叔的医疗平台是我们公司一级经销商的事情吗？现在他们准备上市了。当然，这不是我主要想说的事情。最近我发现平台下面挂着的很多家二级经销商存在做假账伪造销量的情况，上司让我不要多管闲事，可是我过不去心里的坎。他们不只是一家公司的经销商，我敢打赌其他厂家的产品销量也有问题。”

“上市”“假账”“伪造销量”……这些词汇蕴含的巨大信息量在一个记者眼里，简直就是藏着宝藏的矿山。

与此同时，压在冷岳阳心头沉甸甸的感动来自林巧南坚定不移的信念，他们果然是“盟友”，在悲伤的时刻，以及在大是大非面前。

电梯停在了第三十一层，金属门缓缓向两边开启，冷岳阳没有走出去，抬起手按了数字键“1”。

他给冷子荣的账号发了一条消息，简单的“收到”二字。

二十年前并肩战斗过的两个人，通过他们的孩子在冥冥之中又握住了手。

3

从10月到11月，林巧南变得异常忙碌。办丧事她驾轻就熟，奈何“结婚”是人生头一遭，毫无经验的她一开始不知从何入手，只好在各个与结婚相关的 App 上拼命搜集信息。

虽然累，但潜在的好处是她没时间胡思乱想。她回到家会去林振华的房间坐一会儿，望着父母的遗像和他们说几句话汇报婚礼的准备工作，或者偶尔抱怨江学勤的霸道。

“爸爸，妈妈，今天我和小江，还有他爸妈一起去试菜。他爸爸非说要鱼翅，我坚决反对，最后是我赢了。”她骄傲地昂着头，回想酒店里发生的小“战斗”，止不住地得意。林振华对环保很上心，他反对吃鱼翅和燕窝，她也一样。

诸如此类的场景，在得不到任何回应的时候，林巧南会不由自主地想起冷岳阳。他是一个很好的听众，她自认也是。他们一起聊天的时光，以伤感开启，到最后又化为温暖的支持，他陪她度过了最难熬的日子。

她将报表发送给父亲的账号后不久，冷子荣父子俩的对话框里多了一句“收到”。林巧南明白这是冷岳阳在隔空回应，她欣慰之余又深感惭愧，因为相当于自己把事情全推给了他。后来她再没收到只言片语，完全不清楚冷岳阳进展如何。她是爆料人，给他提供了一条可以追下去的线索，至于他能不能找到其他更明显的证据，她帮不上忙。

他们之间的“超感”也一同消失了，无论林巧南翻来覆去念叨他的名字或因为悲伤再度落泪，冷岳阳都不曾出现。现阶段的超感又需要回应了，当某一方将自我封闭起来，另一方不管怎么努力也没办法成功连接，她就做过同样的事情。

他和她还剩下最后的联系，那就是各自父亲的手机。林巧南其实可以拨个电话过去询问情况，但每次都在最后一步缴械投降。她觉得既然冷岳阳“去意”已决，自己也不能流露出舍不得的情绪。

他们终要独自面对人生中的其他磨难和风雨，这一段同行的路已然走到了尽头，到此为止是正确的决定。

她给父亲发了一条消息，对他说："爸，11月11日，我就要嫁给江睦远了。从今往后，我又有了家人，不再是一个人。"

她没有收到回复。

11月11日，星期六。

迎着清晨的阳光，林巧南在阳台上做了几分钟伸展运动。今天将是行程满满的一天，她需要用饱满的精神状态去迎接。

按照计划，江睦远和林巧南一大早先去民政局领取结婚证。"双十一"虽早已从过去的"单身节"变为今时今日全民狂欢的购物节，但看中它原本象征意义的新人也不在少数。幸而江睦远有先见之明，他在民政局附近的酒店住了一晚，当天排在了第一的位置。

看到容光焕发的林巧南，江睦远露出了宽慰的笑容。

"昨天我还担心你会不会失眠，看来是我多虑了。"

"我拿了一本哲学书，看两行就困得不行。"林巧南嫣然一笑，隐瞒了真相。在即将成为"人妻"的前夜，她在床上躺了很久，心潮起伏思绪难平，一直辗转难眠。犹豫如同潮水一般涌上心头，她能想象到的每一件事都会带来新的疑惑，林巧南不断自问是否真的做好了结婚的准备，答案统统是否定的，结婚的决定显然过于草率了。

逃跑吧！脑海里有个声音在对她说。

恐惧被无限放大，她孤立无援，找不到人倾诉。

她后来确实靠哲学书的催眠作用睡着了，但接连不断的梦也让她神思恍惚。她醒来后忘了大部分梦境，唯一记得的画面是自己在哭，撕心裂肺地哭。

为什么哭？站在民政局门口等待的她，想不起来了。

"我快天亮时才睡着。"江睦远低头凝视她的眼睛，呢喃道，"感觉像做梦一样，我们真的要结婚了？"

这张脸完全有资本让女人头脑发热答应一切。林巧南笑着拍拍他的手，说道："你没做梦，门开了，我们进去吧。"

一名工作人员接待了他们，先按照流程要求填完结婚申请表，两人接着去拍照，然后拿着当场打印出来的合影回到接待处。工作人员接过照片分别贴在两本结婚证上，当她拿着婚姻登记专用的钢印准备按下去盖章的时候，林巧南忽然转过头望了望周围。

"怎么了？"江睦远发现了她的奇怪举止。

林巧南摇了摇头，就在方才一刹那，她恍似听到有人在喊"不要"。她给了他一个安心的微笑："没什么。"一定是错觉。

钢印落下，她和他成了法定的夫妻。

林巧南有些恍惚，自己就这样成了"已婚妇女"？

拿着鲜红的结婚证书跨出民政局大门，江睦远突然拉住了林巧南的胳膊，她抬起头，满脸困惑，轮到她问："怎么了？"

他轻轻一笑："新郎可以亲吻新娘了。"

话音未落，温暖的嘴唇包裹了她的唇。

这一吻浓烈如酒，吻走了林巧南的犹疑与不安。她又有家人了，法律给她的家人。

她害羞地推开了他，低下头抗议："好了啦，今天会很忙。我回家等你。"

"嗯，一会儿见。"

领结婚证是第一步，接下来的婚礼才是重中之重，需要打起十二万分精神应付。

林巧南回自己家化妆换婚纱，等待江睦远率领兄弟团上门迎亲。她走到楼下时望见化妆师、伴娘均已到位，连忙带着她们一同上楼准备。

十一点整，帅气的新郎带着伴郎团终于出现在家门口。林巧南的亲友团由大学室友组成，伴娘是她的两个堂妹。大家都清楚她匆忙举办婚礼的原因，小打小闹意思一下就赶紧结束迎亲环节，放江睦远轻松过关。当然，该给的红包，他一个都不少。

林巧南出门前特意走到林振华的房间，把结婚证摆放在父母遗像前。她退后一步，深深鞠了一躬：“爸，妈，我今天出嫁了，你们放心吧。”

江睦远也走进房间，站到她身旁，望着照片上的两个人郑重承诺：“爸爸，妈妈，你们放心，以后我会好好照顾小南的。”

门外传来掌声，众人既为新娘的悲惨际遇伤心难过，又为帅气新郎的深情感动不已，自发鼓起掌来。

“走吧？”他转过头，用温柔的眼神询问她是否已做好了准备。

“走吧。”她回以坚定的微笑。

江睦远一把抱起林巧南，为了练就公主抱的潇洒姿势以及抱下六楼的臂力，他在她答应提早举办婚礼后就加练了上肢，再加上她配合地减了几斤肉，这会儿他感觉良好，似乎能抱着她上上下下跑两趟。

下到一楼，他继续抱着她走向豪华的婚车。空气中飘浮着甜甜的桂花香，仿若上天赠送了一份新婚礼物，今日秋高气爽，碧空如洗。

林巧南深深吸了口气，甜蜜沁人心脾。她附在他耳边，轻声说道：“爸爸妈妈，还有哥哥，他们会保佑我们幸福的。”

他的脚步顿了顿，低头看着她的脸：“嗯，一定会幸福的。”

一行人在下午四点抵达酒店，先与司仪又过了一遍流程。因为少了两个环节，为了控制敬酒的节奏，不得不再增加两轮抽奖。司仪和他们确认完毕奖品及游戏形式之后，指了指礼堂旁边的休息室方向，发布指令道：“新娘先去休息一下，化妆师在五点给新娘补妆，五点半正式迎接客人。”

“我不累。”林巧南逞强地回答。除了穿着高跟鞋的双脚很痛，她真的一点都不感觉累。

“休息室里有拖鞋。”司仪十分清楚这一天大家的弱点所在。他只说了这一句，林巧南就双眼发光，扔下江睦远往休息室冲去。

堂妹林可昕急忙跟上，抓起拖地的裙摆和头纱，情急之下大喊：“南姐姐，你不要跑，当心崴脚！”

林巧南充耳不闻，连走带跑地冲到休息室门口。打开门的同时，她踢掉了右脚的婚鞋，正准备抬起左脚把高跟鞋蹬下来，一声轻笑从房间里面传出。她先是一愣，紧接着反应过来，即刻回身，堵住门口不让林可昕进入，表情夸张地叫道："我口渴了，你去帮我拿一杯热水。"酒店提供的是瓶装水，她要热水能多拖延一点时间。

待林可昕走远，林巧南深吸一口气慢慢转身，关上门脱掉另一只鞋，这才抬起头看着冷岳阳："你怎么知道我们订了这家酒店？"

"记者的独家秘诀。"坐在沙发上的他勾起嘴角笑了笑，带着一些挑衅，"你不怕我今天是来抢亲的吗？"

他以前从没正面发表过如此明目张胆的言论，林巧南一时语塞。倘若他早一点出现，譬如在自己内心动摇的时刻对她说一句"跟我走吧"，她肯定毫不迟疑地跟他走。

但此时此刻，她只得用微笑掩饰悲凉的心境，揶揄他："现在想抢也来不及了，我在法律上已经是已婚人士。"

他一脸如梦初醒，咕哝道："哎呀，来晚了一步，真是失策。只好祝你新婚快乐。"他懊恼地抓抓头发，起身从背包里拿出几张纸，伸到她眼皮子底下，"这是第一份贺礼，不过我不确定你有没有改变主意。"

林巧南伸手接过，如她所料是一篇新闻报道，内容是关于康健医疗平台在 IPO 过程中的诸多违规操作。财务造假仅仅是冰山一角，他挖到了更猛的料——康健集团的大股东赵国伟与前一届发审委委员疑似有私相授受的行为。

"这篇报道一旦出街，绝对会影响康健的上市。有心人查一查就能查到你身上，我可以想象你将要面对什么。"见她读完之后久久不言语，冷岳阳只好先开口说穿她的顾虑，"我和主编说过，爆料人的意愿比真相重要。如果你反悔了，我就当作这件事没发生过。"

林巧南心里明白康健的问题比自己原先认为的还要严重得多，甚至可能会被永远取消上市资格。她抬起头望着他："要是我爸遇到这件事，你觉得他会怎么选？"

冷岳阳脱口而出："他不会妥协。"

她赞许地点了点头，也不做正面答复，反问他："什么时候见报？"

"下下个星期，停刊前倒数第二期，最后一期计划盘点 2015 年上市之后经营状况不符合预期的企业。"

林巧南将打印纸递还给冷岳阳："我会买报纸支持你们。"

他没看错她，这个女生有自己的坚持，即使这份坚持让他们无法在一起。他的笑容显得苦涩而无奈，收回打印纸，又"变"出了另几张纸。

"你之前建议我的小说或许能有不同的结局，我写了一个 Happy ending（圆满结局），你看看满意吗？"

林巧南接过来，她在沙发上坐了下来，认真地拜读。冷岳阳在海边和她说过这个故事，和时间、记忆有关，男主角每次都会在女主角的记忆模块里加入和自己有关的代码，无论她重生多少次，她终会在时间长河里与他重逢。

两页纸的内容并不长，林巧南很快就看完了。她抬起头望着冷岳阳，神色复杂。这些年她早已看过无数小说，这会儿令她百感交集的绝非内容或文字，而是第二页最末的一个签名。签名颇具艺术感，明显经过了设计，不过还是被她辨认出来是哪两个字。

"我不是一个执着的人，写作的梦想能坚持多久，说实话我自己也不确定。可是我答应你，只要我写下去，我的笔名永远是这一个。"冷岳阳心情忐忑，唯恐她开口拒绝。他失去了所有，只想用她的名字纪念这一段超越过现实的感情。

林巧南蓦地站起身，在理智阻止自己之前张开双臂，用力抱住了他。

"冷岳阳，请你答应我一件事。"她的脸埋在他胸前，声音闷闷的。

冷岳阳做梦也没想到林巧南会直接给自己一个拥抱，愣了几秒钟才恢复神志。他的手从她的后背滑下去，扣住不盈一握的腰身。私奔的念头迅即闪过脑海，他幻想着带她远走高飞，再也不回来。

"什么事？"他依依不舍地推开了林巧南，这是他给予另一个男人最大的尊重。林巧南是江睦远的妻子，他没资格拥抱她。懂得克制，是成熟的标志之一。

被推开的瞬间，林巧南也恢复了清醒，为自己的冲动后悔不已。她的脸颊泛起红晕，惭愧得恨不能挖个地洞躲进去思过。

“你要我答应什么事？”冷岳阳又问了一遍。

“哦。”被他这么一问，林巧南摆脱了走神的状态，却又犯起了难。她原本想说“你一定要坚持下去”，是的，她期盼他能出名，能让“南岳”这个笔名发扬光大，能让自己知道他一直惦念她。

可是，她怎能如此自私？她有了江睦远，难道还要霸占另一个男人的心，让他因为永远得不到她而念念不忘吗？不，她不能成为自己鄙视的那种人！

“不要让伯父失望。他希望你能好好活下去，哪怕一个人，也请你过得开心一点。”她知道说这种话太戏剧化了，奈何人生本来就如戏，有时候肺腑之言也像是精心设计过的台词。

他笑得如此温柔，仿佛春风拂过心田，一朵蓓蕾绽开了花瓣：“嗯，我答应你。”

大喜的日子不该流泪，林巧南强颜欢笑，把伤感全部埋藏于心底。她在梦里和他告别，听到他用淡然却决绝的语气说出“不复相见”，所以才哭得伤心欲绝。

她想起了那个遗忘的梦，然而已不能再做什么了。

冷岳阳低头从斜挎的背包里取出一个雕刻精美的木盒，递向了她：“第三份贺礼。”

“搞什么啊，你当我是过生日的郭襄吗？”林巧南故意用娇滴滴的口吻嗔怪道，手头的动作一点不慢，飞快地抢了过来打开盒盖。

一个银制的环扣及插在其上的锥形瓶出现在眼前。她取下瓶子，从重量判断，应为水晶材质。

“这是干什么用的？”林巧南不解水晶瓶有何寓意。从做工来看，瓶身花纹繁复精巧，俨然是不可多得的手工精品。她本来以为是个花瓶，但手中的瓶子尺寸并不大，况且上面还有个金属盖子，横看竖看，她愣没看出来用途。

“它叫泪瓶。据说在文艺复兴时期，罗马人会在失去所爱之人后，把思念对方时流下的眼泪装在这样的小瓶子里随身携带。”他的脸上露出了招牌式的笑容，“我以后不会再为别人流眼泪了。”

最开始的超感以伤心的泪水连接，他为他的父亲流过泪。现在，锥形瓶的底部盛放了他的眼泪，他说不出口的思念，他无处安放的深情……林巧南用力握住扣在掌心的瓶子，她的呼吸急促起来，颤抖的声音吐出他的名字：“冷岳阳，我……”

命运费尽心机将他们拉到一起，为何结局偏生是“错过”？

“你今天很漂亮。”他打断了她的话，目不转睛地盯着她的脸，“婚礼当天的女生果然都是最美的。”

“婚礼”二字惊醒了林巧南，她意识到自己的失态，不好意思地低下了头。

“谢谢。”她清了清喉咙，清除了心里的激情、不舍、依恋，千万不能在声音里流露蛛丝马迹。

林巧南忘了自己曾经告诉过他，心里难过的时候可以用大声说话的方式分散注意力，她的音量那么高，在房间里形成了回声。

“还有最后一件事。”冷岳阳从背包里拿出了林振华的手机，打开相机，“伯父要是还活着，今天他会拍下你穿婚纱的样子，并且会骄傲地发到朋友圈里。”他扬起手，放下了林巧南的头纱。

隔着朦胧的白纱，那双宛如星辰的眼睛静静凝望着面前俊美的男人。另一个他和她不知从何处翩然而至，他们望着彼此一步步接近，最终高大的男子一把拥住纤瘦的女人，两人缠绵地拥吻。

林巧南忽地一笑，艳若桃李。

“咔嚓”一声，他定格了她的笑容。

响声切断了超感，拥抱中的人影瞬间消失，留下了现实。

冷岳阳一声叹息，漫长的人生旅程他们同行过一段路，现在到分开旅行的时候了。他弯下腰，将手机放在玻璃茶几上：“谢谢伯父，陪我熬过了最艰难的日子。”

林巧南听得懂他的弦外之音，超感里肆无忌惮的那一吻是告别，为了给这一场命中注定的遇见画上结束的休止符。

她从手袋里找出冷子荣的手机，放到了林振华手机的旁边。

“以后的日子，我们各自努力过得幸福吧。”

冷岳阳弯腰拿起父亲的手机放回背包，接着挺起身体抬手替她整理头纱。他的动作很轻，仿佛捧起温柔易碎的美梦。柔软的指腹擦过她的脸颊，他说：“我走了，再见。”

他走到门口，打开门的刹那，声音再度响起：“林巧南，你一定会很幸福。他们都在天上，都在保佑你。”

没有等到她回应，冷岳阳径直走了出去，不曾回头看她。

从此走出林巧南的人生。

4

2037 年 8 月 15 日，下午 3 ：00。

烈日炎炎，火辣辣的阳光毫不留情地炙烤干燥的大地，矗立在街头的实时温度监测设备显示地表温度已超过 60℃。这是入夏以来第二十五个高温日，从数据方面来说已完全超越了上一年，并大有延续的势头。

无人驾驶公交车在离徐汇新区多功能交流中心正门一百米左右的交通岛稳稳停住，一抹亮丽的红色踏出车门加入到街景中。那是一个身着红色连衣裙的女孩，她的裙子颜色相当正，在阳光下耀眼无比。今年夏天再度流行起来的色彩是二十年前风靡一时的雾霾蓝和芭比粉，她这一身艳红显得过于张扬了。

红衣女孩的鼻梁上还架着一副超大的墨镜，遮住了眼睛与大半张脸。但仍可以看出她的嘴唇紧紧抿着，使得下巴的线条也处于紧绷状态，再结合她快速翕动的鼻翼，显然她的情绪比较激动。她穿过人行道，快步走进面前的建筑物，将热浪隔绝在大门外。

门里门外，俨然是两个季节。整栋建筑由智能温控系统控制，无论外面的世界处于哪个季节，内部始终维持宜人的温度及湿度。女孩摘下墨镜，露出一张清秀的小脸，她的眼睛毫无疑问是整张脸上最吸引人的部分，皎皎若晨星。

她很年轻，看上去十五六岁，和这个多功能交流中心的年纪差不多大。在21世纪的前二十年，随着物流、信息流变得超乎寻常的发达，人们几乎足不出户就可以完成大部分生活中必需的事情。迈入20年代的后半段，人工智能的发展甚至逐步取代了效率低下的手工劳动，很多人的时间突然“多”了出来，无所事事带来的空虚使得抑郁症变成了高发的都市病。另外一些人则变得越来越孤僻，他们丧失了基本的社交能力，也因此带来了人口萎缩等危险的社会趋势。

为了鼓励市民走出家门与人面对面交流，政府在各级行政区域都建立了大大小小的多功能交流中心，将很多传统的社会活动集中到固定的场所，市民到交流中心参与社区活动就可以刷时间点，以此来换取个人综合信用积分。在这里，人们不仅能够享受仿生人厨师制作的各国美食、使用大型健身设施和器械，也可以加入各种兴趣活动小组或与人讨论社区民生问题。这一积极举措促使大部分人开始习惯把交流中心当作生活必需的组成部分，使得传统商业也将主要的销售活动转变为在交流中心进行常规的产品发布及互动体验模式。

少女目标明确，步履不停地直奔二楼咖啡厅。全息投影屏幕预告咖啡厅在下午三点将举办科幻作家南岳的小说《时间的陀螺》签售会。显然，她为此而来。

其实，如今的签售会在很大程度上已经发生了变异。出于环保考虑，纸质书在21世纪30年代已成为极其罕有的事物，百分之九十九的“书”都通过付费下载模式进行销售。所谓的签售会，实则就是作者与读者面对面交流分享书的内容、创作过程，最后由作者在电子纸上用万能笔签名，再同步到读者电子书的过程。

不管签售的形式如何变化，它的内涵从未改变——只有真正有人气的作者才敢举办签售活动。

少女走进咖啡厅时，南岳正在朗读《时间的陀螺》最后一个章节。百科上的作者资料显示，他出生于1990年2月21日，今年四十七岁。年轻时的他外形俊朗，容貌和身材不输当红偶像，出版第一本小说时就被媒体冠以“美男作家”的名号。二十年过去了，光阴磨砺出一名魅力十足的绅士，他的读者们更喜欢用“大叔”来称呼他。

和二十年前一样，能被年轻女孩用充满爱意的声音呼唤为“大叔”的男士，仍然是那些愿意对自己的五官、身材、发型、着装付诸心血、妥帖打理的人。至于大腹便便、油腻如五花肉一般，甚至还饱受脱发之苦的男性生物，则集体被称为“老男人”。

这个世界就算过了二十年，也还是看“脸”的年代。

她站在门边，目不转睛地盯着坐在最前方的南岳。被注视的人并未察觉，完全沉浸在自己的文字中，磁性的男低音温柔地叩击每个人的耳膜：“……那间海边的屋子后来不再作为民宿，穆尧一个人又住了很多年。他常常想起在自己漫长一生中路过的那些人，甚至走进某个房间就能立刻回忆起住客的言谈举止。他们将笑声留给这栋被时间诅咒的建筑，以及同样被时光抛弃的他。在所有的往事里，穆尧刻意忽略了采薇，尽管她在他生命中逗留的时间最为长久。”

南岳稍作停顿，手指轻点全息屏幕翻到下一页：“很多年以后，穆尧收到一张没有落款的明信片，他立刻辨认出那是采薇的笔迹。她只写了两个字给他，一如她离开时承诺的那样：等我的人生走到了尽头，我才会让你知道。

“那两个字，是‘再见’。”

这一次，南岳停顿了很长时间。他的表情温柔至极，仿佛想起了自己生命中曾有过的刻骨铭心。他一向是“风流才子”的人设，从美女编辑、小说改编的影视剧女主角到痴情粉丝，绯闻数不胜数。南岳深谙大众猎奇的心理，通常不作澄清，偶尔被他盖章认可的恋情，一般时长也不会超过三个月。所以底下的读者从语境联想“刻骨铭心”究竟是不是这么回事，也只有他本人才明白。

旁边的主持人轻轻咳嗽了一声，提醒他可以进入下一个流程了。

南岳从沉思中惊醒，抱歉地笑了笑："不好意思，我一时忘情了。"

他笑起来的模样更好看，眉眼含情，嘴角勾起迷人的弧线，十足是一名"芳心纵火犯"。

红衣少女翻了个白眼，对南岳当众"放电"的行为颇不以为然。但现场的其他女生明显缺乏她的定力，个个都感觉自己是他视线里的唯一，大家争先恐后地举手，都想成为第一个被抽中的幸运者。

红衣少女下意识地抓紧了背包带，她今天过来正是为了问他一个问题，她不能确定时机是否恰当，犹豫间第一个提问机会落到了旁人头上。

或许主办方觉得先抽一名女读者可能会引发在场其余女同胞的嫉妒心，因此第一个被抽中的读者是一名三十多岁的男士。他先表明身份："南岳老师，我是您的忠实读者，从第一本小说一直追到这一本。"

"谢谢。"南岳礼貌地表示谢意。

只是他脸上的笑意在听到对方的下一句时悄然消失——那名男士说道："可是我觉得这本小说在科幻方面的着墨实在太少，甚至比不上第一本《我的父亲是机器人》的科幻成分。"

这两句话给人的感觉像是挑衅，不仅该男士周围的几名女读者纷纷投以愤怒谴责的目光，就连主持人也有些后悔，千不该万不该居然挑了个"刺头"来发言。她正打算说几句圆场的话，南岳却抢先开口说道："你说得不错，这本小说和'父亲'一样，其实更侧重情感。你对我的作品足够用心，谢谢。"

《我的父亲是机器人》出版于2018年初，是南岳的出道作品。虽然他在书中提出采集逝者的声音、影像进行虚拟合成，再利用仿生技术和人工智能让逝者重新活在亲人身边的理念并非首创，但胜在书中描写的父子及父女感情细腻深刻，由小说改编的同名电影也足够催人泪下，实现了口碑及票房的双丰收，南岳一炮而红成为炙手可热的明星作家。

"2017年，我和朋友在一同旅行的时候构思了《时间的陀螺》的故事框架。到现在整整二十年，是时候纪念我们这段友情了。"他说得云淡风轻，短短两句话却令红衣少女如遭重击，果然，他和她有着不寻常的关系。

2017 年，签在纸上的名字和年份并非伪造。二十年前，他的确给了她不一样的结局。

下午 4 ：10，活动流程进入最后的签名握手环节，读者们抱着自己的电子书鱼贯上台，与南岳进行一对一的交流。这场活动按惯例限制了人数，在细节方面南岳一直优先考虑读者的感受，他出席过的所有签售活动都贯彻“小而周全”的准则，保证每一名在现场的读者都能得到至少半分钟的对话时间。

红衣少女排在队末，迟疑地挪动脚步。藏在背包里的东西忽然之间重逾千斤，压得她肩膀疼痛呼吸急促，有个声音在劝说她不要惹是生非，就算他们是旧情人又如何呢？不过是二十年前偶尔有了交集，现在大家都有了各自的生活，何必再生事端。

可是，假如她的意识还能恢复，一定会赞成自己的做法。少女自我安慰道，眼神坚定地望着前方。为了她，必须让他知道！

终于轮到红衣少女了，她闭上眼睛做了一个深呼吸，毅然向前迈出步子。

南岳只觉眼前一亮，一团如火的红艳跃入眼帘。那些雷同的蓝色和粉色着实令人审美疲劳，这抹亮色一下子提振了他的精神，视线移到裙子主人的脸上，他不由得微微一怔。

很像，她的五官像极了刻印在记忆画卷上的某个人，特别是明亮有神的眼睛。

他始终记得 2017 年 10 月在西沙湾海边见到的一幕——落日染红了天空、海水和沙滩，那个举手投足总带有一点男子气概的女生穿起了红色长裙，她的影子落在金色的光芒里，仿佛打开天堂大门的使者。

“你是……”刻入灵魂深处的名字从唇舌滚过，他还来不及说出口，面前的少女已抢先行动。她摊开手掌，一个小巧别致的锥形瓶躺在掌心，瓶身被精美繁复的花纹缠绕，在灯光照射下呈现出剔透的质感。

他失态地站了起来，高高的个子遮住了后面的灯光，在少女脸上投下阴影。她又抢在他之前发出了声音，一本正经地介绍：“我妈妈说它叫泪瓶，是一位很重要的朋友送给她的结婚礼物。”

“妈妈”的称谓令南岳略一恍神，尽管相似的容貌已经给足了暗示，他仍受到了不小的冲击。她是林巧南的女儿，也是江睦远的女儿。

不，这是林巧南的女儿！南岳在心里又说了一次，用上强调的语气。似水柔情慢慢涌了上来，流过干涸许久的心田，他的嘴角漾开一抹浅笑。林巧南宛若一颗流星划过他的生命轨道，似乎只在半空闪耀了一刹那，却在他的心里砸出一个深不见底的洞。

尚未离去的读者留意到两人之间不同寻常的互动，同时闻到了空气中飘散的“八卦”味道。南岳的经纪人崔世杰即刻发现了危险的苗头，遂快步上前小声提醒道：“老师，其他读者还在场呢。”

崔世杰飞快地瞥了一眼红衣少女手中的玻璃瓶，这小玩意越看越像“定情信物”，他头大了，大庭广众之下万一闹出“私生女认亲”的丑闻来，公关团队今天又得加班了。

南岳举目四望，还留在现场的读者所剩无几。林巧南不在这里！

“这些年她过得好不好？她知道你今天过来吗？”他接连问了两个问题，声音里透出一丝沮丧。当年她亲口说过再也不联系，二十年过去了，看来她仍信守诺言不肯见他。

他只想确认她过得怎样，尤其在康健上市遇阻之后，有没有被江家人发现她与此事有关？他当时不知道那篇报道会成为自己记者生涯最高光的时刻，与此相应的是罔顾法纪的人得到了严惩。

江睦远的父亲是否因此受牵连他不得而知，不过上市套现这条路断然没了指望。倘若江家人知道最初的爆料人是自家儿媳，林巧南的日子肯定不好过。

“芷璇，我的名字。”红衣少女答非所问，首先把名字告诉了他，“我不想接下来你用‘喂’称呼我。”

她说了名字，但没有说姓氏。南岳重新坐下，他好脾气地微笑着，问她：“江同学，你一个人来的吗？”

她涨红了脸，漂亮的眼睛冒着火。

“我才不姓江！”芷璇斩钉截铁地否认，然而表情出卖了她。

南岳宽容地笑了笑，不拆穿她的谎言。论叛逆程度，他的少年时代与现今的年轻人不相上下，他能够理解如她这般岁数的孩子总是会看不惯自己的父母，恨不得他们当初没有生下她。

所以他不喜欢小孩子，更不喜欢应酬十几岁的青少年。

“她为什么不陪你来？”他丝毫不关心她为何不想跟着父亲姓，只想知道为什么林巧南让女儿带着泪瓶出现，偏偏又不肯见他。

江芷璇的脸色由红转白，她别转头看着另一侧，闷声闷气地回答：“她来不了了！”她把瓶子收进背包，手指紧紧扣住了带子，这个稚嫩的女孩用尽全身力量与巨大的悲伤抗衡。

“不过，还好她来不了。你出的每一本书她都买了，要是知道你把结局改成这样，她肯定很失望。”她的声音越来越响，心里难受的时候就用大声说话分散注意力吧，这是躺在医院昏迷不醒的女人教给她的方法。

南岳皱起英挺的眉毛，表情变得十分严肃：“你怎么了？”看来知晓这个秘密的人不止她，还有他。

她用力咬住嘴唇，从背包里拿出两张纸，甩在LED显示屏的桌面上。

“你为什么要改成悲剧？你明明写给她的是Happy ending！”

那是两张货真价实的“纸”，泛黄的色泽证明它们来自很久以前。那是他第一次以“南岳”为笔名写出的文字，作为结婚贺礼送给一个想要美好结局的女人。

“我……”他想从小说的立意解释自己为何改弦易辙，可是心里有个声音戳穿了他的虚伪，只是因为在现实中得不到最爱的女人——这才是他改成悲剧的真正理由。

“现在的结局更合理。”他用了官方说辞，没人会知道他的秘密，“你的母亲也会同意这一点，有很多人永远没必要再见面。”

芷璇低下了头：“反正她快死了，随便你说什么就是什么。”

“你再说一遍！”她的声音很轻，南岳只隐约听到一个“死”字，心下大骇，不自觉地提高了音量呵斥道。

江芷璇干脆转过身用后背对着他，他只看到她抬起手擦拭脸庞，她的动作频率渐渐加快，接着猛然转过头，泪流满面。

“她快死了，她真的……快死了……”

坐上自动驾驶汽车，南岳打开导航系统，用语音输入“滨海医院”。医院的名字令他心悸，二十年前，他和林巧南都在那家医院送走了父亲；二十年后，命运仿佛转了一圈，再度回到原点。

他的镇定自若不见了踪影，微微发抖的声音连人工智能都听出了不对劲，提醒他是否需要预约医生问诊。

“谢谢，我没事。”南岳定定神，告诫自己不能乱了阵脚。他是成年人，是身旁小女孩依靠的对象，他绝不能慌乱。

从咖啡厅到停车场，江芷璇呜呜咽咽说了林巧南的近况——林巧南半年前出了意外昏迷至今，目前脑干对外界的应激反应逐渐减弱，医生让家属做好病人脑死亡的心理准备。

“我觉得，她或许在等着和你见最后一面。”找他这件事纯属江芷璇自作主张，即便说出自己的想法，大人们也会用一句“小孩子懂什么”驳回去，还不如自己先行动起来。

她们身边没有真正意义上的血缘至亲，那些隔着几层关系的亲戚巴不得赶紧签字同意拔除维系林巧南生命的仪器。对于他们来说，昏迷的她已与死者无异。

南岳心头绞痛，万万想不到与林巧南二十年后第一次见面即是永诀。

“胡说八道，什么‘最后一面’，她会醒过来的。”他故意板起脸训斥江芷璇，音量不知不觉提高了几个分贝。

心里难受的时候就用大声说话分散注意力吧！脑海里回响着母亲的声音，一遍又一遍。江芷璇盯着南岳的脸看了几秒钟，嘟起嘴抱怨：“你和她说得一样，严肃起来好吓人，一点都不可爱。”

可爱？南岳打了个冷战，这个词汇与四十七岁的男人格格不入，但是二十年前……他陷入思索，好吧，在他们相处的那段时光里，嗯，倒是蛮贴切的。他的眼神柔和下来，温柔的笑意浮现在脸上。

他的表情令她放下了忐忑，江芷璇鼓起勇气问出多年来的疑惑：“你和她，你们是旧情人？”

如今的孩子真是早熟得过分了，居然可以面不改色谈论父母一辈的感情生活。南岳在心里啧啧叹息，和他们相比，自己还是输了。

“不是，我们只是朋友。”无论他有多想回答一句“是”，可事实就是事实，他们从来不是情侣。

“啊，是我搞错了吗？”芷璇懊恼地敲了敲脑袋，她一直以为母亲买他的书是因为旧情难忘。

“南岳这个笔名来自我的本名冷岳阳其中的一个字，而‘南’字取自林巧南。”他淡淡说道，本人的解释与媒体发布的不尽相同。

他的话震住了芷璇，十几岁的头脑完全理解不了成年人千回百转的感情世界。她咽了口唾沫，讷讷地问：“你们是怎么认识的？”

南岳的神情变得恍惚，思绪飘回到并不遥远的过去。那些发生在他与她之间的事情，不需要努力回想，皆因从未忘记。

“二十年前的今天，我和她产生了超感……”

5

整整二十年，冷岳阳小心翼翼地保管着“超感”的秘密，从未对第二个人提及。从江芷璇的反应来看，林巧南做出了同样的决定。她可以把泪瓶的来历告诉女儿，却绝口不提生命旅程中曾遇见过一个心意相通的人。

江芷璇听他讲完“超感”的缘起，俏丽的小脸又浮现几分愠怒。

“你为什么要让她嫁给别人？”她生气地质问，即便所谓的“别人”正是自己的父亲。

冷岳阳苦笑着摇头：“她根本不给我机会。”他说出了一半真相，另一半原因则是他不断地自我暗示自己并非一个稳定可靠的结婚对象，拱手让出了竞争权。

他同时注意到了江芷璇反常的表现，她对江睦远的态度已非正常范围内的“叛逆”，而是强烈的憎恨。

冷岳阳觉得事有蹊跷，一个可怕的念头挥之不去：莫非江睦远想要关掉维系林巧南生命的仪器，这个孩子舍不得妈妈离开，所以才来找自己帮忙？

“你妈妈昏迷的事，你爸打算怎么处理？”他问道。

之前去停车场的路上，江芷璇只是简单地说了说林巧南的状况，冷岳阳想问得再细一点，她就不耐烦地回答他：“到了医院你自己看。”他心想她年纪尚小，专业术语说了也不见得懂，医生和家长肯定没有做过详细解释，便不再追问此事，内心的焦虑随之转换了方向。

冷岳阳起初想起的是二十年前林巧南杞人忧天式的担心，她说将来生孩子万一难产，能做主“保大人”的直系亲属一个都没有，只能看配偶是不是有良心。眼下看来她平安地迈过了生孩子这道难关，偏又遇上另一件唯独配偶能够决定生死的大事，该说她未卜先知呢，还是一语成谶？

他直觉是江睦远放弃了，打算让林巧南安安静静地离开。

说实话，冷岳阳觉得江芷璇找自己帮忙并没有什么用，首先，在法律层面他和林巧南非亲非故，他做不了主；其次，他本人也不赞成过度抢救，他没有家人，对生命也无依依不舍之心，早就做好随时与世界告别的准备。以他的心态，要说服江睦远恐怕难度颇大。

听了冷岳阳的问题，小女孩的脸涨得通红，和她身上的裙子一样艳丽的颜色。她的眼睛又冒出了火，愤怒溢于言表，咬牙切齿地捏紧小拳头，活像他提起了仇人。

“把我妈推下楼的，就是那个男人！”

她尖叫的声音在冷岳阳耳朵里嗡嗡作响，他以为这是幻听，拍了拍耳朵困惑地看着她：“你说什么？”

江芷璇咬着嘴唇，眼泪在大眼睛里转啊转，倔强地不肯掉下来。

“他脾气很差，经常对我们动手。那天是妈妈生日，他们在二楼吵得很凶，我走出来想劝他们不要吵，就看到他把妈妈推下去了。”

对于这个年纪的孩子，再没有比亲眼见到自己父亲伤害母亲更糟糕的事了。她用力揉着眼睛，用很小的声音对自己说：“不要哭，笨蛋，不要哭。”

二十年前的今天，他在健身房接到父亲出意外过世的电话；二十年后，他再一次感受到一如当日的震惊。即使活到四十七岁的年纪，见识过足够多的“斯文败类”，冷岳阳也从未设想过江睦远会是其中之一，反而他一直在祈祷林振华没有看走眼，江睦远值得林巧南托付终身，哪里想得到江睦远竟然比斯文败类更可怕！

冷岳阳后悔不迭，早知如此，二十年前他就应该不顾一切地带林巧南私奔。他不能给她富裕的生活，但至少绝不会以暴力对待她，以及他们的孩子。

“医生说她的脑干损伤是不可逆的，以前她对外界的刺激还有微弱反应，最近几天越来越差。”

江芷璇的自我暗示看来无效了，她又泪眼汪汪地看着他：“大家都觉得不会有奇迹了，和医生商量要让她早点解脱。”

他顿然明白江芷璇为何来找自己，她真的没有人可以依靠。法律上林巧南最亲近的家人，一是江睦远，二是她。若江睦远故意伤人的罪名成立，林巧南的生死掌握在江芷璇的法定监护人手里，他们不会考虑林巧南本人的意志，也不会体谅她作为女儿的心情。

他伸出手将女孩揽到怀中：“你放心，叔叔一定想办法救她。国内治不好，我送她去国外治。”

明知这是他善意的安慰，小女孩仍然被深深感动了。她独自抗争了那么久，终于找到能和自己一起拼命守护母亲的人，他在她眼里的形象与英雄无异。

“叔叔，我好害怕。”她哇哇地哭起来，一边哭一边抽抽搭搭地说话，“妈妈总是说自己害死了外公，外公是 8 月 15 日过世的。她会不会今天就丢下我去找外公啊？”

原来她并没有解开心结！冷岳阳如遭重击。当年他自诩与林巧南心意相通，深信她已经不在乎吴韵诗的谎话，想不到竟连他也被骗过。

“傻孩子，不要胡思乱想。”冷岳阳轻拍江芷璇的后背柔声安慰她，“叔叔写小说都不敢编这么巧的事。”话虽如此，他的焦虑却一点也不比她的少，他只是在用“大人”的意志勉强克制恐惧。

距离 2017 年，正好二十年。

也许，命运从未放过他们。

林巧南住在加护病房里，像个科学怪人一样，全身插满了各种管子，有监控生命体征的，有辅助呼吸的，还有输送营养的……她无知无觉地躺在床上，任人摆布。

他心酸地看着外表变形的女人，这就是过度抢救的后果。然而他无比感激之前没有放弃林巧南生命的那些人，他们给了他机会再见到她。

自她婚礼一别，冷岳阳再没有联系过林巧南。他总以为她在这个世界的某个地方安然地生活着，自己能为她做的就是“不打扰”，彻底地离开。所以她的电话号码在他的通讯录里存了二十年，十一个数字他几乎能倒背出来，但他一次也没打过。

可结果是有没有他，她过得并不好。看着正在走向死亡的她，他只觉得好不容易拼凑完整的心又碎了，这一次没有人能给他安慰。

冷岳阳抓住林巧南的手，他记得她的生命线很长，他还对她说过：“你会活很久。”他迷信地翻过她的掌心查看，那条线从手掌上缘一直延伸到下缘，依旧是最长的一条。他在床边跪下，紧紧握着她的手放在唇边轻吻。她的生命已进入倒计时，他看到她的第一眼就明白了。

此刻，压抑二十年的感情喷薄而出，冷岳阳再无顾忌。他亲吻着她的手指、掌心的生命线，一遍遍呼唤她的名字，一遍遍倾诉后悔，一遍遍命令她睁开眼睛看自己一眼。他爱了她二十年，从分别之后没有一天停止过爱她。

江芷璇站在床尾无声地哭泣，冷岳阳的反应从侧面证明医生和亲戚们没有欺骗她，他们不是存心不肯救林巧南，而是真的回天乏术。微弱的希望碎成千万片，有一种更强烈的感觉暂时压过了悲痛，她哭着哭着就茫然起来，不知道接下去的人生路在何方。

冷岳阳清楚地看到自己将要永远失去林巧南的结局，钻心刺骨的疼痛让他浑身发冷。亲眼看着所爱之人慢慢走向死亡，痛苦并未比二十年前冷子荣的突然离世减少分毫。这两种死亡方式无所谓哪个更仁慈，因为结果没有不同。

“林巧南，我为你奋斗了二十年，你给我努力活下去！”他嘶声喊道。他做到了答应过的事情，可是她呢？非但没有让自己得到幸福，现在居然还快要死了，他拒绝接受这个结局。“你知道吗？每一本书里我都写了你，我一直在等哪一天能够听到你亲自告诉我这个发现。”好比漫威的电影、皮克斯的动画，他也在自己的小说里埋了“彩蛋”，每一本都有。

“我知道！”江芷璇发出呜咽的声音，她回想起母女俩昔日相处的情形，心脏绞痛不已，“妈妈吐槽过叔叔的小说里总要写一个穿红裙子的女生，有时候一个路人甲经过，居然特意描写她穿的裙子颜色，妈妈说你是骗稿费来着。”她用力按住心口，声音凄切。

还真像林巧南会说的话，他不由得勾起了嘴角，然而笑容尚未成型就已消失。不是她亲口告诉他的这些话，自己知道了也没有意义。

“她在泉州西沙湾穿过一条红裙子，你外公说去海边要穿红颜色，拍照会很好看。”冷岳阳注视着毫无知觉的女人，希望声音能传进林巧南的灵魂，帮迷茫的她找到回到他身边的路。“我从没忘记过，那天沙滩上有一道金色的光芒，你穿着红色的裙子走进那道光。”他轻声呢喃，说着迟到二十年的情话，“如果能回到过去，我一定要告诉你，你穿那条裙子很美。”

“妈妈的衣柜里，没有红色的衣服。”江芷璇曾以为母亲不喜欢红色，但她给自己买的衣服却以红色居多。她质疑过几次，母亲总是笑着用“小女孩就应该穿得鲜艳一点，妈妈年纪大了，穿黑白灰比较有气质”来回答。现在想想，她或许早已明白南岳小说里总会出现的红裙子女生原型是谁了。

冷岳阳心下怅然，她对他了如指掌，什么都瞒不过。他拖来一把椅子坐下，温柔的眼神投注在昏迷中的女人脸上。

“小璇，今晚我来陪她。你的电子书呢？”他准备读一整晚书，将二十年的思念一个字一个字地读给她听。

江芷璇低头看看身上，才发现背包落在他车上了：“叔叔，你给我车钥匙，我去拿。”

冷岳阳先看了看林巧南的生命指征，暂时离开几分钟应该不会有变故。

“你留在这里陪她，我去去就来。”

说着，他打算起身，却被江芷璇按了回去。

“你们很久没见，有些话当着我的面估计不好说，还是我去吧。”她表现出非常早熟的一面，或者应该说和她母亲一样，从小就知道设身处地为别人着想。

她走到门口，手按着门把，忽然回头问道：“叔叔，你的绯闻有多少是真的？”

唉，果然是孩子，这节骨眼上还有心情聊八卦。冷岳阳神色尴尬地瞥了一眼毫无知觉的林巧南，期期艾艾道：“都是宣传，真的很少。”

江芷璇满意地点点头，咧开嘴笑了：“叔叔，假如能回到过去，请你不要让她嫁给别人。就算未来没有我，也没关系。”

“请你不要让她嫁给别人……”

看着房门缓缓合拢，冷岳阳的耳畔似乎仍回荡着稚气的声音。江芷璇今年十五岁，年龄上说可以算少女了；但在他的眼里，她就是个孩子。

一声轻笑拂过耳际，熟悉的声音，熟悉的感觉，一如二十年前超感发生的时候。他难以置信地回过头，病床的另一边突然多出一个纤瘦的女人，正浅笑盈盈地望着他。

失联二十年，再见时她已昏迷不醒，幸好他们之间的超感仍然存在。

“那个傻丫头，我以前开玩笑说过万一有事可以拿着泪瓶去找你帮忙，没想到她还当真了。”林巧南悠悠地叹息，一面为能够再见到冷岳阳欣喜不已，一面又为物是人非感到心酸，她的表情里增添了几分伤感，“冷岳阳，你有皱纹了。”

他坐在椅子上不敢贸然站起，按照过去的经验，超感随时可能会因为外界干扰而中断，最好不要轻举妄动。

“你也是啊，还有白头发。”他笑着还嘴，不过五秒钟表情就垮了，一脸哀愁地凝望着她。

别后相思，自有千言万语，然而时间不由人，他只能选择重点。

“林巧南，我和芷璇都在等你醒来，你不要让我们失望。”他看了一眼躺在床上的“她”，说得情真意切，“快点醒过来，我不能再失去你。”

“我努力过了，可是没有力气。”林巧南也在看自己，嫌弃地撇了撇嘴，“原来我已经变得这么丑了。”

“等你醒过来自然会恢复，你得继续努力。”他急忙安慰，免得她泄气。

她摇了摇头：“我好几次看到了爸爸、妈妈，还有哥哥。要不是小璇，我早就和他们一起走了。”

冷岳阳心中又燃起了希望：“对哦，她才多大，你不能让她也成为无父无母的孤儿。”过早地失去父母是林巧南最大的遗憾，他以此激励她努力和死神对抗，不要放弃复原的希望。

“有些事，由不得我。”林巧南叹了口气，她绕过病床朝他走了过来，伸出手轻轻碰触他的脸颊，“对不起，我可能撑不过去了。”

冷岳阳心下怅然，他按住了她的手，闭上眼睛感受她的温度。失去的恐惧、遗憾和后悔，他全部记起来了。

干涸二十年的泪腺再度充盈，眼泪带着他的温度离开眼眶，滑到她的手掌边缘。林巧南深深叹了口气，柔声道：“你不要怪自己，我变成这样子和你没关系。”这一次，超感中的她终于感受到了冷岳阳的内心。

“怎么没关系？当初我就不应该让你嫁给那个浑蛋！”冷岳阳愤怒不已，倘若江睦远此刻站在眼前，他肯定冲上去让对方明白暴力有多恐怖。

“他原来很体贴。”林巧南皱着眉头，一副心事重重的模样，“他的爸爸，也就是我公公因为上市的事情受了打击，后来身体就不行了。小璇出生前，公公心梗去世，他慢慢地就像变了一个人似的。”她继续叹气，解释自己无法下决心离开的原因，“我终究问心有愧，一直希望能让他变回来。”

她说得轻描淡写，他依旧心如刀割，只觉每个字背后皆是她隐忍的痛苦。

他心疼地握住她的手，正想说两句宽慰的话，手腕传来轻微的震感。2037年最新款的手机由柔性材料制作，像手表一样佩戴在腕间。这款手机走复古路线，专为那些不愿再被智能手机束缚的人士而设，让手机彻底回归到最原始的通话功能。

被来电打岔，握在掌心的手倏忽不见，眼前的人也失去了踪影。冷岳阳抬起头，病床上的林巧南双目紧闭，没有任何迹象表明她有过片刻清醒。

只有他明白方才所见既非幻觉，也不是做梦。他低头看了一眼屏幕，表盘显示是崔世杰的电话号码。一瞬间，他在考虑要不要马上解雇对方。

他轻轻敲了一下耳垂，接通了电话，还来不及开口，崔世杰连声道：“老师，你在哪一层？有记者跟到了停车场，准备堵你的车。”他急得像热锅上的蚂蚁，声音拔高了几个分贝。

冷岳阳皱起了眉头：“什么情况？”

“你和小姑娘在签售会上的照片被传到了网上，现在谣言满天飞，说她是你和杨伊琳的私生女。医院来了很多记者，他们在一层一层地找你。”

杨伊琳在他第二部小说改编的电视剧里出演女主角，十几年前是出道不久的新人，为了提高知名度，她的经纪人拉着他一起炒作过绯闻。现在，她有了自己的地位，他也是如此，八竿子打不到一起的两个人又被扯到一块儿，想必背后有人在搞一些小动作。

冷岳阳猛然想起去往停车场拿电子书的江芷璇，急忙让他确认：“停车场有没有记者？”

崔世杰躲在另一辆车后，谨慎地观察周围情况，道：“有两个还留在你的车旁边。”

一想到江芷璇可能会被吓到，冷岳阳坐不住了，挂断电话。他握了握林巧南的手，郑重承诺：“你放心，我会保护好那个孩子。”

他关上门来到走廊上，不好的感觉紧紧跟着他。

二十年前的今天，他没能见到冷子荣最后一面，等他赶到医院，父亲的身体已经冷了。这之后的二十年，他再没走进医院，一方面，他本身身体素质过硬，生病次数寥寥；另一方面，正是因为他讨厌医院的气味和它留给他的死亡印象，他宁愿花大价钱聘请家庭医生。

一部电梯正在往下，一部在十楼。冷岳阳只犹豫了一秒钟，迅即推开安全出口的门。他的车停在地下二层，等于要往下走八层楼。

罢了，就当锻炼身体吧。他给自己打气，深吸一口气开始往下走。

“冷岳阳！”头顶飘荡的声音在呼唤他，在楼梯间造成了巨大的回音，他下意识地抬起头望着楼上，一台单反相机，一个外接闪光灯出现在眼前。

明亮刺眼的闪光照进了冷岳阳的眼睛，在这个令他格外敏感的空间和时间节点，尘封许久的记忆打开了盒盖。

二十年前，有一道相似的闪光同样晃过他的眼。

糟糕！

他暗叫不妙，伸出去的脚已来不及收回来，只能靠踩住下一级阶梯稳定自己。但是他看不清楚，一脚踏了空。

他像个陀螺一样从楼梯上滚了下去，后脑勺重重地砸在冰冷坚硬的水泥台阶上，一共二十级。

殊途同归吗？也好！

——这是辛苦了四十七年的大脑，最后冒出的想法。

冷岳阳双目紧闭，眼前却是一片金光灿灿。穿着红裙子的女人就站在金色的光芒里，向他伸出了手。

Chapter 08
好久不见

1

“你，需要帮忙吗？”

关切的询问掠过耳畔，像是在黑暗中亮起了一束光，迷失的灵魂如同飞蛾扑火一般，向着光亮奋力奔跑……冷岳阳猛地睁开眼睛，大脑还晕晕乎乎的，仿佛有个飞碟在脑袋里低空盘旋，类似饮酒过度的后遗症。

一张五官姣好的脸映入眼帘，他的目光无意间向下一扫，发现她穿着瑜伽服，颈间还挂着一条健身房的擦汗巾。自己不是在医院的消防通道摔倒了吗，怎么会遇见这样打扮的人？

冷岳阳疑惑地摸着额头坐起来顺便动了动身体，除了后脑勺隐隐作痛，其他地方并无大碍，摔伤程度比他预想中轻了很多。他本以为从楼梯上滚下来没摔成半身不遂，至少也要全身酸痛。

“你还好吧？”站在旁边的女孩仍没走，她以为他爬不起来，热心地伸出了手。

擦汗巾上显眼的 Logo 在冷岳阳眼前来回晃动，他突然反应过来这正是他二十年前办过健身卡的那家店。他浑身一颤，迅速转头环顾四周——跑步机、大玻璃窗、对面的高楼大厦，哪里还是医院阴森森的消防通道！

二十年前的健身房，他只摔倒过一次，在 8 月 15 日下午。

冷岳阳全身发抖，仿佛目睹了不可思议的事情。清脆的爆裂声从腕间传来，他低头看了一眼，表盖碎裂了，时间停在 17 ： 38 ： 43。

冷岳阳清楚地记得父亲就是在这一刻走进那栋夺命的大楼，几分钟之后固定他的安全带锁扣的铁杆断裂，他从十层楼顶坠楼……

冷岳阳一骨碌从地上爬起，冲上仍在高速运转的履带，扑向操控台的置物格子先按下停止键，同时抄起自己的手机。

老爸的电话，快，快点打给他！此时，顾不上研究自己从楼梯摔下后到底是灵魂穿越回二十年前的身体，还是摔进了平行空间，冷岳阳迫切要做的事情只有一件——阻止父亲！

冷岳阳拿着手机冲出了健身房，他处在购物中心的六楼，直达电梯就在对面。他飞奔过去一看，两部电梯都在地下一层，等不了了！

他立刻转身，直奔自动扶梯，一路狂奔下去。

接电话，快接电话！手机里传来的“嘟嘟”声令冷岳阳慌乱无比，恐惧促使他拼命加速，只怕自己跑得不够快，来不及阻止死神到来。

差点让他情绪崩溃的“嘟嘟”声消失了，冷子荣的声音传到耳中，带着疑惑的语气问道：“阳阳，什么事啊？”

隔了二十年再一次听到熟悉的声音，冷岳阳在自动扶梯上猛然停下了。

没错，是爸爸，是他的声音！他咬着拳头，提醒自己不能在大庭广众下号啕大哭。

二十年，无数次期盼的时光倒流，它终于成真了！澎湃的感情刺激着他的泪腺，令冷岳阳说不出话来。

“阳阳啊，你在不在？”冷子荣又问了一次，可能误会他是无意中按到了通话键。

留给冷岳阳思考的时间仅有几秒钟，若是直接告诉父亲有生命危险让他不要上楼，八成会被当作胡说八道。唯有说自己出事，才能引起冷子荣足够的重视。

冷岳阳的拳头捶向胸口，命令自己一定要先冷静下来，此刻父亲正在生死边缘，绝不能大意。

“爸，我不行了，你快来救我！”他对着手机大喊，狂奔出商场。二十年前的他其实距离父亲坠楼的地方仅仅几条街，只要能拖住冷子荣，他完全有机会拯救父亲的生命。

这是命运给他的第二次机会，他不能放弃！

冷子荣嗤笑道："小伙子，年纪轻轻干什么不好，非要干电话诈骗吗？"他平日常听电台里的警方提醒，对电话诈骗的套路十分熟悉，这就是典型的借"亲人出事"进行诈骗。

只怪他平时给父亲打电话次数太少，加之情急之下声音略微失真，父亲误以为诈骗电话也情有可原。他急得六神无主，一旦父亲挂断电话，他无论如何也追不上这几分钟的时间差。

"你是城市里的星光，闪烁在黎明的边缘和我的心上。你是深山里的菊花，盛开在芬芳的山路和我的脑海。"他迅速找到最有力的证据，现在只能依靠这首情诗证明自己的身份了。

如他祈祷的那样，冷子荣一听到他念出的诗，马上没了声音。

有效果，冷岳阳再接再厉，继续说道："老爸，我真是你儿子，不是假冒的。这首诗就藏在床底的樟木箱里，和妈妈的照片放在一起。"他边跑边说，气喘吁吁。

自己亲手写给前妻的情诗，冷子荣当然记得。虽说依旧有些不知冷岳阳是什么时候打开箱子找到这些的，但他已然相信对面的人不是骗子。

听出手机那头的人气息急促紊乱，冷子荣心急如焚，赶紧和同事打了个招呼，冲着手机大吼："阳阳，你在哪儿？我马上过来！"

这样算是挽救成功了吗？冷岳阳没有把握是否已完全将父亲拖离了险境，他不敢放慢速度，继续向着目的地飞奔。

"爸，你站在大堂等我，我马上就到。"他让手机保持通话状态，以免冷子荣因为擅自行动遇到其他意外。

他拥有的那一段记忆只能规避一次危险，尽管尚未弄明白自己怎么会回到二十年前的 2017 年，但他绝对不能让二十年前的悲剧再一次发生。

失去父亲之后自己有多痛苦有多后悔，这些回忆全都在，他不想再经历一次。

那栋"夺命大楼"出现在眼前，巨大的广告牌依然挂在楼顶，冷岳阳松了一口气。他记得自己后来常常登上天台，从高处望下去，想象着父亲在人生最后几秒钟是何情形。可他想不出，因为没有濒临过死亡又活下来的经历，他无论如何也想象不出父亲的心情，以及表情。

大楼里涌出一拨下班的人，预示着至少有一部电梯到达了一楼。冷岳阳心里“咯噔”了一下，抬起长腿三步并作两步跨上台阶，冲进了大堂。

爸，老爸，快出现，求你快出现！冷岳阳站在大堂中央，满眼都是人，却没有见到最熟悉的那一个。体力被炎热的天气和高速冲刺消耗殆尽，他头晕眼花，心脏跳得飞快，全身热汗在踏进冷气十足的大堂时一下子变得冰冷，真的有了几分“快不行了”的无力感。

“冷岳阳！”一声大喝响彻空间，霎时一片安静，人人都下意识地望向声音的来源，被点到名的男人也不例外。

他见到了父亲，二十年前的冷子荣，仍是一副硬朗的身板，仍是一张端正严肃的脸，仍然活着……从刚才听到父亲声音开始就忍着的眼泪在这一秒夺眶而出，他低下头、弯下腰，不想被旁边的人看到自己流泪的样子。

冷子荣却误以为他身体抱恙，着急地冲了过来，一边抓着冷岳阳的胳膊想扶他站直，一边心急火燎地招呼同事：“小王，快点把车开过来，送他去医院。”

冷子荣的手被冷岳阳反手抓住了，比他高了大半个头的年轻人泪流满面，哽咽道：“爸，好久不见。”

说着，冷岳阳给了父亲一个拥抱，用力地、紧紧地抱住了他。

二十年时光浓缩成一句话，所有的思念都藏在“好久不见”四个字里。冷岳阳没有办法告诉父亲，这是一个跨越二十年、跨越生死界限的拥抱。于他而言，这是一次真正的“久别重逢”。

冷子荣大吃一惊，倒不是奇怪冷岳阳何以会说出“好久不见”，而是很多年以前父子之间就再也没有如此亲密的肢体接触了。他有些局促，毕竟众目睽睽之下，况且还有同事在场。他拍了拍冷岳阳的后背，安抚地说：“好了好了，这么大个子，怎么还像小孩一样？”说着，他忍不住笑了，“说什么好久不见啊，只是一个星期没回家，真是小孩子。”

那一个没有回家的周末，冷岳阳遗憾了整整二十年，每一次想起都懊恼不已。因为工作，他错过了和父亲最后的相处机会，甚至没来得及说一声“下辈子再见”。

可这件事，冷岳阳不能说。此刻，只是2017年。

“老爸，有件事我一直忘了说。”他在另一段人生里经历的二十年告诉他什么事都不能等，一旦错过，就只能在漫漫岁月里品尝后悔的滋味。“谢谢你，老爸，我爱你。”

冷子荣脸色一变，他立刻联想到冷岳阳在电话里声称“我不行了”，加上这个拥抱和这句“我爱你”，怎么看都透露着不祥的气息。他连忙推开人高马大的儿子，抓着他的手臂紧张地问道：“冷岳阳，你到底出了什么事？你老老实实告诉我，我撑得住！”

冷岳阳低下头自嘲一笑，笑容里带着几分苦涩。看吧，果然父子俩不适合上演这种八点档剧情。以冷子荣的性格，他根本不会表达感情，也不能接受自己的表达。

“没事，老爸，我真的没事。”他恢复了正常语气，极为自然地找了个理由，“我朋友的父亲遇到了意外，我突然很害怕。”

他点到为止，没有说出“失去你”三个字。冷子荣想到自己的职业，自然明白他为何而恐惧，一时间百感交集。比起虚头巴脑的“我爱你”，这般真切的担心反而更令他感动。

“傻小子，老爸自己会注意安全的，我还等着抱孙子，舍不得这么早就走。”听得出冷子荣的声音有些颤抖，显然他的内心十分激动。他自己也察觉到了，顿时感到不好意思，遂主动转移了话题，“你朋友的父亲，他怎么样了？”

冷岳阳打了个激灵，骤然反应过来方才脱口而出的“朋友”指代何人。林巧南，他念念不忘的那个朋友，正是林巧南。

他回到了2017年，在另一段人生的2017年，此刻的他们还没产生“超感”。

“我先打个电话。”冷岳阳拿着手机走开两步，又回头叮嘱冷子荣和他的同事小王，“我陪你们一起上天台。”

“我们上去工作，你去干什么？”冷子荣不明所以，只感到从接到电话开始冷岳阳就反常得很，先是来个真情告白，又疑神疑鬼地觉得自己的工作不安全，现在居然进展到监督他们工作了，实在有点过分。

一听到父亲扯着嗓门声音大了起来，冷岳阳赶紧走回来，唯恐他们丢下自己率先去了天台。万一自己并没有改变命运，只是拖延了悲剧发生的时间，那可怎么办?

想到这个，他连忙收起手机，紧紧跟着冷子荣央求道：“我就上去看一眼，行吗？”

拗不过他，冷子荣被迫答应：“小王，你看这小子不知哪根筋搭错了非要跟我们上去，你不介意吧？”

“冷师傅，您儿子肯关心你，这是福气。”小王嘻嘻笑着，走到电梯前，“冷记者，你是我的榜样，回家我就孝敬我老子去。”

冷岳阳在心里苦笑，他有什么资格做别人的榜样？自己只不过是幸运地得到了第二次机会而已。

林巧南，希望你也能得到第二次机会，哪怕我们再无法相遇。电梯门关上时，冷岳阳看了一眼手机，17 ∶ 55，他衷心祈祷林振华能安然度过人生最大的危机。

请您活下去，为了二十年后那个女人和她的孩子有个依靠。

天台上风很大，这栋十层的商务楼在高楼林立的大都市里不值一提。冷岳阳曾经的办公室就在远高于它的二十八层，它的高度对于他根本算不上“高”楼，但是在很长的一段时间内，它比任何高楼更令他感到恐慌。

他曾站在天台边缘俯瞰楼下的街道和路过的人群，一次又一次，以近乎自虐的心态。只因他迷信地认为在父亲离开人世的地方，他们的灵魂能更接近一些，梦到父亲的概率也会相应增加。

但在十年后，这栋楼会被爆破掉，他连最后缅怀的地方也失去了。

“爸，小王，你们看，这根铁杆生锈了。”冷岳阳走到他们会用来固定安全带锁扣的铁架前，抓住了其中一根铁杆，“太危险了。”他用上了所有力气，“啪”的一声，铁杆在他手中硬生生拗断了。

冷岳阳在父亲和小王的脸上看到了震惊和后怕，已经引起足够的重视了，做到这一步，应该可以了吧?

“哎呀，还好冷记者你够细心。要是我们没注意，后果简直不堪设想。”小王吓得直拍胸口，成语也甩出来了。

眼前这一幕加深了冷子荣的怀疑，冷岳阳执意要跟着他们上天台，又在第一时间发现了铁杆生锈老化的现象，仿佛他突然拥有了未卜先知的本领似的……冷子荣打量着面前英俊的青年，莫名生出一丝陌生的感觉，他究竟是谁?

“爸，我先打个电话，马上回来。”冷岳阳的声音打断了冷子荣的思绪，他看着他快步走向天台另一侧。冷岳阳走路的姿势，和他印象中的儿子一模一样。

想多了吧，哪有人能模仿到走路时手臂摆动的幅度都一样的程度。冷子荣笑了笑，暗暗心想人当真要服老，上了年纪脑子就有点糊涂了。

冷岳阳走到一边，手指在拨号键盘上飞快地输入“135647215××”这串数字。在另一个2017年，他在林振华的手机里看到过林巧南的电话号码，出于某种不可言说的私心，他保存了。在之后的二十年里，他无数次地想和她恢复联系，却因为害怕听到“您所拨打的号码已停机”的提示，始终不敢拨出去。他从没想到自己会用二十年执着地爱一个人，一不留神，时间就那样过去了。

铃声响了很久无人接听，冷岳阳心情焦灼，不好的预感时不时浮出脑海，每次都被他强行压下去。

时间一分一秒流逝，终于，电话接通了。

“喂?”是个男人的声音，“哪位?”

这是江睦远?冷岳阳心中迟疑，犹豫了几秒才开口：“这是林巧南的电话吗?她父亲的手术怎么样了?”

他的电话号码并不在林巧南的通讯录里，江睦远一定是又看了看来电显示，接着才不甚确定地问道：“你是哪位？”

电话没有切断，江睦远的身后隐约传来了对话声。冷岳阳闭上嘴，全神贯注于那一头细微的声音，他听到了，听到医生在说：“很抱歉，病人的心跳没有恢复……”

命运，并没有仁慈地赐予林巧南第二次机会。它带走了林振华，一如他经历过的那个 2017 年。

冷岳阳挂断电话，目光坚决地望着被晚霞染红的天空。今天傍晚的上海落日迷人，宛如在梦中反反复复出现的西沙湾。

他必须去医院，去林巧南身边。

“爸，我朋友的父亲出事了，我要马上赶去医院。”他匆匆忙忙对冷子荣交代道，“你和小王可以下班了，赶紧回家，等我回来。”

天色确实有点暗了，不适合再进行作业。冷子荣点头应允，还没开口让他路上注意安全，反而又被提醒了一句：“老爸，路上注意安全，平平安安到家。”

望着冷岳阳离去的背影，冷子荣莫名其妙地想：这小子，居然在意起我的安全了？

他可能永远猜不出此时离自己而去的年轻人经历过什么。那个人，虽然年仅二十七岁，但已是一个四十七岁中年人的心态了。

他经历过永别，经历过悲伤、悔恨，经历过一无所有。

这一次，他想挽回一切。

2

林振华死亡小结上记录的死亡时间是 19 ：10，距离冷岳阳在电话里听到医生对林巧南说“抱歉”的时刻，已经过去了一小时。他知道她不愿意放弃希望，会苦苦哀求医生再尽力施救，即使她不确定已认为回天乏术的医生回到手术室之后会不会继续努力抢救。

那一小时左右的煎熬，冷岳阳听林巧南说起过。她当时一句话都说不出，满脑子想着今后只剩自己一个人该怎么办，继而又觉得胡思乱想不是好兆头，又急急忙忙将它们逐出脑海，还打了自己几巴掌。接到通知的亲戚们陆续赶来，但是大家也都沉默着，手术室外是死一般的寂静，没有人敢轻易开口。

她后来告诉他：“我很怕手术室的门打开，其实那时我心里已经明白我爸没希望了。但只要医生不出来，我就能骗自己他或许还有救。”

她的纠结心态引起了冷岳阳深深的共鸣。他接起电话的时候被告知冷子荣已离开人世，第一反应这是一个恶劣的玩笑。等他反应过来没有人会拿生死开玩笑，犹如被当头敲了一记闷棍，好半天没有缓过神来。他反复确认对方是否搞错了人，从父亲的名字、年龄到外表，一遍遍要求他们查清楚。他无法接受，只能不断找出新的疑点来否定。

他带着那一段记忆回到现在进行时态的 2017 年，距林振华被确认死亡还有二十分钟，他的车堵在半路上，上下班高峰时段的上海就像个巨大的停车场，哪条路都塞着车。

冷岳阳心急如焚，他记得她说过当日虽有林振华的兄弟姐妹在场，然而真正有资格做决定的人却是她。林巧南在主刀医生第三次走出手术室询问家属是否继续抢救时，终于说出“让他走吧”四个字，她向他坦承过那一刻的感觉，仿若她自己亲手害死了林振华。

他必须赶到她身边，这个念头使得冷岳阳在车里如坐针毡，堵车令他心浮气躁。又等了五分钟，见出租车仍以蜗牛一般的速度在车流中缓慢前行，他再也忍不下去了，结算了车费之后就迫不及待地打开车门下车，在人行道上迈开大步飞奔。

冷岳阳下车的地方和医院的直线距离大概一千米，跑过去也不远。有一次他站在父亲失足坠落的大楼天台，超感里的林巧南手指远处的医院大楼告诉他手术在“滨海医院七号楼，三层手术室”进行。他的记忆绝对不会出错，二十年时光荏苒，与林巧南有关的点点滴滴他全部记得。那些在二十年后看似“毫无用处”的信息，他牢牢地记住了。

七号楼是滨海医院住院部最里面的一栋，冷岳阳径直朝它飞奔。跑进冷气充足的大楼，他等不及电梯下来，索性又从安全通道一口气跑上去。还在楼梯口，他就从敞开的应急门听到手术室那边传来了哭声。他仍然晚了一步，没能及时出现在她身边。

冷岳阳穿过应急门，二十七岁的林巧南被江睦远抱在怀中，正在嘤嘤哭泣。她的亲戚们站在一旁，有的在抹眼泪，有的在低头沉思，有的在窃窃私语……他默默地站在角落里，心疼地望着不远处的她。

此时此刻，他们是陌生人。一个陌生人再如何充满善意，也不能大剌剌直接走上去给她一个拥抱。他只能站着，望着她在二十年后会伤害她的男人怀抱里哭泣。

冷岳阳带回2017年的记忆包含了林巧南在医院的那一段，她和江睦远会在二十年后她生日那天发生争执，然后江睦远一怒之下将她推倒，她从楼梯滚下去导致脑干损伤，成为植物人，像个科学怪人一样全身插满了管子。

手术室外围观的人不止他一个，冷岳阳安全地藏身在人群中。他和林巧南相距不过十米，却仿佛隔着千万重山水，分外无奈。在另一个2017年，他失去了父亲，超感连接起两个同样悲伤的年轻人。而现在，他拯救了自己的父亲，改写了死亡的结局，他心里充满着喜悦和战胜命运的畅快，再也触摸不到那颗痛苦的后悔之心了。

没有了超感，他还有什么办法能够重新认识她？

手术室的门再度打开，林振华的遗体被两个实习医生推了出来，两人的神情十分紧张，似乎在担心家属会不会找他们麻烦。如今医患矛盾本就尖锐突出，医生没做错任何事都会遭到辱骂殴打，何况病人在手术过程中离世，家属见到遗体后情绪失控做出过激行为也是有可能的。

林巧南双膝一软在推床旁边跪下了，压抑的抽泣变成号啕大哭。她的声音令冷岳阳心碎，也令他更加懊恼自己的无能为力。他闷闷不乐地离开手术室门口，从安全通道走了下去。

二楼是重症监护室，同样有隐约的哭声传到楼梯间。死亡在此地太过寻常，当你仅仅以旁观者的身份参与的时候，你不会有深刻的感受。冷岳阳亦是如此，他面无表情、脚步不停地匆匆走下楼。

夜晚的风带来几许凉爽，吹散了心头的郁闷。他回头仰望七号楼，所有的窗户都亮着灯。七号楼，为什么感觉如此熟悉？冷岳阳皱着眉头冥思苦想，忽然，仿佛有一道闪电劈开了混沌，照亮了记忆黑暗的角落，他发现了一个可怕的巧合——二十年后，滨海医院的脑外科在国内首屈一指，林巧南的病房也在七号楼。

命运给了他第二次机会，除父亲之外，他必须挽救林巧南今后二十年的人生。

冷岳阳从医院回到家时已经超过八点半了。开门的一瞬间，他突然惶恐无比。万一几小时以前发生的一切都只是梦怎么办？他其实并没有救回父亲，没有人在等他回家。

心脏疯狂地跳动，他紧张得想吐。冷岳阳用手按住胸口，屏住呼吸小心翼翼地推开门——一盏地球仪造型的LED灯亮着，暖暖的灯光一下子让他的心跳恢复了正常，这是父亲为他点起的灯，一如既往。

他轻轻关上门，穿过客厅走到院子里，只见父亲正睡在躺椅上，用大蒲扇盖着脸，旁边的小桌上摆着一壶酒和一碟花生米、两只杯子。

他忍不住鼻子发酸，闭上眼睛虔诚地感谢上天没有收走这重来的机会。爸爸还活着，真的活着！

冷岳阳走到另一把躺椅前坐下，拿起酒壶往自己杯子里倒了半杯。倒酒的声响惊醒了冷子荣，他拿开蒲扇，眯着眼看看冷岳阳问：“几点了？”

“八点半吧。”冷岳阳抱歉地笑了笑，“路上有点事，回来晚了。”

“吃过饭没有？”身为他的父亲，冷子荣首要关心的不外乎一日三餐、几时就寝。他从前嫌烦，觉得父亲啰唆又没新意，每次见面翻来覆去念叨这些事。然而此刻他再听到，竟激动得说不出话来。

冷子荣以为他又像平时那样装作没听见，便自顾自地说道：“要是没吃过，冰箱里有菜，还有玉米，热一热再吃。”

玉米，父亲特意为他煮的玉米。冷岳阳记得第一次超感发生就是在他打开冰箱看到一袋玉米的时候，突如其来的悲伤击中了他的心脏，他差一点掉下眼泪。

“那我吃一根玉米好了。”他正欲起身，又坐回去先举起了酒杯，情真意切地说出祝词，“老爸，祝你长命百岁。”

冷子荣吃了一惊，瞧着他的眼神里满是疑惑。今天又不是自己的生日，这小子怎么平白无故说这个？反常的感觉又出现了，他盯着冷岳阳问道：“你老实告诉我，到底发生了什么事？是不是哪里不舒服？怎么今天古古怪怪的？”

冷岳阳心里没底，他不知道发生在自己身上的现象该用什么来解释或定义，唯一能够确定的是蝴蝶效应已经发生，他必须尽量减少变量，以免历史产生重大改变。所以关于回到 2017 年的这件事，他不能告诉任何人，包括父亲。

闪念之间，冷岳阳想到了冷子荣和林振华的合影，这是他能打出的最后一张牌。“爸，你还记得林叔叔吗？他今天走了，没撑过手术。”他脸上的悲痛倒不是装模作样，林振华于他，的确就像一位“老朋友”。

冷子荣已经到了对“死亡”特别敏感的岁数，乍听之下难免吃惊，但他一时想不起来自己的朋友里到底有没有姓林的人：“哪个林叔叔？”

“林振华叔叔。”冷岳阳一字一句，同时观察父亲的表情变化，他还是没想起来，一脸茫然。“二十年前，你在联防队做志愿者，和林叔叔一起抓过敲头案的模仿犯。你救了他，头上被榔头砸了一下，还住了几天医院。”他索性全盘托出，竭尽全力要让父亲忆起往事。

尘封的记忆慢慢掀开帘幕，有两张脸出现在眼前，那时候的自己四十岁不到，也是风华正茂的样子。冷子荣“啊”地叫了一声，直挺挺地坐了起来：“你刚才说林队怎么了？”

“林叔叔今天动手术切除肿瘤，手术中出了意外，他没挺过去。”他又说了一遍，补充了一些细节。

“怎么会这样？怎么会啊？”冷子荣喃喃自语，他想起林振华和自己说过生肖属马，“林队没比我大几岁，怎么会发生这种事？”他质问的对象不是冷岳阳，而是不可捉摸的命运。这一刻，他深刻感受到人生的无常——

没有人知道意外和明天哪一个先到。

“爸，你不要太难过，也许是因为林叔叔的命数到了。”自己回到2017年并成功改变了冷子荣的命运轨迹，无异于证明父亲的生命果然不应该断送在那次意外事故中。可是林振华这边没有发生任何变化，他仍然在手术中去世，说明他的生命就只能到此为止了。

冷子荣唏嘘不已，长吁短叹一阵，接连喝了几杯闷酒才缓过劲来。

“岳阳，你从谁那里知道的这事？”他左思右想，总感觉疑点重重。冷子荣早就忘了二十年前的事情，连带着也想不起有过这么一段交情，所以他百思不得其解，冷岳阳从何得知这段往事。毕竟当时他不过是个七岁的小学生，却记得分毫不差，好像是昨天刚刚发生的事情一样。

冷岳阳明白父亲起了疑心，从傍晚到此刻，他的表现和反应都格外地“不正常”，在这件事上尤为突出。家里既没有那面“英勇无畏”的锦旗，也没有冷子荣与林振华的合影，理论上并不存在能够让他知道往事的线索，他必须找一个令人信服的理由。

“我写过作文，小时候写《我的父亲》，我把这件事写进去了。”冷岳阳镇定自若，说得煞有介事，“前些日子我在整理搬到公寓的箱子，又翻出了这篇作文。我想不起来老爸你当初做了什么好人好事，就去调查了一下，没想到林叔叔得了重病。我怕你担心，一直没说这事。”

“唉，你要是告诉我，好歹还能见上一面。”冷子荣埋怨道。他和大多数人一样，都有推卸责任的坏习惯，明明自己早就忘了故人，事到临头反而怪儿子不早点说明情况。其实冷子荣和林振华交情并不深，两人唯一的交集就是二十年前那一次携手合作。后来冷子荣工作调动去了外地，又举家搬到其他区，两人自然而然断了联系。今晚听说对方去世，他也是震惊明显大于悲恸，不一会儿他又把注意力又转向了冷岳阳提到的作文，“这种事你还写在作文里，老师不嫌你吹牛吗？”

“要不哪天我带回来给你看看？”冷岳阳琢磨着模仿小时候的字迹伪造一篇作文难度不算太大，遂兵行险着将父亲一军。

不出所料，冷子荣老脸一红，忙不迭地摆手：“谢啦谢啦，不用给我看。

又不是什么了不起的大事，我才不要看你吹嘘呢。”

他有一本剪报本，里面全是冷岳阳发表过的文章。冷岳阳的记忆提醒他不要把父亲的口是心非当真，笑了笑，向冷子荣举起杯子：“爸，你真的很了不起。”

被儿子当面夸奖，这可是破天荒头一遭，冷子荣窘迫极了，端起酒杯咳嗽了两声，嫌弃地说：“你快点去热玉米，别饿着了。”

“嗯，我知道了。”冷岳阳听话地站起来。今晚的他仿佛换了个人，再也没有了从前的桀骜不驯，也不会故意唱反调，父子关系很久没有如此融洽了。

待冷岳阳拿着玉米走回院子，壶里的酒已快见底，冷子荣微微有了一点醉意。故友离世终究对他有些影响，他心情不好时喝酒就快，醉意来得也快。

“林队的追悼会日期定了吗？我想去送送他。”

“嗯。”冷岳阳低低应了一声，他当然知道林振华的葬礼日期，那天原本也是冷子荣的告别仪式。

一个楼上，一个楼下，他们的命运轨迹曾经再次重合过。

“爸，我陪你一起去。”冷岳阳忽然开口，郑重其事地说道。

这是顺理成章出现在林巧南面前最好的机会，他必须抓住。

8月19日上午11：00，林振华的告别仪式在殡仪馆四楼静思堂进行。父子俩提早了一刻钟到达，自动扶梯将他们送上四楼，静思堂外已站了很多人。

冷岳阳拥有那一次超感的记忆，林巧南穿着一身黑衣，身形瘦削高挑，在角落里躲避着别人的安慰。

他知道她不喜欢听“节哀顺变”，这是人生至深至大的哀痛，本就不是轻描淡写的四个字能够平复的。他阻止不了冷子荣，但他不会这么对她说。

“爸，林叔叔的女儿在那里。”冷岳阳抬手指向角落里站立的黑衣女子，向父亲介绍道。

冷子荣略为诧异，他印象中见过的孩子头发极短，一直以为林振华和自己一样有个儿子。

“原来林队生的是女儿啊！”他忍不住感慨，“那孩子头发剃得那么短，我当初还以为是男生。”

他们不愧是父子，判断性别主要依据头发长短。冷岳阳摸着额头叹气，带着父亲朝林巧南走去。

“你好，我是冷岳阳。”想了无数次的开场白，他用尽全力克制住内心的激动。

离他一步之遥的女人听到声音抬起了头，清秀的脸上没什么血色，眼睛又红又肿，一看便知她连续哭了好几天。

林巧南望着他，一脸淡漠。

“我爸爸和林叔叔在二十年前一起抓过坏人，他说一定要来送送老朋友。”冷岳阳推出了冷子荣，他的手向旁边一伸，介绍自己的父亲给她。

林巧南以为冷子荣是父亲的老同事，她的脸上迅速浮现客套的微笑：“冷叔叔，谢谢您，有心了。”

“姑娘，节哀顺变。”冷子荣握住她的手，使劲摇了摇再放开，“你这么优秀，林队走得也安心了。”

他的安慰十分套路化，冷岳阳敢打赌今天林巧南肯定已经听过不下十次。果不其然，他发现了她笑容里的讽刺。

但那一抹讽刺很快消失不见，她客气地表示了感谢。

冷岳阳送上奠仪，顺势握住她的手，诚恳地说：“作为旁观者，除了说‘节哀’也没其他话能安慰家属了。我明白这些话其实没有任何作用，听过就算了。”

与众不同的言论让林巧南惊讶地睁大了眼睛，他成功地吸引了她的注意力。

冷岳阳无视冷子荣拼命对自己使眼色给的暗示，接着说了下去：“那种撕扯心脏的痛苦会反反复复出现，你会有很长一段时间必须与它共同生活。没关系，你不用假装克制，想哭就哭，不要在意别人怎么想。”

林巧南面色微微一变，目光移向手中白纸包着的奠仪。白纸的外侧没署名，她不好意思当着父子俩的面拆开，只好问他：“你……你刚才说的名字是什么？”

弧线优美的嘴角向上一弯，一个好看的微笑出现在他风流倜傥的脸上。

“冷岳阳，岳阳楼那两个字。”

重新开始的 2017 年，始终不变的一句话。

3

林巧南走到台上致家属答谢词之前，一度有过逃跑的念头。她觉得自己会忍不住号啕大哭，在父亲的告别仪式上狠狠丢脸。林振华本来就不喜欢这些“做给别人看”的事情，她不但违背了他的意愿，还把事情搞砸，父亲若在天有灵，一定会感慨她真是个不中用的女儿。

林巧南在家练习过几次，次次讲到一半就无法控制自己放声大哭，后面一半总是断断续续话不成章。江睦远见状不禁有些担忧，措辞委婉地提醒她上台致词是一件严肃的事，需要致词者克制感情，以庄严肃穆的语气贯穿始终。如果她不能好好克制感情，就那种场合而言，其实颇为失礼。

林巧南捏紧手里的答谢词，她站在第一排，像一个孤立无援的战士。派出所领导致完悼词，司仪指挥大家三鞠躬后，对着话筒宣布进入下一流程：“家属致答谢词。”

她深深地吸了口气，林振华的照片就在面前，他看着她，似乎在对她说：“谢谢。”

像是回到手术前一天，她交完后续费用之后，父亲对她说了一句“谢谢”，林巧南始终以为那是林振华在为自己花了家里很多钱治病表达歉意。她有点生气，觉得父亲这么想是看低了自己，她真心实意希望他尽快恢复健康，钱没了可以再赚，家人对于她来说永远是最重要的。可是这些话说出来太煽情了，她只好回答：“反正这笔钱本来就是你给我做嫁妆的，现在拿出来付手术费天经地义。”

然而就在刚才，有个从天而降的男人对她说：“我听说了伯父的情况，我想他不会怪你同意做手术，实际上这也是他本人的选择。他一定对你说过‘谢谢’吧？”

“你……怎么知道？”林巧南又一次震惊了，疑惑占满了她的心，难道这个人在医院听过他们的对话吗？

“在手术同意书上签字的人要承受很大的压力，一旦手术失败，她会觉得是自己害死了亲人。如果是我，会因为必须让家属做那么痛苦的事情感到过意不去，同时也会感激她愿意为我冒险。”

她以前从没见过他，也没听父亲提起过有姓冷的朋友。但这个名叫冷岳阳的年轻人却好像对她十分了解，每句话都说到了她的心坎里。

林巧南不由得频频点头，翻来覆去地说着：“谢谢，谢谢你。”

这是迄今为止最有效的安慰，多多少少减轻了一些她的负罪感。她结束回忆，迈着沉稳的步子走上台，先向着父亲的遗像三鞠躬，再转过身向着台下出席葬礼的亲朋好友鞠了一躬。抬起头，她看到最后一排高人一头的冷岳阳。

四目相接，她的心奇迹般地安定了。正如冷岳阳所说，她完全应该问心无愧地面对这一切。她冒着风险签署手术同意书，请来林振华的亲戚朋友送他踏上新的旅程，父亲知道这些事都非她本意，对她只会有感激，绝不会责怪她。

“我常常在想该如何定义父亲的一生，想来想去，唯有‘洒脱’二字。一个人在年轻时遭遇了丧子之痛，人到中年又失去了相伴一生的妻子，他既没有愤世嫉俗，也没有埋怨命运对自己的不公。他以前对我说过，每个人都拿着一张单程票踏上自己的人生旅程，有些人拿了机票，可能早一步先去了终点站；有些人拿了自行车票，需要很多年才能到达。但是最后，大家一定会在目的地重新相遇。”她的声音清晰、镇定，眼泪从眼角慢慢滑落。她的答谢词已经不遵循常理了，又何必在意别人会不会认为她失礼呢？

冷岳阳站在最后一排，他的父亲在右手边。他本来想往前站几排，奈何冷子荣觉得自己与林振华交情不算深，站前面有失礼节，硬拖着他占了最末位，好在他人高，不至于被前面的人挡住视线，能清楚地看到林巧南。

在某个曾经存在过的时间里，他们差不多同时为各自父亲送行。冷岳阳还记得自己那份答谢词，干巴巴的，完全听不出含有真挚的父子之情。他那时候不知道父亲对母亲的爱意，不知道父亲为自己深感骄傲，也不知道父亲曾救过别人。

林巧南的声音带上了哽咽，有些词汇念得模糊不清。冷岳阳看了看前面，低着头抹眼泪的人不在少数。在她的叙述中，林振华洒脱、乐观的形象生动而鲜明，即使他这个陌生人也好像亲耳听过他大笑的声音，亲眼见过他大口吃肉、大碗喝酒似的。他低下头叹气，为她的际遇难过不已。

她只剩下二十年了，如果他什么都不做的话。

不行，绝不可以让这件事发生。他的视线在第二排的江睦远背上绕了一圈，不管这家伙是本性如此还是一时冲动，他不能冒险再将林巧南交给江睦远。

这一次，就让我来守护你。

告别仪式结束后，林巧南按照习俗也订了几桌豆腐饭宴请大家。这是以父亲之名请朋友吃的最后一顿饭，一想到此她就免不了心中绞痛。她在主桌坐下，旁边坐了江睦远，再是他的父母。

“小南，你刚才讲得很好，我有好几次忍不住抹眼泪。”蒋秀英从儿子背后探过头，捏着手帕擦擦眼角，接着说，“我和你爸爸去医院探望亲家公的时候，他特意拜托我们要好好照顾你。你不用担心，我们就是一家人。”为了安抚她，蒋秀英直接将称谓升了一级。林巧南和江睦远订婚后都没改口，一直以“叔叔”“阿姨”互称对方父母。

“谢谢……阿姨。”林巧南犹豫了两秒钟，仍然改不了口。

江睦远理解地拍了拍她的手臂，又转过头对母亲说道：“妈，你少说几句，让她静静。”

他的语气略显生硬，林巧南奇怪地看了他一眼，不解他无缘无故发什么脾气。她站起身环顾四周，方才还哀哀戚戚的众人已开始呼朋引伴推杯换盏，她顿时觉得意兴阑珊，只想尽快离开这里。

“我去下洗手间。”说着，她匆匆忙忙地走出包厢。

林巧南依然不习惯葬礼过后大家就能迅速切换情绪的状况，她无法理解别人如何做到在十分钟之内从悲痛欲绝变得兴致勃勃，好像离去的人从来就没存在过似的。她的父母在世时也是如此，不管先前表现得多伤心，很快他们就能面露笑容，淡定自若地和亲戚朋友聊天寒暄了。

她不知道怎么面对房间里正在谈天说地的一群人，热闹的声浪像是在开茶话会，正等着她这个主持人。偏偏她笑不出来，也不想讲话。

有人走了出来，疑惑的声音从她头顶掠过——

“林巧南，你怎么不进去？”

又是那个略显神秘的冷岳阳！短短一个多小时，她竟然记住了他的声音。

林巧南抬起头，尴尬地说：“哦，我准备去洗手间。”

他的表情透着一丝古怪，一副想笑又不得不忍耐的样子。她按捺不住疑心，迟疑地问：“怎么了？”

“我想到小时候，你们女生总喜欢成群结队去厕所。所以刚才我差点要跟你说，我也要去洗手间，要不要一起？”

她瞪大眼睛看了他好一会儿，才勉强吐出一句：“这是……冷笑话吗？”

冷岳阳摇了摇头：“走吧，我陪你一起走过去。”他的态度强势，气场强大得让她无法说“不”。

林巧南咽下了反对，跟着他一同朝洗手间方向走。

“你站在外面干什么？”他好不容易争取到同行的机会，当然不打算浪费在沉默上。冷岳阳迈出了第一步，接下来的计划取决于她是否会给出积极的回应。

她抬眼看了看他，在心里犯起了嘀咕：这家伙是“自来熟”，还是“搭讪”啊？自己手指上虽然没戴婚戒，但一直和江睦远站在一起，明眼人一看便知他们关系匪浅。他不会明知自己有男朋友，还打算知难而上吧？

“呃，我有未婚夫了。”林巧南决定先划清界限。她无意招惹桃花，她和江睦远的关系总体来说和谐稳定，没必要节外生枝。

未婚夫？冷岳阳微微一怔，他记得当时他俩的关系仅仅是“男女朋友”。林巧南拒绝过江睦远的求婚，为此他和她还在外滩连接过一次超感。怎么现在摇身一变居然成了未婚夫！他看着她的脸，琢磨自己是否表现得过于明显、急切了，以至于她必须用“未婚夫”的头衔提醒他保持距离？

“恭喜你，伯父应该能安心了。”这是当年令他迅速弃权的一个原因，江睦远是林振华认可的女婿人选，尽管二十年后发生的悲剧证明她的父亲看人的眼光不准，但是在2017年，谁都不相信江睦远将来会和“家暴”扯上关系。

他的表态起到了成效，让她反思自己是否过于敏感了。林巧南脸一红，为误解了他感到抱歉。她不好意思承认“自作多情”，无奈之下只得将话题硬生生转回他提出的问题：“我是躲到外面来的，我受不了大家这么快就转换了心情，好像我爸的离开就是难过一小时的事情。”她心里的苦本来无处发泄，难得竟遇到一个与自己想法相似的人，极为自然地就说出了口。

冷岳阳那时候属于她讨厌的“大家”之一，但他的强颜欢笑是不想被人看穿心里的痛苦，为此他宁愿戴上不在乎的面具，让别人以为自己是个“不孝子”。他的完美伪装因为他们之间的“超感”露出了马脚，才使得他开始正视内心，开始承认自己对父亲的爱。

“前几年我的爷爷过世了，我和你有同样的感受。爷爷的子女们看上去一点都不伤心，大家在吃饭的时候和其他亲戚有说有笑的，要不是爷爷的遗像摆在前面，路过的人说不定以为这是在庆生。”冷岳阳双手抱胸，食指搭在臂膀上有节奏地打着拍子，“可是一回到家，我爸一句话不说直接进了自己房间，我路过门外时听到了撕心裂肺的哭声。”

他的话吸引了林巧南的注意，她听得很认真，若有所思的表情。

“你是想告诉我，成年人不应该轻易在别人面前流露感情？”

女士洗手间出现在眼前，冷岳阳伸出手搭着她的肩膀，将她推向前面：“我的意思是，每个人对悲伤都有不同的处理方式，共同的一点是他们对离开的人都有真感情，否则何必要来见最后一面？”

“那你呢？你认识我爸爸？”林巧南回过头，满眼疑惑。

他和林振华的“交情”不能告诉她，那是发生在另一个2017年的离奇故事。他们交换过各自父亲的手机，他通过林振华的朋友圈“认识”了她父亲。

冷岳阳凝视她的眼睛，里面有令他心醉的星辰大海。

“其实我们见过一次，在二十年前。”

二十年前，1997 年？

林巧南的思绪一直围着冷岳阳打转，他说他们在 1997 年见过一次，她偏偏一点都不记得有过这事。不过说起小时候的经历，她的记忆始终模模糊糊的，只有哥哥溺亡的阴影刻骨铭心。

“你还记得小学时候的事情吗？”回家的路上，她忽然问正在开车的江睦远。

江睦远侧眼看了看她：“怎么突然问这个？”

“今天来为爸爸送行的人里有一对父子，那位冷叔叔二十年前在联防队做志愿者，和爸爸一起抓过坏人。”她主动提及冷家父子俩，怕他没有印象，又补充道，“冷叔叔的儿子叫冷岳阳，长得很帅，可昕和我同学都问过他是谁。”

她的说明帮助江睦远把人物对上了号，外形出色的冷岳阳在所有来宾中十分显眼，他不可能忽视这个抢走自己一半风头的男人。尤其是到了最后，大家告辞离去时，冷岳阳还特意和他握了一下手，所用的力度和脸上的表情，完全可以被解读为“挑衅”。

当时江睦远并不清楚对方与林家的渊源，现在听林巧南提到“二十年前”，倒是放下了忐忑。二十年前大家都是小朋友，就算有过青梅竹马的感情也忘得一干二净了，根本不具威胁性！

“冷叔叔说他一直以为我是男生，我想起来那时候确实把头发剪得很短，想安慰爸爸妈妈。”林巧南叹了口气，抱紧父亲的遗像，继续说，“进了中学我才明白，这根本不是安慰，简直是在揭伤疤。我小时候真蠢！”想到父母不能明说这是“二次伤害”，她深深地觉得自己对不起他们。

江睦远的右手离开方向盘，探到旁边摸了摸她的头：“小时候谁没做过几件自以为聪明的蠢事呢？你不要怪自己，伯父伯母不会怪你的。”

她没有接他的话，反问道：“你和我一个小学，我哥哥的事你应该知道吧？”

两人第一次见面时，因为江睦远无意中提起了小学的名字，她才知道彼此曾是小学同学。她记得当时他确实有打算讨论“发生在一年级秋游时的意外”，刚起了个头就被自己一句“他是我哥哥”打断，从此之后再没提过。

江睦远点了点头：“嗯，是的。”那起悲剧中止了第一次秋游，谁都忘不了人生第一次亲眼看见死亡狰狞的面孔。

“要是哥哥活着就好了，至少老爸的手术用不着我来签字。”她说着，眼泪又夺眶而出，连忙低下头掩盖伤心的痕迹。

“已经发生的事，除了接受也没其他办法。我相信伯父也不愿意看到你一直难过下去。”他明知自己的开解是陈词滥调，却苦于找不到更新鲜的说法。不得不说，大多数人都是听着类似的安慰熬过悲伤的日子，她也会如此。

林巧南吸了吸鼻子，简单地“嗯”了一声作为回应。想起两人后来再没谈起过小学时的事情，她不由得有几分遗憾。难得有缘在多年后因为相亲而重逢，应该好好了解才是。

“除了哥哥，我对小学基本没有印象了，不知道有没有在学校见过你？”她问道。

江睦远沉默了几秒钟，才回道：“我在三班，你的隔壁，肯定在教室门口见过。”

学校教室的布局恰恰是林巧南难得记住的几件事之一。小学一共五个班，在走廊上从一至五一字排开，邻近的两个班级因为前后门只隔了一堵墙，确实有可能会在出入时遇到。

“我和你说过我在二班？”她想不起来第一次见面聊过哪些内容了。

江睦远笑了笑，无奈地叹息：“你看看你，什么记性啊！我们不在一个班，要不是你告诉我，我怎么可能知道？”

林巧南在兄长的意外发生后，缺席了后来所有的公开活动，包括运动会。她在老师和同班同学眼里就和隐形人一样，想来隔壁班的江睦远也不可能记得有她这号人物存在。她咧开嘴自嘲一笑，又好奇地追问：“你小时候什么样？”

“我啊，三好学生呗。”从小到大，他都是“品学兼优”的代名词。

林巧南知道他读书很棒，介绍人曾经对父女俩猛夸过他直升重点高中，以高出录取分数线三十多分的好成绩考进一流大学热门专业，并且年年拿奖学金的辉煌履历，但她不知道小时候的他也这么厉害。

“小学就是吗？”她瞪大了眼，几乎要崇拜他了。

“嗯，是的。”他不愿多谈，敷衍地回答，“你怎么回事啊，一直问小时候的事？”

林巧南将父亲的遗像正面朝向自己，抽出一张纸巾擦了擦。

“你知道吗？写答谢词的时候我越写越难过，我根本没有好好了解过爸爸。其实人和人相处的时间是有限的，不抓紧时间了解对方，等失去以后就再也没机会了。”

她的遗憾让闻者伤心，江睦远鼻子发酸，险些落下泪来，他不管三七二十一地将车停靠在路边，解开安全带束缚，侧过身拥住了她。

“小南，我们有一辈子的时间慢慢了解对方。”他的声音里透出真挚的情感，“我保证。”

林巧南低声啜泣，紧紧地抱住他。

她再也受不了“失去”的打击。

4

江睦远送林巧南回到家，再度提议让她搬到自己家住，他怕她睹物思人，一个人住在旧屋难免胡思乱想。

“姑姑说断七之前最好不要去别人家里。”她委婉地拒绝。

他踩着椅子将林振华的遗像送上橱柜顶，放在李裕芬和林健辉的照片旁边，回头居高临下地俯视她，轻描淡写地说道：“跟你说过很多遍了，我不信这些。再说，我是‘别人’吗？”

林巧南提心吊胆地扶住椅背护他下来，待他平安落地，悬着的心才算放下。父亲的手术沉重打击了她本就伤痕累累的心灵，她已经预感到自己的下半生将会在诚惶诚恐中度过，害怕身边的人再遇到什么意外或者被奇奇怪怪的疾病缠上。

“你当然和‘别人’不一样！不过呢，有不信的人，自然也有相信的人。”她努力挤出微笑，“特别是伯父，他会觉得我不懂规矩。”

江学勤是个生意人，相当看重风水、运势之类的玄学命题，江睦远顿时无话可说了。他倒不是害怕父亲的权威，而是想到将来结婚后仍要与父母相处往来，他不能让她受委屈。

“好吧，那我住过来。”他终究不放心她独自在家。

林巧南双眉微蹙，满心不乐意。她明白江睦远此举是出于真诚的关心，然而哀悼本身是一件私密的事，她需要空间和距离。

“不用，我一个人真的没关系。”

江睦远察觉到她的语气有些生硬，连忙改口：“我知道了，你好好休息，明天我再过来陪你。”说着，他给了她一个温柔克制的拥抱。

林巧南为自己的不近人情感到抱歉，江睦远处处以她为重，现在倒像是他犯了错似的。她在心里叹气，轻声说道：“谢谢，这几天辛苦你了。”从手术当天开始，他一直守护着她，忙前忙后出力甚多。

江睦远抬头望了望摆在橱顶的三个相框，她的亲人接二连三过世，身边只剩下他。他的拥抱多了一点力道，想把支持传给她。

江睦远离开后，留下的一屋子冷清孤寂包围了林巧南。她自我催眠父亲只是出发去了远方，但潜意识不断提醒她这一次不会再有“重逢”，在她的有生之年。

林巧南在客厅直挺挺地站了两分钟，心里空荡荡的，她好像一下子什么都没有了，不知何去何从。

“无论生活怎样，我们都得见证。”有一个声音突兀地响起，从灵魂深处。

那是冷岳阳对她说的，在两人走回包房的路上。林巧南猜想他和已过世的爷爷感情一定很深，否则他怎么可能做到感同身受，给她的句句安慰皆切中要害？

她顺便想起了冷岳阳说的另一件事。

二十年前林振华和冷子荣同心协力抓过一个“敲头案”的模仿犯，冷子荣为此负了伤，林振华去探病时两人拍过一张合影。他对她说：“很可惜，搬家时照片遗失了。能麻烦你找一下吗？我想翻拍后送给我爸留作纪念。”

他一脸郑重其事地拜托，她不好装作没听到，勉强答应“回家找找看”。

他又说：“不着急，等你心情平复愿意看相册的时候吧。”

林巧南当时不觉得哪里不对劲，此刻却莫名感到一丝古怪，他怎知家里有相册？并且言之凿凿合影就在相册里？

她回到父亲的卧室，果然如她所料，家庭相册就摆在林振华旅行专用的斗柜抽屉里。她打开相册一页页翻，看到了父母的结婚照，看到了夫妻俩抱着双胞胎儿女，看到了用作哥哥遗像的照片……她快速翻过这些页，不忍细看，照片中的人除了她，都已在天上相会了。

相册本的右侧，穿警服的父亲帅气地出现了。他坐在老人们中间，向正在讲话的人前倾身体，一脸的认真。冲印出的照片底部显示着年月日，那是 1997 年 3 月 4 日，他四十三岁生日当天的工作留影。

1997 年，快到了！林巧南将信将疑地往后再翻一页，林振华和一个头缠绷带男人的合影赫然出现在眼前。她其实今天没仔细看冷子荣的五官长什么样，要不是冷岳阳大致形容过这张照片，她肯定认不出这是谁，毕竟照片中的男人身形比现在清瘦了许多。

目光移到了下面一张照片，冷岳阳果然没骗她，他们在二十年前的确见过一面。

一张四人合影，两个笑得很开心的男人带着各自的小孩。

站在冷子荣前面的小男孩，板着脸不苟言笑，偏偏出奇的漂亮。

站在林振华前面的“小男孩”，头发极短，脸上也没有笑容。

那是七岁的林巧南。

冷岳阳忽视了一件很重要的事——当他带着二十年积累的思念、愧疚和后悔回到 2017 年时，这条时间线上的冷子荣仍然是那个热衷于“催婚”“催生”，并且时常被他嫌弃为“冥顽不灵”的父亲。他必须时刻警告自己不能重蹈覆辙，要多一点耐心，和父亲多一点沟通。命运给了他第二次机会，不是为了让冷子荣再受二十年气!

但有时候，他的一反常态令人生疑，毕竟前后的反差实在太大了。

比如，在林振华葬礼结束后大家转移去饭店的路上，冷子荣趁着没人注意开始数落他的不是:“冷岳阳，你真是白长了岁数，连好好说话都不会，亏你还是做记者的人！”

冷岳阳困惑不解，耐着性子虚心求教：“爸，我怎么了？”

“你就简单说句‘节哀顺变’不就得了，非要说些有的没的，显得你很突出是吧？你都没看到林队的闺女，刚才脸色就不对了。”

他对林巧南所说的话出自肺腑，那是在另一个2017年他最深刻的一段经历，给他带来刻骨铭心的悲伤回忆的“当事人”就在眼前，奈何他一个字也不能透露。

“我是记者啊，习惯设身处地站在对方的立场思考。林叔叔突然走了，家属短时间内肯定没办法接受，我这么说也是希望她能正视自己的感受，不要太压抑。”他耐心地解释背后的原因。

冷子荣再一次露出了惊讶的神色，按冷岳阳过去的风格，十有八九会用“烦死了”三个字堵回来，这般详尽的解释完全出人意料。仔细回想这几天冷岳阳的转变，冷子荣心里七上八下的，总觉得他有所隐瞒。

“我倒是又想起一件事来，那天你说朋友的父亲出了意外，我还以为你和小南认识呢。”只要看过今天他们的互动，就能知道两人岂止不熟，林巧南压根儿就不认识他呢。冷子荣远远没到犯糊涂的年纪，他当即回想起8月15日冷岳阳怪异的言行，抓住机会旁敲侧击。

“她只是不记得我而已。”冷岳阳镇定自若地侃侃而谈，“二十年前爷爷带我去医院接你出院，林叔叔带着她一起来的，我有印象。既然见过，那就是朋友。”

儿子的回答说不上完美，不过听上去颇有道理，冷子荣不再追问了。尽管仍有疑虑，但如此“听话”的儿子确实令他老怀甚慰，他就当作冷岳阳是受到林振华的意外刺激，幡然醒悟了。

吃完豆腐饭，父子俩与林巧南握手告别，先一步离开了饭店。走出门，冷子荣即刻感慨道：“小南的男朋友一表人才，林队也能放心了。”说罢，他长叹一口气，言外之意显然是换作自己绝对不能瞑目，走也走得不安心。

“哼，知人知面不知心，说不定隐藏属性是个浑蛋。”冷岳阳冷笑，厌恶情绪显而易见。

作为一个常常挂念儿子婚事的父亲，冷子荣想当然地认为，他对江睦远的反感是基于嫉妒。他不禁有些难过，心想天涯何处无芳草，傻小子何苦喜欢名花有主的女孩子，这不明摆着给自己添堵吗?

“你说人家是浑蛋，得拿出证据，否则就是诽谤。”冷子荣板起脸厉声训斥冷岳阳，也不顾及两人正走在大街上，嗓门一大会不会过于引人注目。

冷岳阳无奈地笑了笑，冷子荣没有变，认死理的执拗和记忆里一模一样。变的人是自己，经历过一场真正的死别，他知道自己会怀念与父亲有关的一切。

“知道了，我收回。”他收敛起脾气虚心接受批评，末了又不太甘心，于是再补一句，“不过，我的直觉从没出过错。”

冷子荣翻了个白眼，论口才他向来比不过做记者的儿子，最主要是冷岳阳不仅歪理一大堆，还喜欢搬出“直觉”做撒手锏。每到此时，他就知道该换个话题了，再说下去保证会演变为争吵。

难得父子俩这些日子相处融洽，为了一个不相干的外人吵起来，实在没必要。冷子荣立即偃旗息鼓，把话题转向催他交女朋友的大事，先是感叹隔壁楼谁家的儿子前几日带了女朋友回家见家长，又来一句“做父母的，最放不下的就是孩子什么时候成家”，最后兴致勃勃地问道：“刚才吃饭的时候，好几个姑娘对你挺有意思的，你们有没有加好友聊聊？”

“没有。”冷岳阳丝毫不给父亲幻想的机会，语气不善地回答，“又不是婚礼，好意思在别人家的豆腐饭上交友吗？搞不懂她们在想什么！”

“说明大家都有危机意识，明白好男人是抢手货。相亲角你也去过，多少好姑娘找不到对象。唉，我看着也着急。”

冷岳阳笑了笑：“老爸，眼下更迫切的事情是报社马上要关门了，我得先好好考虑将来的方向。”这件事在自己的记忆里将会在下星期一发生，提前透露应该不会改变既定的结局吧？

冷岳阳就像无数穿越或重生小说里的主角那样，为了无法把握“过去”对“未来”的影响而如履薄冰，他从2037年回到二十年前，随身携带的不仅仅是自己的二十年人生记忆，还有关于这个世界未来二十年的发展走向。假如他想开“金手指”，分分钟就能成为载入史册的人物，和2017年那些已经改变世界的人一样。

可他不愿意这么做，他对这个世界的全部眷恋，只有父亲和林巧南两人。他拯救了一个，还想救另一个，仅此而已。

冷子荣听闻他即将失业的消息，果然大惊失色。他这个岁数的人，把“工作”看得无比重要，面上立马现出一副担心冷岳阳吃不上饭会不会饿死的凝重表情。

“那怎么办？新的工作找了没有？”他立刻粗略估算了下如今上海滩年轻一代结婚生子的成本和家里的积蓄，决定在下个月退休前一定要争取到返聘的机会。

冷岳阳拿着手机对父亲晃了晃：“还有三个月，不急。已经有好几个做新媒体的朋友想找我合作了，你别担心。”以冷子荣的性格，万万不会赞成他全职写作，他对父亲说了一个善意的谎言。当然，在另一个2017年，彼时的自己也并未下定决心走上写作之路。

冷子荣松了口气，嘴上说着“你慢慢想，老爸的退休金养活两个人没问题”，心里却盘算着周一上班时该如何对领导开口。

他脸上的犹豫逃不过冷岳阳锐利的视线，以前的他对父亲态度敷衍，忽略了很多事。这一次他吸取教训，设身处地考虑父亲的责任感和使命感，轻易就看穿了冷子荣的重重顾虑。

说真的，冷岳阳深感惭愧。他活了二十七年，居然还不能让父亲安心地享受退休生活，实在不像话。喉头被硬块堵住，另一条时间线的冷岳阳已经度过的四十七年人生，始终不曾对自己以外的人负过什么责任，他也没机会了解父亲为自己可以奉献到哪种程度。但这个瞬间，他忽然懂了。

“爸，很抱歉打乱了你的退休计划。”

冷岳阳清了清喉咙再开口，确保冷子荣听不出异样。

“你一直要我早点结婚生娃，说是退休后就能替我带小孩，可以无缝衔接。”想到冷子荣常常挂在嘴边的那几句话，他由衷地笑了。嗯，还有机会满足父亲的愿望，活着真好！“其实，你已经辛苦了这么多年，我根本没资格再要求你奉献将来的人生。”

冷子荣听得一愣一愣的，他没想到冷岳阳真的听进去了自己说过的话。他的心情正有点小激动，想不到最后竟然还有一句，尽管听着文绉绉的，可是相当催泪。

“说什么傻话！”冷子荣也清了清喉咙，“一家人。”他说不出冷岳阳那样的话，只能用最质朴简单的语言来表述。

冷岳阳微微一笑：“老爸，下个月等你退休，我们出去旅行。”他抬手做了一个安抚的手势阻止冷子荣开口反对，“回来后我的工作就要重新开始了，所以老爸你就当陪我去寻找自我吧！”

这些年冷岳阳一个人去了国内很多地方，也出国去了东南亚、欧洲，美其名曰都是“寻找自我”，然而邀请他一同旅行却是破天荒头一遭。冷子荣一时有些发蒙，不可思议地瞧着人高马大的俊美青年，忍不住重提心头盘桓多日的疑惑：“阳阳，我总觉得这个星期你有点古怪，你没有瞒着爸爸什么事情吧？”

“不是有种说法吗？只有经历过死亡，每个人才知道自己最应该珍惜什么。”冷岳阳眼睛里的光芒黯淡了，声音也沉了下去，“林叔叔的意外让我醒悟过来，以前我错过了太多和爸爸相处的时间，我想弥补。”

林队居然有这么大的影响力？冷子荣的心情十分复杂，他感受到冷岳阳想要弥补的迫切感，点头应允道：“好，爸爸和你一起去。”

冷岳阳张了张嘴还想说一句，手机铃声打断了他。他看了一眼亮起的屏幕，“林巧南”三个字让他的眼睛又闪亮起来，他急忙按下接听。

“你好，我是冷岳阳。”他努力克制狂跳的心脏，强装镇定。

电话那头悄无声息，在这空白的两秒钟里，冷岳阳的心情起伏不定，他不知道林巧南来电的目的，这个正在进行时态的 2017 年，有一些事和他记忆里的完全不同。

“冷先生，你好！”她的声音终于响起，“你说的合影，我找到了。”

他如释重负，幸好某些事没有改变，那张合影依然存在。

“太好了，能不能麻烦你扫描或者翻拍后再发给我？”

“冷先生，我能亲自送给冷叔叔吗？”林巧南小心翼翼地问。她犹豫了很久，终于还是抑制不住好奇心想要了解二十年前父亲与冷子荣合影背后的故事，包括另一张冷岳阳也未曾提及的合影，那上面有她和他。她不记得当时发生了什么，多多少少有几分遗憾。

轮到冷岳阳措手不及了，她的要求超出了他的记忆范围，一时间令他难以判断若是让父亲参与进来是否会影响未来。他的缄默引起了林巧南的误会，她连忙解释道：“我只是想通过冷叔叔了解当时的情况，因为小时候的事情我都不记得了。如果不方便，那就算了。”

她曾经对他说过小时候的事情，她的哥哥为了救她付出了生命，这段痛苦记忆过于刻骨铭心，以至于彻底抹掉了其他回忆。

他拿着手机走开两步，免得父亲偷听到谈话内容。

“我爸还没退休，他回家的时间不太固定。不过双休日他一直在家的，你可以过来。”

从常理来说，林巧南应该不会带江睦远一同登门拜访吧，毫无疑问这是他的机会。

“好啊，谢谢你。”林巧南的声音听起来轻快了不少，可想而知在没有得到他的答复之前，她有多么纠结忐忑。“我明天先去印照片，再等你的安排。”

冷岳阳心里一动，他等不及想再见她了。

“不如就明天吧？”

“明天不行。”林巧南一口回绝，许是觉得自己的语气过于强硬，于是一本正经地追加了说明，“我爸头七没过，我不能去别人家做客。”

“谁说的？”冷岳阳向来我行我素，对所谓的习俗嗤之以鼻。他知道林巧南的心结，她总担心自己会给身边的人带去厄运，所以凡事不敢逾矩。

“你过来也不能算做客，不会有坏事发生。”

林巧南短促地笑了两声，客气地说：“冷岳阳，我明天已经有其他安排了，也确实不能过来。”她将责任揽上身，免得他又说出什么桀骜不驯的话来反驳。

冷岳阳暗暗叹息，同时告诫自己不可操之过急，不能引起她的反感。

“嗯，那么我和你先约下星期六？”

“好，就下星期六。”这次，她爽快地答应了。

下星期六，她会再次出现在他的家里，一如他们拥有“超感”时那样。

5

回到 2017 年近一个星期，冷岳阳仍未搞清楚自己究竟是穿越了时空还是来到了平行世界，唯一能确定的便是这一切和他从医院楼梯滚下来有关。说不定他在 2037 年已处于濒死状态，灵魂从而得以脱离躯壳从更高的维度进入 2017 年同一时刻摔倒的身体，让他在时间的某一节点获得重来一次的机会。

他带回的二十年记忆基于前一个 2017 年至 2037 年，从他改变父亲的命运开始，周围的人和事必然随之变化，他只能小心行事，在必要的时刻出手将脱序的事态扳回正确轨道。说实话，冷岳阳并不能肯定自己所知的就是绝对正确的选择，不过他别无他法，承担不起“未知”带来的打击。

冷岳阳整理了接下来要着手进行的事项，另一个 2017 年发生过一些对后来影响深远的事情，他既然有机会重新来过，这一次必须谨慎处理。

8 月 21 日早上，冷岳阳步出凉爽的地铁站，热浪扑面而来。他记得他们在大街上有过一次超感连接，当时他以为这是两个平行世界发生了相交，自己终于找到方法能够再与父亲相见。

超感没有发生，在冷岳阳此时身处的时空。他挽救了冷子荣的生命，却再也无法和林巧南心意相通。

这一次冷岳阳没有迟到，第一个到达办公室。他按下顶灯开关，看着一排排日光灯次第亮起，下方的办公桌空了好几个位置。最近两个月陆续又走了几个人，空荡荡的办公桌正是他们的。

终于，到了大家都要离开的时候。在此后的二十年里，他和一些人还有交集，有人会帮衬他，有人会对他落井下石，也有人会恨他不讲情面……视线掠过无人的座位，冷岳阳告诫自己不要被将来发生的事情影响，现在的他们仅仅是即将各奔东西的同事。

王昊是第二个进来的人，看到冷岳阳端着咖啡从茶水间出来，他吃了一惊，笑道："哎哟喂，真是太阳打西边出来了，你居然第一个来上班！"

"以前又不是没第一个到过，至于这样大惊小怪吗？"仗着两人私交不错，没有其他同事在场时冷岳阳难免有点没大没小的，用上了调侃的语气。

王昊哈哈一笑："跟我进办公室，有事和你商量。"

冷岳阳跟着王昊走进主编室，在办公桌外侧的椅子上坐下。那一个2017年，因为冷子荣过世他请了三天丧假，回来上班第一天就被王昊告知《申江壹周》会在三个月后正式停刊。而在这一个2017年，他知道王昊去集团总部开过会，对于王昊要说什么隐约有了预感。

"上星期我去总部开会，老大们决定停刊了。"

冷岳阳以为自己对这件早已发生过的事情已经有了免疫力，奈何再一次听到时依然唏嘘不已。"历史"没有改变，有些事是注定的。

"还是轮到我们了。"他长叹口气，接着问，"哪天正式停刊？"这是正常情况下的反应，他不想让王昊起疑心。

"还有三个月。"王昊从烟盒里抽出一支烟，转而想到室内禁烟，又放了回去。"不管是否提前走，总部答应补偿金一分不会少，接下来肯定有人提前离职。我想问你，能不能坚持到最后一期？"

王昊的预测很准确，他的工作量在后面三个月一直在增加，到最后连校对、排版的活儿都要做了。那一年冷岳阳答应坚持到正式停刊，彼时他无牵无挂也没找到未来的方向，可是现在不一样了。

"我爸下个月退休，我本来计划请年假带他出去旅游。对不起，恐怕我没办法兼顾。"冷岳阳的微笑里满是歉意，他诚恳地道歉并解释了原委。

王昊频频点头，理解地笑了笑："我明白了，难得你也是个孝子，我就不强求了，等宣布之后你随时可以走。"

冷岳阳沉思了几秒钟，尽管此时的林巧南应该还没察觉康健平台销量造假的情况，但他相信她会做出同样的抉择。他朝王昊倾了倾身，故作神秘地说："我正在核实一条爆料，某家准备上市的医疗平台可能存在违规行为。深挖下去，说不定还能挖出发审委的贪腐证据。"

王昊是做调查记者出身的，听冷岳阳这么一说，顿时两眼放光："消息来源可靠吗？"

已知了最后的结果，冷岳阳当然可以自信地拍着胸脯给予百分之百的保证。在另一个 2017 年，他从林巧南那里拿到有问题的销量数据后，随即通过特殊渠道调查了与康健平台有业务往来的其他厂家以及发审委委员，最终挖出的问题远比林巧南起初给他那些数据严重多了。

"既然你有把握，我就预留两期版面给你，几时交稿，就几时发布。"王昊爽快地拍板。他向冷岳阳伸出右手，眉目间忽然多了几分伤感，"当初你愿意留下来就是为了写出有深度的报道，可惜经常被上面毙掉选题。反正这回也到最后了，不管有没有争议，会不会惹上麻烦，你都不用管。"

这番话冷岳阳相当于又听了一遍，却依旧感动不已。他握住了王昊的手，真心诚意地表示感谢："能和你共事，是我的运气。"

"唉，以前留了你几次，结果还是改变不了纸媒的前途，非常抱歉耽误你的前程了。"

两人握了握手，多年亦师亦友的情义尽在不言中。未来二十年，他们仍会惺惺相惜互相帮助。

冷岳阳端起杯子走向门口，手按上门把的同时回过头，问背后的男人："我们是不是只能眼睁睁地看着事情发生，无论如何也改变不了？"

王昊的表情带上一抹无奈："没有人能阻止时代往前走。"

"如果，是想改变某个人的命运呢？"他因为一己私心改变了父亲的命运，虽然不曾后悔自己的行动，却也免不了顾虑重重。逆天改命到底是对是错，他本人无法做出准确判断。

尽管这不是一个好问题，王昊仍然认真思索了一会儿，反问他：“如果有重来一次的机会，你认为大部分人会过得比现在幸福吗？”

冷岳阳摇了摇头，打开门走到外面的大办公室。同事们到得差不多了，小美急急忙忙地冲进大门，朝他扬起手打了个招呼。

她指尖的蓝色，在手臂抬起时，划出一道优美的弧线。

如果有重来一次的机会，很多事不该让它们再发生。

宝贝乐园是一家宠物店的名字，位于冷岳阳租住的白领公寓前方五百米处。这家店每到周末生意都很火爆，平时要上班的爱猫爱狗人士会带着自家“儿子”“女儿”来店里洗澡做美容，比较之下工作日反而显得清闲。

吴韵诗洗完手回到前面，发现下属冲着自己指了指旁边“肥皂”的笼子。她转过头，认出冷岳阳的背影，于是开开心心地走上前，踮起脚尖举高手臂，拍了拍他的肩膀。她个子娇小，站在一米八六的冷岳阳身边，身高差明显。

“冷大记者，今天很闲吗？”

冷岳阳转过身，他面前站着的女生曾经因爱生恨，用谎言伤害了一个无辜的人，导致后者始终无法原谅自己。她的愤怒、仇恨来自他，是他先用暧昧误导了吴韵诗，以至于她一心想要伤害他在乎的人。

他回到了 2017 年，回到了错误开始之前。

“今天例会结束得早，想着过来看看‘肥皂’。”他轻轻一笑，抬手指向柜台，“我给你和玲子带了咖啡，放桌上了。”

“谢啦。”吴韵诗脚步轻盈地走了过去，拿起另一杯冰拿铁，她作势打了玲子一下，啐道，“也不提醒我有咖啡，讨打。”

玲子朝冷岳阳那边努了努嘴，为自己申辩：“冷大哥买的，自然该由他来告诉你，我不能越俎代庖。”

“了不起啊，这次居然说对了。”吴韵诗拿玲子以前读白字的事打趣，上一回她念成了“越蛆代包”，让大家嘲笑了很久。

玲子又朝冷岳阳那边露出了灿烂的笑容：“还是冷大哥对我好，后来推荐了一个学成语的 App 给我。我现在算不上出口成章吧，至少不会再犯低级错误了。”

冷岳阳走过来，顺着玲子的话夸奖道：“那也是你自己能坚持下去。多少人下了学外语的 App，结果一个单词也没记住。”话音未落，他迅即意识到失言，连忙补充，“最典型的反面教材就是我。”

吴韵诗正是他口中“多数人”之一，她也自嘲过几次，但自我调侃和被人嘲讽完全是两码事，所以她的脸色就有了微妙的变化，听到最后才缓过来。她笑了笑，低头喝了一口冰咖啡，等着他说明来意。

冷岳阳来店里逗猫玩狗不止一两次了，头一回带着礼物上门，想来必有蹊跷。果然，他很快就进入正题，说道：“你现在有没有空？我请你吃饭。”

吴韵诗满腹狐疑，上下打量他几番，撇了撇嘴揶揄道：“无事献殷勤，非奸即盗。你先说找我什么事，万一是鸿门宴，我就不去了。”

冷岳阳的确有求于她，他叹了口气，一脸被拆穿“阴谋”后的懊丧表情。

“好吧，我就先说个大概，由你决定帮不帮这个忙。上个星期我一位朋友的父亲在手术中发生意外走了，她很自责，认为不该动手术。我想起你舅舅是骨科专家，想请他看一看 X 光片，骶骨肿瘤是否必须动手术才行。”他一边喝着咖啡，一边说缘由，尽量摆出随意的样子。

吴韵诗听得很认真，待他说到手术结果是个悲剧，不由得“啊”的一声轻呼。她对那个不知名“朋友”的遭遇相当同情，看起来比他更揪心。

听完他的解释，吴韵诗先是吸了吸鼻子克制心酸的感觉，再答复他：“我今天就发消息问我舅舅有没有时间帮你看 X 光片。”

冷岳阳心头一暖，父亲说得没错，吴韵诗最开始仍旧还是那个热心善良的好姑娘。他微微一笑，问道：“现在你同意跟我去吃饭吗？”

在吴韵诗看来这只是一桩小事，况且她的舅舅是否会帮忙还是未知数，现在就要他请吃饭有点为时过早。不过看他态度恳切一再要求，她直觉有些话他不便当着玲子的面说，是以借“吃饭”为由头。

“我和他出去吃饭，你一个人看店可以吗？”她转头问一直在偷听他们对话的玲子。

趴在柜台上假装看漫画的玲子抬手打了个响指：“去吧去吧，慢慢吃，多吃点。”

吴韵诗又回过头冲冷岳阳粲然一笑：“好了，我们走吧。”

吴韵诗的手甩得高高的，仿佛向冷岳阳发出邀请，请他抓紧机会握住她的手。冷岳阳飞快地瞥了一眼吴韵诗的脸，她神情自若，一点看不出企图心。

他们在大学期间交往过一阵子，她是唯一被他带回家见过家长的女生。他现在已经想不起来当初为何请她去家里做客，但应该是很喜欢才会那么做，即使到后来仍未战胜“三个月魔咒”。

“伯父最近身体还好吗？”吴韵诗忽然抬起头问他。

冷岳阳不能说冷子荣才死里逃生，他的“死亡”在这个时空从未发生过，说出来只会引起麻烦。

“还不错，吃得下，睡得着，骂起我来也很有力气。”

吴韵诗“扑哧”笑出了声：“为什么骂你？”她印象中的冷子荣是个和气大叔，话虽然不多，可是每一句都能说到点子上。

“就为了结婚那件事。”他用力地叹了口气，表情十分无奈。

吴韵诗垂首无语，一时不知该如何接话。她以前对冷岳阳确实死心了，然而随着双方恢复交际，埋在岁月尘埃里的感情隐隐有死灰复燃的迹象。谁让他长得太帅，大多数女人面对帅哥都会选择性地遗忘他以前有多“渣”。

距离宠物店最近的一家餐厅主营日式串烧，工作日午市也有套餐供应。此时正值中午十二点，一天中最热的时段，柏油路面被烈日烤得发软，浑身上下被暑气全方位包裹的两人迫不及待地推开沉重的木门，投进冷气的怀抱。

“两位吗？”服务员迎上来问道。得到冷岳阳的点头确认，她再带着他们走向唯一空着的桌子，正好是个两人位。

菜单上列出的套餐品种不少，每张图片都令人食指大动。吴韵诗偷觑对面的男人两眼，暗暗与自己打了个赌，要是冷岳阳还记得她喜欢吃什么，就给一个机会重新开始。

“我要鳗鱼饭套餐，你呢？”冷岳阳合起菜单，抬头问她。

一刹那失望袭来，吴韵诗勉强笑了笑，决定把底线再往下降一点：“我有选择困难症，你帮我点吧。”

冷岳阳翻开菜单，视线快速地掠过了所有图片：“点菜是很有压力的一件事，你这不是为难我吗？要不你也来一份鳗鱼饭？”

吴韵诗沉默了几秒钟，悠悠叹了一口气，轻声说：“我从来不吃鳗鱼，你忘了吗？”她对鳗鱼过敏，交往时说过。

冷岳阳如梦方醒，手指轻拍额头自我谴责记性不好：“对不起，我不记得了。”

“没关系，我们很多年没一起吃过日料了。”吴韵诗找了个台阶下，她不想被他看出失望的情绪，“算了，我就要一份海鲜饭吧。”化悲愤为食欲，她毫不犹豫点了菜单上单价最贵、分量最足的套餐。

等待的间隙，两人相顾无言，使得这一桌上空的气氛异于其他。吴韵诗呷了口茶，清淡的抹茶香味让她的心情舒缓不少，她开口问道：“你有话要私下和我说？”

冷岳阳一直在思索开场白，听她开了口，正好回答：“嗯，想郑重地向你道歉。”

“道歉？为了什么？”吴韵诗不解。

他不好意思地笑了笑，神情却是严肃的，眼神里带着真挚：“为以前伤害了你道歉。那时候我太任性了，只为自己考虑，没有想过别人会不会受伤。”不只是大学，还有另一个2017年，他利用了她，两次都是。

吴韵诗没料到他会说这些话，一时百感交集。她大约明白他们之间是没可能了，难免有些失落，恍若从一场令人沉醉的美梦里突然惊醒。

“说什么呀，搞得这么认真，我鸡皮疙瘩都起来了。”她摸摸手臂，装出嫌弃的表情打了个冷战。

服务员送上他们的午餐，谈话暂时中断。吴韵诗瞧着面前铺满刺身的海鲜饭，心情渐渐好转。

“看在美食的分上，我原谅你了。”她欢快地说道，拿起筷子准备开动，又抬头再说两句以示自己真的放下了，“其实你不用道歉，我早忘了以前的事情。大家都挺忙的，谁还会念念不忘过去呀！”

冷岳阳夹起一段烤鳗鱼，长长叹了口气：“如果我说我有一个喜欢了很多年的人，你是不是会嘲笑我？”

“你被拒绝了？”她一副幸灾乐祸的口吻。

“她不知道。”

吴韵诗正用筷子夹起刚蘸了酱油的甜虾，听了他的回答即刻愣怔。她盯着对面俊美的面孔看了半天，才缓缓吐出一句：“哇哦，万万没想到。”她一直以为他本性薄情，仗着一副好看的皮囊为所欲为。原来对他的误解有多深，此刻的震惊便有多大，他的坦白令她无言以对。这简直比八点档还狗血好不好？大家都是 90 后哎，谁还玩老套的暗恋啊？

冷岳阳不好意思地低下头，以风流浪子自诩，向来只谈“三个月恋爱”的自己，这脸真是被打得“啪啪”作响。就在上午，当他以“咨询情感问题”为由向小美透露自己暗恋别人多年，她的反应和吴韵诗如出一辙。不，比她还夸张。

小美直接把嘴里的咖啡喷向笔记本屏幕和键盘，搞得桌面一片狼藉。她又喘又咳闹了半天，颤颤巍巍地搭起双手朝他作了个揖：“情圣，受小女子一拜。从今往后，你在我心目中的形象幻灭了。”

他翻了个白眼，没好气地问：“我原来是什么形象？”

小美神秘地笑了笑，拒绝告诉他。

冷岳阳心想十有八九和好男人无关，遂打消追问下去的念头。他原本的计划是阻止小美告白以保全她的体面和尊严，眼下大功告成，自己丢脸与否倒显得无关紧要了。

“你为什么喜欢她？”吴韵诗横看竖看，百思不得其解——他居然是痴情人设。她突然对他的意中人产生了强烈的好奇心，并且如同其他热爱八卦的围观群众一样，一门心思想打探更多内幕。

冷岳阳不能告诉吴韵诗坐在她面前的男人，有着二十七岁的外表却兼具四十七岁的灵魂。二十年后的他功成名就，念念不忘者唯有 2017 年因为“超感”出现在生命中的某个人，即使明知此生无缘再见。

“爱，不需要理由。”他慢条斯理地说，语气却是斩钉截铁，不容置疑。

Chapter 09
他将她拥入怀中

1

为什么喜欢林巧南？那是发生在另一个2017年的故事，她是世上唯一能感知他内心世界的人，于她而言，他亦如此。

他对她的喜欢缘于超感，冷岳阳向林巧南打开了心扉，到最后也真的只有她走进了他心里。

将吴韵诗送回店里后，冷岳阳顶着火辣辣的太阳走向五百米开外的白领公寓。冷子荣听说他失业在即，含蓄地提议他搬回家住节省开支。冷岳阳倒不是奔着省钱的目的，而是有了那一年的教训，他深知陪伴的机会有多不易，所以欣然答应了。这两天打算去和管理处商谈解约，要是能把下个月的租金退回来，他8月底就可以搬回去。

工作日的午后，整栋公寓楼寂然无声，他的脚步声重重回荡在室内。

冷岳阳先去了一趟管理员办公室，老六告诉他负责租约合同的人请假回家了，让他明天再来。他跟着冷岳阳走出来，递上一支香烟，问道："几天没见你回来了，没事吧？"

这个耿直的山东汉子，在另一个2017年里陪他一同喝过酒，祭奠逝去的父亲。冷岳阳在小说里埋下的"彩蛋"不止林巧南，还有一个叫作老六的男人。他出现的频率比不上她，但戏份比她多。

"不算什么大事，就是报社快关门了，我得搬回家当一阵子啃老族。"冷岳阳自嘲道。

老六哈哈一笑，啐道：“得了吧，你的出路总比我这种人多。回家去就好好孝顺伯父，他不容易。”

也是在那一个 2017 年，老六告诉他冷子荣偷偷来过一次公寓打探他的居住环境，还给管理处送过自家种的无花果，只是担心他孤身在外无人关照。而此刻，老六和父亲都没有对他提起过这件事。

冷岳阳点点头，微微一笑：“我知道。对了，老爸说等无花果熟了，让我再给你带一些。”

“不用不用，那无花果忒甜了，我牙疼。”老六赶紧摆手谢绝，心里却是高兴的，拍着冷岳阳的肩膀约他离开前一起喝酒饯行。

那一段记忆他依然保留着，那时的酒喝下去是苦涩的，而且越喝越茫然。可现在他的心态完全不同，对未来充满信心，因此回复老六的时候底气十足，大声应道：“好，等我定日子。”

两人分别后，冷岳阳回到自己房间。他住在三楼，305 室，位置比较接近中心。公寓的房间布置类似于精品酒店，有带淋浴房的卫生间、一张双人床、一个很大的衣柜、一个小型的双门冰箱，还有满足住客办公需求的书桌、书橱、台灯……除了要自己打扫房间以及自备洗漱用品，说是酒店也不为过。

他脱了鞋，身体仿若炮弹一样精准地投射到床上，手一伸，抓来旁边的枕头盖住脸，悠长的叹息声从枕头下方传了出来。

8 月 15 日到今天正好一个星期，他重新适应了 2017 年的“落后”，并尽量避免在日常交流中露出马脚。冷子荣对他起过疑心，他头几日在家里不得不小心翼翼，好不容易才让父亲相信自己没出状况。

灵魂在极度兴奋之后陷入深深的疲惫，继而影响了肉体。倦意一波波涌来，在这个能令人彻底放松的私密空间，松懈下来的他渐渐犯起了困。忽然，一个念头闪现脑海，宛如闪电撕裂了混沌，冷岳阳直挺挺地坐了起来。

今天是林振华的头七，他记得自己和林巧南有过两次超感连接，一次在上班途中，另一次则是在她家楼下。

他应该去见她，发生过的事情，还是让它老老实实发生吧。他对自己说道，然后从床上一跃而起。

林巧南，我想见你！

林巧南和江睦远在回家路上爆发了一场小小的争吵。导火索是他隐晦地提出在林振华百日内办完婚礼，林巧南自然不愿意，直接甩过去一句：“我爸辛辛苦苦拉扯我长大，有什么十万火急的理由非要赶着结婚？而且我心情很差，你要我对着宾客假笑吗？”

“早点嫁给我，我就可以名正言顺地照顾你，这个理由足够了吧？”江睦远不想挑明父母施压的事。蒋秀英和江学勤平日经常意见相左，不过在这件事上的态度倒是出奇一致，在他们眼里，她家的不幸遭遇等同于厄运缠身。他们先是极力反对他们的婚事，劝他重找一个结婚对象。江睦远以脱离亲子关系相要挟，夫妻俩不得不让步，转而又要求他们在百日内结婚，冲冲林巧南身上的“晦气”。

江睦远有着丰富的与客户扯皮的经验，深谙谈判秘诀就是双方各退一步。父母既然不再坚持要他们分手，那么接下来就得自己妥协了。他明知说服林巧南并非易事，却也只能硬着头皮做保证。

她狐疑地看着他：“等等，你对我说过不信这些，口口声声说这是封建迷信。你怎么会想到在百日内结婚？”见他突然语塞，她心下豁然开朗，提出了合理怀疑，“是你父母的主意吧？”

被她猜中了背后的原因，他也不避忌了，坦率地承认：“是他们的意思没错，只不过我也觉得可行。”

父亲葬礼那天，林巧南就已发现江氏夫妇的态度与平时略有不同，当时她沉浸在悲痛之中无暇他顾，现在回想不禁凄然万分。她没有依靠了，要想不被击倒，只能让内心强大起来。

“我在考虑申请司法鉴定。我爸平时压根儿没血管方面的毛病，赵主任说他在手术中肺栓塞了，我想不通。”林巧南生硬地转了话题，一是为了告诉江睦远自己的打算，二是委婉地拒绝在百日内举行婚礼。一旦林振华的医疗事故进入司法程序，她肯定没心思兼顾其他。

江睦远的表情透出几分惊讶，对她的后知后觉深感无奈。说起来司法鉴定的准确性远远不及尸检，意外发生当晚他提议进行尸检查明原因，结果遭到林巧南斩钉截铁的拒绝。一直到林振华遗体火化前，她始终没有改变主意。他本以为此事告一段落了，想不到在这个节骨眼上她倒是反应过来，终于想到要搞清楚了。

“你为什么不早说？现在伯父的遗体火化了，只能看封存的医疗档案，鉴定结果医院认不认可都是问题，犯不着为了一点赔偿金浪费时间和精力。”他的一位客户和医院打了两年官司，最近才刚刚判决医院负 70% 的主要责任，客户提出的赔偿诉求也因此打了七折。江睦远始终认为假如没有第一时间进行尸检，靠司法鉴定想要赢得官司难度不小，毕竟在手术同意书上签字的时候已默认“任何手术都存在风险”了。

林巧南冷冷地看着他：“你以为我是为了钱？”

“钱当然是次要的，再多的钱也挽回不了伯父的生命。”江睦远眼看风向不对，立即改了语气，“你想要个交代，想让伯父走得安心，你的心情我完全理解。可是你想过没有，万一最后判定医院并非主要责任，你能心平气和地接受吗？”

他最后提出的问题隐含担忧，林巧南却感觉受到了羞辱，似乎江睦远在潜意识里将她与“医闹”画上了等号。再想到前面他开口闭口都是“赔偿金”，更让她愤愤不平。

“你根本不懂我的心情！我情愿医院没有过错，这样晚上才能睡得着，不会做噩梦觉得是自己害死了爸爸！”她一口气大声说出藏在心底的秘密，通红的眼眶和无血色的脸颊形成了鲜明对比。

江睦远赶紧靠边停下车，双手合十向她认错：“好好好，都是我的错，我没有站在你的角度考虑。”

“你就从来没为我考虑过！否则你怎么忍心现在跟我提结婚的事情？你到底有没有良心啊，我爸今天才头七，你……”林巧南越说越生气，嘴唇哆嗦到说不下去了，索性解开安全带推开车门，直接跳上街沿，“我自己回家，我爸肯定不想看到你，你不要跟着我！”撂下警告，她头也不回地向前走去。

真是个不可理喻的女人！江睦远一拳砸上方向盘按响了喇叭，长长的“嘀”声使得这个炎热的夏日傍晚越加令人心浮气躁。

林巧南朝前走了几步，冷眼看着方才用喇叭扰民的银色雷克萨斯从旁边开走，长舒一口气，卸下了防御的盔甲。

她当然清楚自己对江睦远的指责近似无理取闹，可是一旦今天做出了让步，让自己陷入孤军奋战完全没有后援的状态，底线一定会被一而再再而三地被突破。她没有人能够依靠，必须为将来的话语权抗争到底。

要是没有答应他的求婚就好了！她懊恼不已，恨不得当街打自己两拳。

林振华在家等待住院通知那几天情绪焦躁，常常无缘无故发脾气，让林巧南不知如何是好。她向江睦远诉苦，他听了之后一拍大腿，当即单膝跪下求婚，还对她说道：“小南，我们应该让伯父没有后顾之忧，安心上手术台。”

林巧南自觉两人之间谈不上“一往情深”，就这样决定捆绑在一起未免太草率了。况且两家经济条件相距甚远，她不希望因为他的善良占便宜。她拒绝了他的求婚，谁知江睦远好像一下子鬼迷心窍起来，她不答应就改走“曲线救国”，说服林振华站到他这边。

她忘不了父亲的话，他说：“小南啊，知道以后你有了依靠，手术即使有个好歹，我也能放心了。”

林巧南不敢辜负父亲的期待，再加上和江睦远也交往了大半年时间，感情虽不及“爱”的程度，也至少达到了“喜欢”的级别，于是就答应了求婚。两人订婚不足半月，林振华就收到了入院通知。这一去，他便再也没回来。

她有时候会迁怒于江睦远，要不是他们订下了婚约让林振华不用担心她的将来，或许他就能拼一口气逃脱鬼门关。

林巧南知道这种想法对江睦远不公平，但她迫切需要盟友分担责任，否则一个人扛不住灭顶的负疚感。

我们分手吧！林巧南一直开不了口，尽管她在心里呐喊过好几回。没想到争吵在恰好的时间发生了，她希望江睦远别再回头，他明明值得拥有更好的女生。

林巧南换乘地铁回家，顺便去旁边的大型超市买一些熟食准备供奉父亲。排队结账的时候，一个男人的声音从背后传来：“林巧南，这么巧。”

林巧南回过头，隔着一名顾客，冷岳阳排在她的后面。他们只在林振华葬礼当天面对面接触过，对于有轻微脸盲症的她来说，能用如此短时间记住一个人，实属难得。

“你怎么在这里？”林巧南露出了惊讶的神色。为避免谈话影响别人，她把自己的位置让给后面的顾客，站到冷岳阳旁边。

他记得那时候她提着超市的购物袋，遂计算好大致的时间在此等候，果然“遇见”了她。冷岳阳淡淡一笑，说道：“我在附近刚做完一个采访，有点口渴就来超市买瓶水，想不到你也在。”

沿街有一溜儿便利店和茶铺，单单为了买瓶水绕过整个超市再排队结账，未免太浪费时间了。不过林巧南的关注重点不在这里，她对他的职业产生了一丁点儿兴趣。

“采访？”她用讶异的口吻确认，“你是记者啊？”

“《申江壹周》，你听说过这份周报吧？”

“我买过的。你家的影评专栏写得挺好，我以前下载片子或者去电影院，一定会先看报纸推荐扫雷。”林巧南被勾起了回忆，轻声细语地讲起她印象深刻的专栏和文章，“还有调查性质的报道也不错，去年有篇写相亲角的文章，我同事还拿回去给逼婚的家长看了。”

冷岳阳不免有几分得意，忍不住想表明“作者”的身份。这种被当面夸奖的感觉太棒了，特别是在对方毫不知情的情况下，可见评价可信度百分之百。幸好他及时想起了正事，马上打消自夸的念头，转移了话题说道：“今天是伯父头七，你准备用熟食祭拜他？”冷岳阳瞄着她的购物篮，表情高深莫测。

林巧南十分尴尬，本来是江睦远承包了做菜的任务，她只需打打下手即可。这会儿大厨负气跑了，剩下她这个只会做番茄炒蛋的“菜鸟”，不得不用熟食充数。

“其实呢，我擅长的方面从来不包括料理。”她说得文绉绉的，强行“挽尊”。

冷岳阳灵机一动，异常大胆的想法在脑海里成型。

“我很擅长，让我来帮你吧。”他飞快地说出口，在开始犹豫之前。

林巧南不知所措地看着冷岳阳的脸，她先是怀疑自己听错了，接着反应过来他表述的就是字面上的意思——他确实有意和她一起操办林振华的“头七”仪式。

“不太合适吧。”她不忍拂了他的好意，然而他和林家非亲非故，她没办法说服自己坦然接受他的帮助。

林巧南的拒绝在他意料之中，冷岳阳索性伸手夺过她的购物篮，往后退了一大步：“二十年前我们的爸爸一起战斗过，我代表老爸给伯父上炷香，你不会反对吧？”

她愣是说不出“不”字，无奈地跟在冷岳阳身后重返生鲜区。看着他熟练地挑选五花肉和鱼，她一下子鼻子发酸，泪珠滚落在白玉般的脸颊上。

冷岳阳回头刚好瞧见她流泪的一幕，他忙不迭地从裤兜里掏出纸巾，正打算递过去，却见她猛地仰起脖子，硬生生地把眼泪给逼了回去。

她用手指在两个眼角处擦了擦，消除眼泪的最后痕迹。冷岳阳心头钝痛，故作坚强硬撑的林巧南比号啕大哭的她更令他难过，她的坚强源于对自身处境的清醒认知——漫长的未来，她只能靠自己。

在已化为记忆的2017年，当她在他面前肆无忌惮哭泣的时候，她其实早已将他视作唯一能依靠的人。他用了二十年时间才看懂她当时的眼泪，后悔迅速填满了心灵。

“林巧南，我说过你想哭就哭，不要给自己的感情设置deadline(底线)。”他把纸巾塞给她，强势又霸道，“我爸以前在生死边缘走过一回，我能理解你的心情。”

这是半小时之内第二个对她说“我理解你的心情”的男人。林巧南冷冷一哼，调转视线瞥向了冷岳阳的脸，正欲送他几句嘲讽却倏然住口。她在那张好看的脸上发现了真真切切的悲伤，仿佛她内心的悲恸投影在他的脸上，那份深重的痛苦让身旁的男人用力咬住了嘴唇，奈何眼泪还是滚落下来，跌碎在白色的 T 恤上。

她怔怔地凝望着他，脑袋里像是点燃了一枚烟花，炸出一堆绚烂的字，最后拼成了一句“男儿有泪不轻弹，只是未到伤心处”。这个男人的伤心动情不似演戏，她能想象那位冷叔叔曾经距离死亡有多近，近到日后他想起仍后怕不已。

“能活下来，是多好的运气啊！”林巧南悠悠叹息，“你和冷叔叔都是好人，所以有好运。我爸是被我的坏运气拖累了，我对不起他。”

冷岳阳知道她的心结，从兄长的溺亡到林振华手术失败，她将一个个亲人的离世都归结为自身的“厄运”。

“胡说八道，你这是迷信思想。”

林巧南被将了一军，她尴尬地擦了擦脸，敷衍地说：“等你了解了我的情况，你就不会这么认为了。”

“那你说说看，你是什么情况？”冷岳阳继续使用激将法。在这一个 2017 年，他们的关系要往前推进，他必须采取主动。

她的表情透出心里的挣扎，在倾诉与抗拒之间犹豫不决。他目睹她的纠结，决定再助推一把，反正这些事他本来就会告诉她。

“我妈在我小时候跟别人走了，我一直嫌弃我爸没用，活该被抛弃。你说像我这样不孝的儿子，会给他带来什么好运？”

他的坦诚震住了林巧南，她的眼里闪过狐疑，面色阴晴不定。她皱起眉头盯着他的脸苦苦思索：为什么他能毫不犹豫地说出自己的隐私，难不成他们还有过交集？

“冷……冷岳阳，除了二十年前那一次，我们有没有再见过面？”她有轻微的脸盲，说不定没认出他来。可是不对呀，倘若她记得不深刻，证明两人仅限一面之缘，他能做到这般毫无保留吗？

他不但见过她，并且深深爱着她。

这是另一时空里的故事，是冷岳阳不能说出口的秘密。

2

步行回家的十五分钟，林巧南始终在思索冷岳阳的回答。当她问他“我们有没有再见过面”之后，他淡定地回了八个字：“白首如新，倾盖如故。”

文化人就是不一样啊！林巧南私下感慨了一番，趁着排队结账冷岳阳转移注意力的机会，偷偷上网查询意思。万幸百度的联想功能不错，只输入了“白首”就自动跳出整条，否则她都不知道“倾盖”是哪两个字。

他说对她一见如故。

林巧南心里犯疑，她从事数据分析，压根儿不相信两个毫无共同点的人会“一见如故”。目前她看不出他们之间存在共同点，这就显得他的回复不够真诚，仿佛为了掩盖真实目的随便找了一个自以为能打动人心的理由。

见她沉着脸不说话，冷岳阳误以为林巧南还在难过，遂强忍住聊天的渴望给她空间“独处”。他经历过同样的阶段，知道某些情绪只属于个体，绝不能让旁人知晓。

两人一前一后走进小区，林巧南猛然停下脚步，同时发出一声惊呼：“糟糕，我忘了一件很重要的事。”

“怎么？”他被她吓了一跳，急忙追问。

“江睦远，他答应过会来帮忙。”她看着冷岳阳，有点六神无主。万一江睦远气消了，提前到家门口等她回来，被他看到冷岳阳的话，她真是跳进黄浦江也洗不清了。

闪回的记忆里，江睦远确实出现过，他会等在她家楼下。冷岳阳立刻明了她的顾虑，可又不舍得放弃好不容易争取到的接触机会，他当机立断，直接告诉她：“其实我还有两件事顺便想和你探讨，一件是关于我正在跟的一条内幕消息需要你帮忙，另一件是关于伯父的手术。”

林巧南可以不理会他所谓的“内幕”，却不能对后一件事置之不理。她把心一横，即便江睦远误会了，也只好由他去，谁叫他先把她甩在了路边！

“那，走吧。”她又迈开了步子，义无反顾的架势。

江睦远的雷克萨斯不在她家楼下，冷岳阳松了口气，跟着林巧南上楼。

他无法预测命运是否会从这一刻开始转向，但他希望如此。

打开门的瞬间，林巧南确定了家里没人，一时间说不出是该庆幸还是该失望。江睦远没有过来制造意外惊喜，他宁可缺席这么重要的仪式。

“我们赶紧做饭吧。”冷岳阳假装她没提过江睦远会来的事情，举着购物袋绕过杵在门口的她，熟门熟路地走向厨房。

林巧南跟在他身后，一边走一边暗自奇怪：他怎么知道厨房在哪里？

“你先说一下我爸手术怎么了？”她很快想起自己愿意让他踏进家门的主要原因，语气变得急切，眼里也写满了焦虑。

冷岳阳没有停下手头的工作，他一面快速处理食材，一面回答她的问题：“我有个朋友的舅舅是骨科专家，你要是对手术有疑问，我可以帮忙问一下。”

悬着的心放下了，她差点以为他找到证据证明手术失败的主因是他们没送红包。虽然她曾想过给赵主任塞红包，可刚提出这个想法就被父亲制止了。他看不惯腐败存在，即便世人会因此笑他太傻。

所以事到如今，她想不通哪个环节出了差错，明明赵主任表现得那么自信，医院也派出了最强的团队，偏偏得到了最坏的结果。

“我在考虑申请司法鉴定。”她的声音越来越低，“可是我很怕，怕万一我真的做错了决定害死了老爸。”

喉头似有硬块堵着，他知道这个疑问会纠缠她很多年，让她余生不得安宁。他凝视面前这个纤瘦柔弱的女人，压下给她拥抱的冲动，清了清喉咙说道：“林巧南，最坏的结果已经在你面前了。不管是不是你的错，在你的主观认知里都会算到你头上。既然如此，你还怕什么？”

林巧南惊讶地张开嘴巴，她的矛盾心理又被他说中了。她迁怒过赵主任和他的团队，责怪过林振华没能撑下去，但每次到最后总会怨恨自己给父亲招来了厄运。笼罩他们家族的死亡阴影无比庞大，它带走了一个又一个亲人。而它赖着不走的原因极有可能就是六岁那年应该死去的她一直活在世上。

“我也许不应该活下来。”她靠着墙，用平淡的声音诉说家族往事，从她的哥哥开始，到林振华完结，“当初要是我死了，或许他们现在都能平平安安、健健康康地活着。”

冷岳阳不像别人那样流露出怜悯，或者说几句无关痛痒的安慰，他眼神坚定，以毋庸置疑的神情和姿态说道：“你能活下来，真的太好了！”

这是林巧南渴望已久的救赎，却从不曾有谁对她说过。她转过脸避开他的视线，不愿意在他面前露出狼狈。

“大概只有你会这么想。”她低声说，自嘲地冷笑。她在乎的人都不在了，别人说一千句一万句也没有意义。

她的心结不可能仅凭一句话就解开，况且他还是一个“毫无意义”的外人。冷岳阳对自己的定位心知肚明，他再次开口，轻描淡写道：“要是他不救你，就换成他一辈子后悔自责了。你打算这样报复你的救命恩人吗？”

林巧南识破了他偷换概念的伎俩，因此指控听起来较为严重，实则对她没有威胁。“要是他没救我，谈何而来的救命恩人？别以为你是记者，我就会信你的话。”

冷岳阳撇了撇嘴，对于“被嫌弃”不以为然，继续说道：“好吧，他不救你确实不能算你的救命恩人。那么问题来了，你觉得他是愿意做你的救命恩人呢，还是愿意眼睁睁看着自己不会游泳的妹妹淹死？”

林巧南没办法嘴硬地回以“我不知道”，二十一年前林健辉已经用实际行动做出了选择——他不能眼睁睁地看着她被淹死。

“假如你死了，他会比现在的你更难过，他有能力救你却不救，等于亲手杀了自己的妹妹。也许这二十年他会学坏，吸毒、赌博，惹你父母生气，败光你家所有的钱……”冷岳阳话未说完，林巧南忍无可忍打断了他，没好气地说，“拜托，那是我哥哥，你别假设得太夸张了好不好？”

他勾起好看的嘴角，完美的笑容出现了：“我只是想说，正因为你是更坚强的那一个，所以上天选择让你活下来。”

她咬着嘴唇飞快地转身，背对着冷岳阳。

“到此为止吧。你赶快干活，我爸吃饭的时间快到了。”她不客气地下命令。

粗声粗气的话语里带着哽咽，他领受了她无言的感谢。

按照传统习俗，供奉先人通常应在中午之前结束，头七也不例外。不过林巧南有自己的想法，她固执地认为父亲会在当天晚上托梦给她，所以将供奉仪式改为晚餐，并且要卡着林振华平时的吃饭时间开始。

冷岳阳把碍手碍脚的林巧南驱逐出去，一个人在厨房大显身手。他看过林振华的相册，知道对方喜欢吃红烧肉、清蒸鱼和冷面，所以特意买了这三样食材。除此之外，他又炒了一个油麦菜和茄汁大虾，再佐以紫菜蛋花汤。

两人将四菜一汤端上桌，在林振华的遗像前摆好菜肴，林巧南又倒了一杯黄酒放在座位前，然后点了三支香，轻声说道："老爸，今天是头七，你有什么未了的心愿就托梦给我吧。"

她说不下去了，毕恭毕敬地把点燃的焚香插进香炉，转身走向父亲的房间。

"我马上就出来。"听起来她不希望冷岳阳跟过来。

"对不起，林叔叔，我没能改变您的命运！"冷岳阳默默表达了歉意，也往香炉里插上了三支香。

冷岳阳环顾四周，眷恋在心间泛滥。二十年前他和林巧南产生超感时，曾多次出现在这里，他甚至记得每一件物品的摆放位置。可在现实中，这是他头一次真正意义上的拜访，隔着漫长的时光。

不知不觉，他的眼眶湿了，一滴泪滑下年轻的脸庞。那张属于二十七岁年轻人的脸，刹那间染上凝重的风霜，仿佛经历数不尽沧桑的中年人。他对着林振华的遗像郑重承诺：我一定会救她，请您放心。

关门的声音从卧室方向传来，冷岳阳抬起手，迅速拭去泪痕。

林巧南很快回到桌前，她抱着李裕芬和林健辉的相框，将他俩的照片也一同摆到父亲的遗像旁。

"我都没机会对他们说一声'再见'。"林巧南仰起头大声说话。她不想当着外人的面哭泣，尽管他劝她"想哭就哭"，但自尊不允许。

她的小秘密瞒得住别人，唯独瞒不过冷岳阳。他十分清楚她不期然提高音量是为了不让自己当场哭出来，心疼得不止一点点。

他和她又何曾说过“再见”！以前是来不及，后来是舍不得。

“人生本来就是孤独的，要做好随时告别的准备。”

林巧南转过头看了他一眼，想起他要和自己探讨的事情还剩一件没说。她请冷岳阳坐到沙发上，给他端来了水和零食，问他需要自己帮忙的内幕消息关于哪个方面。

冷岳阳放下咬了一口的面包，表情严肃地开口：“康健平台是你们公司的一级经销商吧？”追悼会那天冷子荣关心过她的工作情况，她说了公司的名字和业务范围，他这么问不会让她觉得突兀。

林巧南点点头，不知是否该提前声明康健的股东之一是自己未来的公公。

“是啊，怎么啦？”她拖来一把椅子，在他对面坐下。

“有人给我爆料，康健集团为了谋求上市，伪造了数量巨大的销售记录。”他小心地观察林巧南的反应，只见她瞪圆了眼睛神情讶异，显然此时的她并未察觉数据有异样。冷岳阳不慌不忙，打开手机备忘录给她看他记下来的经销商名单。时隔二十年，他的记忆早已模糊，不得不先花费一番功夫查找康健平台下属二级经销商究竟有哪几家，再尽量搜索记忆库里是否存在这些名字。

林巧南花了一点时间努力消化他带来的“内幕消息”。她今天结束丧假回去上班，按照这周的工作安排，的确要核对南方经销商这些年的库存和销量数据。只是她的效率奇差无比，一整天几乎没做成什么事，根本没发现有他声称的“伪造销售记录”现象。

备忘录列出的名单，林巧南看得相当仔细。毫无疑问这十几家公司名称都是她所熟悉的，她逐渐相信冷岳阳确实掌握了一些真材实料。

“江睦远的爸爸，他是康健的股东之一。”她吞吞吐吐开口，一脸为难。

冷岳阳一言不发地瞅着林巧南，他不想逼迫她匡扶正义揭露黑暗，选择权终究在她手上。哪怕在这一个2017年她退缩了、逃避了，他也不会看不起她。

他的注视令她心绪不宁，她心虚地低下头，不敢迎接他的视线。林巧南对康健能否上市成功并不在意，反正她打定主意今后与江睦远各自财务独立，免得他父母以为自己惦记着江家的财产。

可是冷岳阳的“拜托”就另当别论了，不管他是计划请她做卧底，还是帮忙搜集销量作假的证据，都可以视为她对江家和江睦远的背叛，她不知道自己能否承担得起“暴露”的后果。

那边的供桌上，他俩方才上的香快烧完了，一大段灰烬掉落下来，她忽地回头望去，父亲在香炉后面露出了微笑。

“罢了罢了。”林巧南一声长叹，抱着“大不了分手”的念头，毅然决然选择了正义，“你需要我做什么？”

冷岳阳的眼神里带上了几分欣赏。他果然没看错她，不论时空如何变幻，“林巧南”依然如故。

送走冷岳阳后，林巧南将吃剩下的菜收进了冰箱。仪式结束后，两人分吃了四菜一汤，对于自己的厨艺，冷岳阳没有任何夸大其词，确实很棒。

她脑子里乱哄哄的，一会儿觉得冷岳阳是伪君子，假惺惺地表示关心，实则为了写新闻；一会儿又觉得他不像阴险小人，每句话都带着真情实感；最后她又觉得有极大的概率是冷岳阳看上了江睦远，否则为什么特意问他脾气好不好?

他问她：“你未婚夫不是说过要来帮忙吗，怎么不见他的人？”

林巧南无言以对，沉默半晌才悻悻然开口解释：“今天下午我们吵了起来，我叫他别出现，他大概当真了。”

冷岳阳的表情忽然多了几分玩味，他若有所思地瞧着她，含笑问道：“他平时脾气好吗？对你怎么样？”

他的问题令她颇为费解，尤其是第一个。

林巧南洗澡之前打电话给江睦远，自从傍晚吵架分开，他就再无音信了，怎么想都有些不对劲。

他们以前也有过意见不合，不过都比不上这一次情况严重，最明显的莫过于他缺席了祭拜仪式。江睦远平时表现得十分尊敬她的父亲，他不至于迁怒到林振华身上吧?

他的手机接通了，“汪汪汪”的叫声先传入林巧南耳中，她以为是他养的博美在叫唤，心下颇为失望，冷冰冰问道：“你在家啊？”

“不是，我在医院。”江睦远马上察觉此番言语会引起误会，忙补充道，“宠物医院。”

“波波生病了？”那只雪白的博美和她很亲，她不禁着急了。

江睦远可能走到了外面，吵闹的声音消失了：“不是波波，你放心。”他先安慰她，接着又说，“挺长的故事，你有兴趣听吗？”

“你说吧。”她想知道为什么他不来，为什么会出现在宠物医院。

“我在路上碰到一个人拦车，她的狗狗一直在吐黄水，没有一辆车愿意送她去医院。那只小狗很像波波，于是我就帮忙了。到了医院，医生诊断下来狗狗是急性肾衰竭，抢救到现在指标才稳定下来。”

林巧南咽了口唾沫，她提醒自己务必冷静面对：“所以就为了一个素不相识的人和一只狗，你就不管今天是什么日子了？”警告无效，她的声音拔高了几个分贝，不是因为悲伤，而是愤怒。

“是你命令我走远点的。”江睦远争辩道。事实上，两人吵架后他仍然把车开到了她家小区门口，枯坐着等了她好一会儿。谁知越等他心里越不是滋味，遂又掉头离去。他深感理亏，奈何自尊心不肯轻易让步，硬着头皮把责任推给她。

她用力吸了口气，喃喃自语：“疯了，疯了，你竟然好意思怪我！”

江睦远当然明白今日之所为皆是扣分项，他即刻补救可能还有挽回的机会，可是理智突然罢工，压在心头许久的话冲口而出：“人不在了，做任何事情都是徒劳。你以为爸爸会知道吗？别天真了！”

回应他的是凄凉且漫长的“嘟嘟”声，林巧南切断了通话，她从来没有试过不说“再见”就挂了电话……江睦远握紧了手机，像是握住了心口的阀门，不能再让藏在里面的悲愤逃出生天。

诊疗室的门再次打开，一个长头发的漂亮女孩走了出来，她穿着一条白色的裙子，上面沾染了狗狗的呕吐物，一块又一块黄斑煞是刺眼。

他的脸色估计很难看，女孩的表情好像受到了惊吓：“你没事吧？”

“我没事。小白还在挂水？”他勉强扯出微笑。

女孩感激地掉下了眼泪，呜咽道：“谢谢你，谢谢！要不是你送我们来医院，小白肯定活不了了。”

“我也有一只白色的博美，叫波波。”他身边没带纸巾，只好爱莫能助地看着她用手抹眼泪，“我叫江睦远，你呢？”兵荒马乱的几小时，他们还没交换过名字。

“吴韵诗。”泪痕未干，她的脸庞已漾开一抹甜美的浅笑。

3

第二天上午，林巧南抱着笔记本到楼上的IT部找李永程。她一路低头疾走，唯恐被其他部门的熟人认出自己。饶是如此，在经过某个会议室门口时，还是迎面撞上了刚开完会的商务部老大张峰。

“Lynn，你去哪里？”张峰叫住了她。

林巧南吓了一跳，本能地抱紧了电脑，好像这是一件可以壮胆的工具。她战战兢兢抬起头望着顶头上司，小声回道：“我，呃，有几个数据不准确，我去找Jason从数据库抓一下重新确认。”

张峰对她的敬业精神十分满意，毕竟这是她休完丧假之后第二天上班。身为上司，他不能像普通员工那样仅仅写一张卡片了事，必须时刻关注下属的心理健康。

他把她叫进会议室，关上门说道：“Lynn，最近你不用太勉强，同事们都能体谅你的心情，虽然大家嘴上不说。”

林巧南对此深有体会。昨天上班前她心怀忐忑，觉得人人都会把自己当成可怜虫对待，差点想在微信上直接辞职。可等她踏进办公室却发现氛围和几天前一样正常，并没有人特别关注她，林巧南这才松了口气。

她的桌上多了一个花瓶，瓶子里有五支朝气蓬勃的向日葵。

林巧南诧异地站着，坐在她旁边的孙妍连忙塞了一张卡片过来，上面有本部门以及平时与她关系不错的同事的全体签名。孙妍给了她一个鼓励的微笑，解释了原委："大家一致决定不会和你讨论这件事，你知道我们爱你就行了。"

悲剧发生后，众人皆保持了缄默，似乎她不过是像平时那样正常地休假。

林巧南没想到原来大家商量好了，要给她送上无声的支持，感动得热泪盈眶。她害怕再如葬礼那天一次次揭开伤疤，一遍遍重复父亲人生最后一小时的不幸，偏偏对方头上笼罩着"关心"的光环，她还说不出半个"不"字。因而，同事们这份善意的理解显得尤为珍贵。

"Calvin，谢谢，我已经在调整状态了。好好工作也是我爸对我的期待。"她努力挤出半抹微笑。

张峰默默叹了口气，拉开玻璃门示意谈话到此结束，待她走过身边，又说了一句："我以前学医，想的是治病救人。但轮到自己亲人生病，还不是眼睁睁看着他走。"

道理林巧南都懂，医生不是神，医学不是万能的。然而事情唯有发生在自己身上，方能感知切肤之痛，她现在相信有些人不是存心讹诈医院，而是实在没办法给不明不白死去的家人一个交代，不得不靠迁怒来逃避内心的愧疚。

她走到李永程的座位旁，他正在喝养生茶，嘴里叼着半个枸杞，表情古怪。以往她需要导出什么数据都会发邮件给他，或者在公司内部通信软件上打声招呼，像这样抱着电脑直接"杀"上门的情况前所未见，他自然以为出了十万火急的大事。

李永程飞快地咽下枸杞，提心吊胆地问："出……出什么事了？"

林巧南前一秒尚在犹豫，被他一问反而下定了决心。她从旁边拖来一张空椅子，在他旁边坐下，低声说道："Jason，我这儿有十几家经销商的销量和库存数据需要重新导出。"

"发邮件给我就好啦，不用特意上来。"李永程着重强调"邮件"，以备统计工作量所需。

她环顾左右，确认周围的人都在专心做事，才开口说明亲自上门的原因："这件事我想请你私下帮个忙，最好不要留下记录。"她说不准冷岳阳的新闻报道将会牵连多少人，没必要让李永程陪着冒险。

他狐疑地打量她几眼，明智地选择了沉默。不管她打算做什么，"不知道"是最安全的。他看着她整理的经销商名单，在查询语句中依次输入，很快得到了从 2016 年 8 月至 2017 年 7 月的数据。

"一年的，够吗？"

据她所知，康健正式启动 IPO 大概一年，但难以推测伪造销量现象存在了多久。林巧南掰着指头算了算，干脆利落地答道："索性给我全部的记录吧，我不确定数据从哪一年开始不对。"

李永程一言不发，修改了查询条件重新运行，又生成一份新的报表。他打开微信客户端，找到她的头像，把文件传给了她。

"多谢。"

林巧南马上收藏了文件，抱起电脑准备离开。李永程出声叫住了她："Lynn，我从来没有传过文件给你，OK？"

林巧南心照不宣，朝他比了一个 OK 的手势。她抱着电脑下楼，竭力保持淡定的姿态，不想被别人发现她正在进行的秘密行动。

林巧南能感觉到从内心深处涌出一股奇怪的激情，它冲走了盘桓多日的哀伤。冷岳阳的提议给了她动力，如同在封闭的房间里打开了一扇窗，又有光照了进来。

她发了一条消息给他，简单的一句话："能请你朋友的舅舅帮个忙吗？"

他很快回复："如你所愿。"

收到信息时，冷岳阳正在院子里帮父亲摘无花果。那棵无花果树又喜迎丰收，结了满满一树果实，一看便知它得到了精心的养护。

冷子荣很细心，为了防止飞鸟偷吃，他在果子将熟未熟之际就给它们套上了塑料袋保护起来。这会儿父子俩一人一边，先拆下塑料袋，再把紫色的果子从树枝上剪下。

“留几个给鸟儿吃。”冷子荣吩咐道，说完又打了个响亮的喷嚏。

他得了重感冒，被冷岳阳强行命令在家休息，破天荒头一回请了病假。但他是个闲不住的人，在家养病还千方百计找事情做，顺便教训冷岳阳“在床上躺一天，没病也要躺出病来”。他的积极令冷岳阳无奈，只得帮着他一起干活加快进度。

冷岳阳表现出的“合作”态度，让冷子荣又燃起了希望，有生之年应该能看到他结婚成家吧……他乐呵呵地拿眼前的果树打起了比方，说道：“阳阳，你看树都知道要开花结果繁衍后代，你也得抓紧了。”

冷岳阳将一颗无花果放进篮子，心想老爸念念不忘的果然唯有此事。要是让他知道自己蹉跎到四十七岁依旧孤家寡人，或许会捶胸顿足气得吃不下饭。他轻笑一声，打趣道：“老爸，我在等一个能让我为她写情诗的人，就像你和妈妈那样。”以前父子俩避而不谈沈翠茹，他一直以为父亲不爱母亲，所以不在乎她的离去。可是看过冷子荣写的情诗，他对沈翠茹俨然是真爱。不谈，也许只是太伤心。

是时候解开心结了，冷岳阳想为多年的误解道歉。

冷子荣手一抖，一颗无花果“啪”地掉地上摔烂了。自从冷岳阳在电话里念出当年他写的情诗，他就担心儿子总有一天会把话题扯到前妻身上。看来逃得过初一，逃不过十五，该来的迟早会来。

“都几十年了，还提她干什么！”他仍然抵抗了一下。

“爸，我不再是小孩子了。每段感情的失败都有自身的原因，我不会怪你，也不想怪她。”冷岳阳边摘果子边说，他表现得异常平静，似乎这就是随口一提的事。“我小时候确实很不开心，觉得你们当初既然没感情为什么要结婚。还有，为什么要把我生下来？”

冷子荣老脸一红，尴尬地咳了两声。他可从来没想过父子俩心平气和地探讨感情问题的情形，并且话题焦点还是他的感情问题。他刚想开口说几句场面话，却听到冷岳阳的手机传出新消息提示音，恰好替他解了围：“你先看看谁有事找你，老爸进去歇歇。”说完，他急急忙忙撤离现场。

“你到床上躺一会儿。”冷岳阳在他身后扬声喊道。叮嘱完毕他不禁摇头叹气，四十七岁的自己简直活成了老爸当年的模样，凡事都要碎碎念一遍才放心。说实话，他真的害怕命运翻脸无情，再一次夺走父亲的生命，所以就连小小的感冒也能让他把心提到了嗓子眼。

冷岳阳放下剪刀从裤兜里掏出手机，是林巧南发来的。她问：“能请你朋友的舅舅帮个忙吗？”

昨天他们讨论过此事，当时林巧南既没给他答复，也没有明确是否会申请医疗鉴定。只有他明白这件事影响深远，倘若不能在2017年彻底扫清她心中的疑虑，她的余生势必不得安宁。

他很欣慰林巧南终于有勇气迈出求证的第一步，立刻回复了她，只有四个字——“如你所愿”，如同他的心声。

申请医疗或司法鉴定可以查证手术过程是否合规，然而在此之前，林巧南需要有人告诉她“手术的决定本身没有错”，这样她才能坦然接受后面发生的意外，所以吴韵诗的舅舅也是一名关键人物。当时没有请他直接出场导致吴韵诗在中间乱传话，是他最大的失误。

冷岳阳瞟了一眼篮子里的无花果，打算挑一些品相上佳的送到宝贝乐园。他加快速度摘完剩余的果子，提着篮子回到客厅，冷子荣果然不在。

“爸，你在睡觉吗？我出门一趟。”冷岳阳洗完手走到父亲房间交代一声，发现房门虚掩，又忍不住碎碎念起来，“干吗不开空调啊，当心中暑。”

他一边说一边推开门，却见冷子荣压根儿没躺床上休息，而是拖出了床底的樟木箱东翻西找。

“要我帮忙吗？”他靠着门，不知父亲想找什么。那个箱子里放着别人送他们的床单被套、母亲织了一半的毛衣、父亲的情诗，还有收藏了他所有新闻报道的剪贴本，以及父母的合影。

“不用。”冷子荣一口回绝，倒是关切地问他，“你要去哪儿？中午回来吃饭吗？”

这个点赶到宝贝乐园差不多便是午饭时间，肯定需要再请吴韵诗吃一顿。

“午饭不回来吃了，我去给吴韵诗送无花果。”

听到“吴韵诗”三个字，冷子荣眉开眼笑地抬起头：“都拿去，都拿去！吴韵诗可是个好姑娘，等她有空请她来家里吃饭。”

他想带回家的人是另一个女生，而且这个星期六她就会来。冷岳阳微微一笑，决定先对父亲保密。

“好，我会跟她约一下。”

冷岳阳花了半小时到达宝贝乐园，店里只有玲子的身影，她一个人坐在柜台后玩手机游戏。冷岳阳把塑料袋放到台面上，问道：“老板娘呢？”

玲子头也不抬，漫不经心地回答：“小白病了，老板娘在医院陪它挂水。”

小白？他愣了愣，不记得她的店里有哪只动物叫这名字啊……

冷岳阳也试图从“过去”寻找相关的线索，可惜一片空白。

“小白怎么了？”为了不被玲子瞧出破绽，他假装知道“小白”，尴尬地继续着对话。

“老板娘说它急性肾衰竭，还好昨天抢救回来了。”玲子放下手机，翻了翻他带来的塑料袋，“无花果哎，我可以吃一个吗？”

冷岳阳点点头，看着她挑了一个果子拿到里面去清洗，心里想的却是另一件事。昨天是林振华的“头七”，也是另一个2017年里冷子荣的“头七”，那天他记得吴韵诗来了自己家，并没有发生小白病危事件。

他没有听她说过养了名叫“小白”的宠物，不管它是猫还是狗，他从来不知道。

这，是不是意味着有些事正在发生变化？

心跳蓦地加快，无法形容的惶恐笼罩了冷岳阳。

围绕在他身边的这些人，关于他们的命运，或许都已改变。

林巧南比平时晚了半小时打卡下班，她心事重重地走出公司。等电梯的人已经少了很多，她看到“饭友”韩少杰和蔡晓敏正在聊天，犹豫着要不要走上去加入他们。

她继续缺席了今天中午的聚餐，倒不是怕大家问起林振华，而是真的没有胃口。她叫了一份沙拉外卖，抱着电脑坐到休息区，边吃“草”边研究李永程给自己的原始数据，很快就发现了不对劲的地方，根据发票来看有些批号的产品已植入了病人体内，结果库存报表中还有它们。

一家经销商出问题还算情有可原，以前没有系统全靠手工统计，难免出现偏差。可许多经销商都出现了类似的情况，并全部隶属于康健平台，这就使她不得不考虑冷岳阳提过的可能性了——康健为了谋求上市伪造了销量和现金流水，欺骗证监会。

林巧南陷入左右为难的境地，她虽然答应冷岳阳找到证据就发给他，但心里仍旧抱着一线侥幸希望是他搞错了。眼下她确实有了发现，转而一想不能贸然传出去，她的身后除了江睦远和他父亲，还有公司的利益。

她决定先和销售人员沟通一下，看看能否让经销商重新盘库确认实际库存。林巧南查过公司通讯录，这十几家经销商都归一个名叫王硕博的销售员负责。他的电话分机号与韩少杰相邻，理论上两人座位也应该相近。

林巧南于是走过去打了声招呼：“Ken，Grace，明天中午我一定会加入。”

“好啊，那明天我们去吃湘菜。”蔡晓敏在“吃”的方面最为上心，每天中午吃什么基本由她决定。

另外两人均表示无异议，林巧南顺势转向韩少杰，用闲聊的口吻问起：“Ken，王硕博他坐在你附近吗？”

“王硕博，王硕博……”韩少杰念叨半天名字才恍然大悟，“你说Mark啊，他就坐我对面。怎么，你要找他？”

她不动声色，摆出公事公办的架势：“上个月有几个销量要和他再核对一下。哪天他进公司了，你通知我吧。”

“没问题。”韩少杰不疑有他，一口答应。

电梯到了三十一层，三人跟在其他同事后面走进轿厢。晚走半小时的好处是避开了乘坐电梯的高峰期，直到一楼，总共也就寥寥数人。

林巧南走出电梯，公司所在楼层属于高层区，需要刷门禁卡通过闸机。她刚把卡片放到闸机上方，就听到前面有人在喊她的名字。

“哟，男朋友来接你下班啊，好甜蜜。”蔡晓敏羡慕地说道，顺便吐槽自己家那位已经完全不知道“浪漫”二字如何书写了。

林巧南充耳不闻，她望着闸机外侧的江睦远，心情复杂。

要不要原谅他?

要不要背叛他?

或者，果断地离开他?

4

江睦远的身高和外表相当引人注目，他站在大堂里就像一道风景线，每个从电梯出来的人都会朝他瞟上一眼，不分男女。

因为他，林巧南也成了焦点。这是他们日常相处的模式，他走到哪里都有这种效应，她不想在众目睽睽下和他争论是与非。

“你的车呢？”露天的停车位通常都留给了出租车和网约车，需要等人很久的车会被保安赶到地下车库，所以他平时都会在车库等她直接下来，林巧南以为他今天没开车出门。

“在B1层。”他特意坐电梯上来“拦截”她。江睦远有自知之明，以他昨天的作为，林巧南会搭理他的来电才怪。他没把握在见到真人就一定有转机，但总要试试才能死心。

她看了看四周，有几个公司同事正准备过闸机，林巧南迅速拉着江睦远走到旁边低层区的电梯，按了向下的电梯键：“我们到车上再谈。”

她的态度好像在他阴云密布的心头凿出了一个洞，曙光透了出来，江睦远瞬间又有了生气，他在电梯里异常积极地按下“B1”键，然后像犯错的小学生一样乖乖站在她身旁一言不发，只敢用眼角余光偷偷观察电梯门照出的身影。

林巧南面无表情，实则内心天人交战。她有百分之七十的倾向是分手，把昨天的事借题发挥一下，只要坚定“不能原谅”便可以顺理成章闹到分手的地步。这样做有两大好处，首先，不存在背叛一说，即使她将不利于康健的证据交给冷岳阳曝光，分手后也与江睦远无关；其次，可以结束关于“百日内成婚”的争端，不用再看他家的脸色。

然而她灵魂里另外百分之三十被感性掌控的部分，却极度不愿意与他分手。江睦远是父亲所知道的她的最后一任男友，一旦与他分手，如果还有机会开始新的恋情，林振华也看不到了，同样再也无法给出是否认可的答案。

至于他本人，从父亲开始求医问诊到最后帮忙操办葬礼，无不尽心尽力。林巧南看在眼里，记在心上，这些事不能被一次过错抹煞，他至少应该得到自辩的机会。

电梯到达 B1 层，他的车就停在客梯入口附近，走几步就到。两人一前一后走到银色的雷克萨斯旁，她开口问道：“那只小狗怎么样了？”

她的话语里听不出嘲讽，表情也不像挑衅，可是他依然不敢掉以轻心。

“医生说这两天还要输液观察，暂时没生命危险了。”

“那就好，总算没有白费工夫。”林巧南悠悠地叹息，打开车门坐上了副驾驶位。自从父亲过世，她变得异常心软，见不得任何生命消逝。所以虽然他的故意缺席惹她动怒，却也算情有可原，救下的小生命不可无视。

江睦远也上了车。他不敢看她，目视挡风玻璃，发现了好几个肮脏的斑点。这些污点刺痛了眼睛，他想象着自己手拿纸巾走到车前，用力地、拼命地擦拭它们。他想得太入神，错过了林巧南的开场白，只听到了最后：“……让我难过的是你辜负了我爸。”

“对不起，是我错了。”他诚恳地道歉，“我一时冲动，没控制住脾气。”

她转过头看着他，平静地开口：“那才是真心话。其实你说得没错，对于爸爸来说，无论我做什么都没有用了。”她长长叹了口气，“但什么都不做，就好像我会马上把这一页翻过去，我感到对不起他。”

他的鼻子又酸又涩，好像切开了洋葱，又像是咬了一口不加糖的柠檬。

“我知道，我明白，我错了。”他的脸上满是羞愧，伸手想握住她颤抖的手，“这不是我的真心话，这是负气的话。”

林巧南躲开了他，她双手交握，规规矩矩地搁在膝盖上，拒绝他的靠近。

“毕竟不一样，你怎么可能明白我心里有多痛。”她的语气仍旧克制、平淡，波澜不兴。

江睦远注视着她，耳畔响起了警钟，浮于表面的道歉绝对不能令她释怀，要想求得原谅，必须祭出真情实感。

“我十分尊敬伯父，甚至超过对我父亲。”他用一贯沉稳柔和的声调诉说起心声，吸引了她的注意力，“伯父手术前一天，我下班后去医院陪他聊天。他说不知道明天的手术结果如何，万一出了什么事，希望我照顾好你。”

林巧南从未听他提过此事，她心情激荡，情不自禁抓起江睦远的手：“你之前为什么不告诉我？”

“我害怕，怕伯父的意外是因为那晚聊天带来了不好的兆头。”江睦远低下头，感觉到湿润的液体滑出眼角，滑过了脸庞，“小南，我心里不好受，从那天开始就在硬撑。”支撑他的力量突然消失，他当着她的面流下眼泪，崩溃地痛哭起来，“我没有机会弥补了，永远没了。”他的声音听着仿佛心碎了，万分凄切。

林巧南内心酸楚，原来他们都在苦苦强撑，担心自己的脆弱成为对方的负担。她握紧他的手，努力安抚他放下包袱：“你不要责怪自己，手术出意外和你们的谈话没有关系，爸爸不会怪你的。”她是唯一能代替林振华原谅他的人，尽管在她看来江睦远根本无罪，奈何他已认定是自身的过错。

她理解他的逃避，自己又何尝不是，甚至幻想能够回到六岁那年和兄长交换人生来逃避已知的痛苦。只是那天有个人对她说“你能活下来，真的太好了”，他让她清醒了过来，重新审视此后度过的二十一年：当包裹在外面的痛苦被剥离，内里的果实仍是甜的。

江睦远挣脱林巧南的手，用双手掩面，拒绝让她再目睹自己伤心的模样。他深深吸了口气平复心情，轻声道：“我不是故意不来，不对，就是故意不来……我，没办法面对伯父。”

“我不怪你。”林巧南接得很快，她现在不仅对他同病相怜，甚至因先前说了重话而备感内疚，“冷岳阳你还记得吧？他说他有个朋友的舅舅是骨科专家，可以帮我们问问引起意外的可能性。”她本来没打算说这件事，怕江睦远追问何时与对方有过联系，万一说漏嘴牵扯出昨天的事情就糟糕了。要是再扯出这个星期六要去冷家拜访的计划，那就更别想太平了。

她提到的名字触动了江睦远的神经，他放下手露出带有泪痕的脸：“什么时候去？”

林巧南拿出纸巾要帮他擦脸，被他劈手夺了过去。他不好意思地别过脸，快速抹去眼泪的痕迹，再转向她时又恢复气定神闲的姿态：“什么时候去？”他又问了一次，比她更心急。

“要等他朋友安排，他再通知我。”她被他的急切吓了一跳，连忙说明情况。

“我也要去。”他像个执拗的孩子，非要她给出保证不会扔下自己。

林巧南啼笑皆非，原有的分手念头早已无影无踪，此刻只觉露出孩子气一面的男人莫名有些可爱。她拍了拍他的手，给他一个鼓励的微笑：“开车吧，去我家。你和我爸好好说说心里话。”

俊美的面孔表情复杂，他的眼神闪过犹疑：“你真的不怪我了？”

“我怪你太晚才让我明白你有多难过。”假使能早一点看清彼此的软弱就好了，她为曾经有过的几分钟动摇自责不已。

江睦远放心了，熟悉的微笑回到他的脸上，他发动汽车驶离停车场，回到路面，彩霞铺满了天空。

“好漂亮。”副驾驶座位的女人喃喃自语。

她对外界又恢复了感知的能力。

天空中的云层如同堆叠起来的瓦块，这种“台风云”往往预示着最近几日台风有登陆的可能。冷岳阳不记得 2017 年 8 月底是否有破坏力惊人的台风扫过上海，他望了一眼天空，祈祷天气的变化不属于蝴蝶效应，他可承担不起自然灾害造成的损失。

“好漂亮的晚霞。”吴韵诗发出夸张的赞叹，她略有些憔悴，黑眼圈明显。

“小白好点没有？”他假装关心。玲子说小白是一只白色的博美犬，无端令他想起江睦远家的波波。波波极其敏锐，唯独它识破了他们的超感。

吴韵诗虽然脸色不太好，表情却是放松的，可见小白并无大碍，她的话也证明了他的推测。她说：“小白很顽强，医生说它的自愈能力超强，再挂几天水就会好了。”

幸亏没事！冷岳阳松了口气。尽管对方是小狗，但也是一条生命，他极其担心会有其他生命因为自己而改变了生与死的命运。冷岳阳从不后悔得到了挽救父亲生命的机会，不过若是因此牵连无辜，他又会产生新的愧疚。

“说起来小白昨天真是命悬一线，要不是遇到好心人愿意送我去医院，搞不好就抢救不回来了。”吴韵诗的眼睛闪闪发光，脸颊染上可疑的红晕。

沉浸在自己思绪中的冷岳阳回了一个“哦”字，听起来心不在焉。

“你来找我，是为了要我舅舅帮忙的事情吧？”吴韵诗切换了话题，了然地笑了笑，她对冷岳阳已没有了幻想，不会再自作多情。

冷岳阳尴尬地摸了摸鼻子，随便找了个理由：“我朋友的精神状态不太好，我有点着急。”

吴韵诗忽然想起从未问过他的朋友是男是女，似乎默认就是他所说的暗恋很久的那个人，并对此深信不疑。她动了好奇心，想早点看看令他念念不忘的女生是何模样。

“你等等，我再给舅舅发条消息催一下。”她拿出手机，手指在键盘上飞快地移动，把消息发了出去。

这一次有了回音，她的手机传出了悦耳的提示音。吴韵诗看了一眼，笑逐颜开道：“舅舅说他明天没手术安排，我们可以到医院和他见面。”

“等门诊结束吗？”他知道医护人员上班时间非常忙碌，门诊结束后有些医生仍然会留下来整理病历报告或者去病房，贸然冲过去打扰多有不便。

吴韵诗又发了一条消息，不一会儿就收到了回复：“舅舅说可以，他在住院部的主任医生办公室等我们。”

“谢谢，我马上通知朋友，让她明天带好病历和X光片。顺便问一声，你舅舅在哪家医院？”他突然想到一个重要问题，吴韵诗的舅舅姓甚名谁自己一无所知，好巧不巧不会是滨海医院的那位赵主任吧？

“他在新民医院，姓潘。”

冷岳阳愣了愣，新民医院的潘淮安主任在他的新闻报道里出现过。康健集团有一条业务线是做骨科耗材的，尤其是 3D 打印耗材，几乎是市内几家大医院骨科的唯一供应商。这位潘主任在他采访过的医院方面人士中算是比较配合的，可惜那时不知他正是吴韵诗的舅舅，否则就能厘清林巧南的疑窦，免得她懊悔终生。

他给林巧南发了消息，约她傍晚 6 ：10 在医院门口见面，几乎立刻收到了她的回复。

“她说明天见。”他将视线从手机屏幕转向吴韵诗。

记忆闪回另一个 2017 年，是这个女生在对他说：“这一次我不过是连本带利讨回来，我们两清了。”

冷岳阳打了个寒战，告诫自己不能掉以轻心。

8 月 23 日，傍晚 6 ：10，冷岳阳和吴韵诗站在新民医院正门口的树荫下等人。天气炎热，地面开始散发吸收了一整天的热量，每个人都好似身陷蒸笼。

“今年好热，不知道以后会不会越来越热。”吴韵诗拿着手持小风扇，对着自己猛吹。

未来二十年地球没有变得凉快一些，人类用科技解决了一些问题，又制造出新的环保问题，周而复始。所以对吴韵诗的抱怨，冷岳阳不置可否，只是四处张望看林巧南从哪个方向过来。

他很快望见了她，以及她身旁身材高大的男子。这是他与江睦远在葬礼后的首次见面，他久违地燃起了斗志。这一个 2017 年，他要成功阻止林巧南和江睦远的婚礼，必须找出日后对方会成为家暴男的证据。

吴韵诗也看到了那个显眼的男人，一时没控制住激动的心情，发出一声惊呼。她加过江睦远的微信，以便及时告知小白的康复情况，但是对方的回复明显属于客套，她也就打消了“倒追”的冲动。

她没想过会突然再见到他，大吃了一惊。

冷岳阳听到她的声音，转过头看着她：“怎么，你认识他们？”她本来会在冷子荣葬礼过后第一次见到林巧南和江睦远，并且还是背影，可父亲的死亡事件没有发生，她不可能见过这两人。

“那是送小白去医院的人，他叫江睦远。”吴韵诗激动得有些语无伦次，全然没注意冷岳阳的神情有了微妙的变化。

江睦远认出了吴韵诗，走到面前时自然地打了声招呼：“你好，想不到你是冷记者的朋友，实在太巧了。”说完，他转向林巧南解释，“小南，这位吴小姐就是那天要带小狗去医院的主人。”

“以前看过一个理论，叫六度空间吧，它证明人和人之间其实有千丝万缕的联系，只有到了需要的时候才会发现。”林巧南伸出手，落落大方地做自我介绍，“我是林巧南，谢谢你帮忙。”

“我叫吴韵诗。你不用这么客气，你是冷岳阳的朋友，也就是我的朋友啦。”吴韵诗欢快地说道，紧接着她又想起林巧南的遭遇，马上转换了语气，“不好意思，我经常嗨过头。你不要太难过了，多多保重。”

“谢谢。”林巧南客气地道谢，顺便把话题转回今天的正事，“我一会儿和潘主任沟通的时候，需要和他说明情况吗？”

“我只和舅舅说了患者确诊骶骨肿瘤，想咨询该怎么办。”吴韵诗一下子正经起来，“要不要和他说手术的事，你自己决定吧。”

林巧南默然点头。气氛陡然沉重，冷岳阳伸手轻轻推了一下林巧南的头：“好了，别想太多。”

“嗯，走吧。”她放下顾虑，微笑着回答。

一行四人向住院部大楼走去，两两并排，冷岳阳和吴韵诗走在前面，她压低了嗓门质疑冷岳阳方才的举动：“人家有男朋友哎，你知不知道摸头杀有多亲密啊？”

“不是摸，是推。”他为自己辩解。

“才怪！你没注意江睦远脸都发青了吗？”吴韵诗咋舌叹道，心想身旁这家伙胆子够大啊，居然当面挑衅。

冷岳阳下意识地回头看了一眼，发现后面两人的姿势透出了几分古怪。江睦远似乎在用力拉拽林巧南的胳膊，而她却好像不情不愿，拼命往反方向使力。

那个藏在灵魂深处许多年的想法再一次浮出水面：不如，横刀夺爱？

潘淮安看了林振华的 X 光片不到半分钟就皱起了眉头，焦急地开口：“这个病人在哪里？要安排他尽快手术。”

林巧南如释重负，她一直觉得自己鼓励父亲接受手术是错误的决定，这会儿听到又一位专家做出同样的判断，她感到心里轻松了不少。

“潘主任，一定要手术吗？能不能先做放疗或者化疗让肿瘤缩小？”

潘淮安看了林巧南一眼，放下 X 光片，一手紧握成拳，一手张开覆盖在拳头上方举例说明：“你看，肿瘤藏在骶骨下面，化疗和放疗要产生作用，必须穿过骨头，这就需要加大剂量，病人的身体肯定吃不消。”

“靶向疗法呢？”冷岳阳代替林巧南发问，索性把疑问彻底解决。

穿着白大褂的中年男子耸了耸肩：“很遗憾，靶向药目前没有针对骶骨肿瘤的。本来这个肿瘤发病率不算高，可能十万分之一吧。”

十万分之一的概率，偏偏让自己父亲赶上了。林巧南狠狠咬住嘴唇，不让心底的冷笑泄露到外面。

江睦远向前倾身，几乎凑到了潘淮安眼前：“潘主任，我问一下，假如不做手术会怎么样？”

潘淮安的视线在三个人脸上打了一个转，对于他们的关系有点茫然。他向外甥女投去一瞥，只见她一副置身事外的轻松模样，显然并未涉足复杂的感情纠葛。他放下心了，再度拿起 X 光片，严肃地开口：“你们自己看一下片子，盆腔有很大的空间，肿瘤的生长目前不受限制，所以它的体积会成倍递增，像 2 变 4，4 变 16 这样。不做手术的话，我推测不出三个月就会挤压膀胱和大肠，病人的大小便会受到影响，严重一点会造成肠梗阻。到那时候送到医院紧急手术，医生只能做保命这一个选择，把所有的功能神经全部切断。这对于病人绝不是最好的方案，术后恢复和生活质量会受到很大影响。”

他的论断与赵主任几乎一致，不需要再怀疑了，手术是唯一的解决方案。

听到答案的林巧南第一时间抬起眼帘望向了冷岳阳，仅仅是 0.1 秒的注视，她又把目光转到江睦远脸上。

一眼，无尽的感激。

5

星期六下午，林巧南按照冷岳阳给的地址，准时出现在小区入口。

这个小区和她家一样，也是 20 世纪 90 年代初建起的低层住宅，最高不过六层楼，从名字也看得出，但凡带有“新村”一类字眼的多半如此。在上海二手房市场，这类住宅又被代称为“老、破、小”，本来无人问津，不过因为学区房需求持续看涨，均价其实并不比市中心房价低多少。

她走过来的路上经过一所小学，还有一所初中，想来附近区域的房价不会低。在上海有一套房子又不背贷款的人，至少都是百万富翁级别了。

冷岳阳躲在树荫下面等她，他告诉她有条捷径可以直达自己家那一排，让她不要绕远路。但他传过来的地图实在有些简易抽象，林巧南回复说看不明白，于是他自告奋勇到大门口迎宾。

她一手提了一只西瓜出现在他面前，冷岳阳连忙上前接过：“干什么这么客气？别把自己当外人。”话音刚落，他察觉出不妥，急急更正，“我的意思是伯父和我爸爸是故交，他把你当作侄女。”

“侄女到叔叔家做客，也不好意思空手上门呀。”她笑了笑，替他圆了场。

“那么，我先谢啦。”他朝大门旁边绿化带内开辟出的一条小径抬起下巴，示意她从这里走，“我画的地图哪里抽象了，连弯曲度都画到位了。”他一边在前方带路，一边为自己的画工鸣不平。

林巧南在冷岳阳背后窃笑，他的地图除了比例略有失调外其实没什么问题，只是她一早已想好带水果上门，自然需要他来充当劳工。“这条路倒是挺别致的。”她随口说道。

冷岳阳回过头，脸上带着几许嘲讽表情：“本来是没有的，大家为了赶时间就穿过绿化带，草坪一直被破坏，物业没办法只好修了一条路出来。虽然从结果来说皆大欢喜，只是过程实在有点丢脸。”

“说明当初布局规划的时候，就没有充分考虑离大门比较远的那几栋楼的需求，如果有捷径可走，谁又愿意绕远路呢？”她一针见血地指出双方的矛盾。

冷岳阳嘴角一扯，勾起耐人寻味的浅笑：“你看到了问题的本质，不愧是做数据分析的。”

他本意是称赞，不期然却让林巧南感到尴尬，以为他意有所指在暗示康健平台销量造假事件。按照公司流程她应先与销售人员进行沟通，在对方没有回应或问题极为严重的情况下方可汇报给部门主管，由主管与该销售部门主管直接沟通。碍于公司制度，林巧南没有告诉冷岳阳自己的发现，而是语焉不详地蒙混了过去。

与此同时，怀疑的种子在林巧南心田生根发芽。她认为冷岳阳接近自己是为了那篇报道，否则他何以三番五次把话题往这上面引？好比那天大家离开医院，他还趁着另两人不注意，悄悄询问她是否找到了证据。

如今冷岳阳又有意无意提起“数据”，她只觉心情郁闷，仿佛被他利用了一般。她勉强笑了笑，抢白道：“这属于人之常情，和数据分析没关系。”

四十七岁的冷岳阳绝对比二十七岁时更擅长揣摩人心，他敏锐地察觉到林巧南的抵触情绪，很快明白过来她在介意什么。

“看来我不太适合说奉承话。”他自嘲了一句，苦于无法对她坦言自己真正的目的是斩断她和江睦远的红线。还好小径不长，尽头处已可看到林立的建筑，让他得以自然地转移话题。他提着西瓜举高手，朝右边第一排指了指，“我家就是这一排，最里面那栋楼。”

“我家也是这样的公房，我爸妈冬天要晒被子，说六楼太阳好，不肯要一楼。唉，我很想要个院子呢。”林巧南说着说着伤感起来，今年冬天肯定会有晴朗的日子，家里最喜欢晒被子的那个人却不在了。

二十年后，她会实现梦想住进带院子的别墅，但是幸福却遥不可及。冷岳阳想起在医院里见到的女人，他的情绪低沉下去，一直向着不可测的深渊坠落。

冷子荣早已候在门口等待林巧南，他的心情颇为复杂。虽然冷岳阳早已强调过无数次林巧南登门拜访是为了解二十年前的往事，可毕竟两人年龄相仿，他又难得表现出颇有好感的样子，冷子荣自然产生了期待。

然而想到江睦远的存在，冷子荣私心认定冷岳阳必然会失败。他想以自身经历劝说儿子不要寄予太大希望，话到嘴边又硬生生咽了回去，有些事只有自己撞了南墙才会死心。

“冷叔叔，您好，打扰您了。”一见到站在门口头发花白的男人，林巧南立刻问好。

“不客气，不用这么客气。”冷子荣将她让进门，第二句话就是阻止她脱鞋，“不用换鞋子，我们家不讲究。”

林巧南走进客厅，目光四下一扫，立刻瞧见几处剥落开裂的墙纸。她不想让冷子荣难堪，遂将视线投注到电视柜上的地球仪上。

“我小时候也有一个。”她倒也不是没话找话，此事另一个参与者正是已逝的父亲。“我爸用地球仪教我和哥哥认识了七大洲五大洋，还有大部分国家和它们的首都。可惜搬家后找不到了。”许是面前的冷子荣代表着二十年前的往事，记忆因此被触发，她用怀念的口吻说起过去。

“原来林队还有个儿子啊，怎么那天没见到你哥哥？”冷子荣不明就里，自然而然接着她的话问道。

冷岳阳正好端着切好的冰西瓜走出厨房，听到父亲冒失地提起林巧南最介意的事，马上出声阻止：“爸，你别乱说话！”

他已许久不曾对父亲大声呵斥，不仅林巧南被吓住，冷子荣也吓了一跳。还是林巧南反应快，明白他的担心，连忙摇手安抚道：“没事，叔叔不知道情况。我哥哥在很小的时候就没了，因为意外。”说到最后几个字，她的音量突然提高。

原来如此！冷子荣默默长叹，怪不得儿子这么紧张。他讪笑道：“走过来热吧，吃片西瓜解解渴。”

气氛仍旧尴尬，三人相对无言，各自吃完了一片西瓜。林巧南用纸巾擦干净手，打开背包取出合影：“冷叔叔，这是二十年前您和爸爸在医院的合影。我上网查过资料，这个日期是在‘敲头案’破获之后的几天，叔叔又是头部负伤，是不是和那个案子有关？”

父亲“头七”那天她给冷岳阳看过照片，他用无比肯定的语气说就是这一张，她才放心地带过来。

照片上的冷子荣手里抓着锦旗的一角，咧嘴笑得开怀；父亲也是如此，不仅笑容满面，还朝身旁的他竖起了大拇指。林巧南的视线从相片移到对面的男人身上，不确定他是否还想得起来。

冷子荣接过照片，思绪又被拉回到二十年前的4月。那时正值春寒料峭，但大家干劲十足，天天巡逻也从没有人喊过累。他的神情流露出几分怀念，再次凝视着已天人永隔的林振华。

“林队是个好人啊，他最照顾我们这些志愿者，巡逻结束总是他招呼大家去吃碗热馄饨、热面条，付账也是他来。当时我以为派出所有经费能报销，后来才知道是林队自己掏钱慰劳大家。”冷子荣竖起了大拇指，“二十年前大家收入都不高，这么大气的人相当少。”

林巧南安静地听着，面上微微带着笑意。她曾经努力回想过小时候的事情，只记得父亲工作繁忙常早出晚归，她大部分时间是在家里独自面对精神状态不佳的母亲。她将冷子荣说的每个字都刻印在心里，原来二十年前父亲在旁人眼里就是大方豪爽的形象，从没有变过。

“那天，具体是几号来着……”冷子荣搔搔头仍然想不起日期，他不好意思地干笑两声，抛开日期问题继续说下去，“反正就是真凶被抓到的前几天，晚上我和林队一起巡逻，出发前我眼皮狂跳，林队开玩笑说是左眼跳财，让我第二天就去买彩票。结果倒好，当天晚上我还真中了个‘头彩’。”

冷子荣指着合影中自己头上的绷带，当年的情形历历在目，他忍不住大笑起来，由衷地叹道：“我这条命，还是林队救下来的！”

冷岳阳大吃一惊，他记忆中被告知的版本是冷子荣替林振华挨了模仿犯的榔头，怎么到了父亲口中，却变成林振华救了他？冷岳阳注视着父亲，他的神情不像开玩笑，说的应该是真话。他本来以为冷子荣打算借过去的交情撮合自己与林巧南，可转念一想若父亲真有此意，好歹“林振华救命恩人”的身份更有效果，由此可推知真相的确是林振华救了他。

他正在经历着所谓的蝴蝶效应，当自己回到2017年改变了父亲的命运，所有的事情都朝着不可预测的方向悄悄变化。比如他和林巧南、江睦远相识的方式、时间及场合，比如他的工作，比如他和小美、吴韵诗的关系，吴韵诗和江睦远的偶遇……一股凉意忽然蹿过脊梁，冷岳阳恍然大悟所有的变化都因为他——他先改变了自己，再改变了别人。

他的视线移到林巧南身上，她正仰着脸认真倾听冷子荣说话，没注意到他在看她。无论未来变成什么样，唯一不变的是他希望她能得到Happy ending，不管男主角是他冷岳阳还是江睦远，抑或是其他男人。

“搬家的时候遗失了两个纸箱，照片和锦旗都在里面。”冷子荣拿着相片摇头叹息，“二十年前哪想得到将来自己会胖成这德行。”1997年的他精瘦如猴，严格来说体重并不达标，现在胖了不少，倒是符合正常标准了，只是太明显的对比就显得他非常胖。

“我爸退休后放松下来，三个月就胖了十斤。”林巧南很开心能和别人聊聊林振华，“他后来常常出门旅行，又瘦回去了。”

“林叔叔是自由行吗？”冷岳阳顺势问道，他这一次不可能再和她交换父亲的手机，当然得通过一切机会“加深”对林振华的了解，免得一不小心穿帮。

林巧南频频点头，一脸崇拜加骄傲：“我爸自己上网研究攻略做路线，统统一个人搞定。他喜欢交朋友，这几年在路上认识了很多驴友，有时候也会和别人结伴。”

冷岳阳朝父亲的方向瞥了一眼，笑道：“老爸，你学学林叔叔，退休后就出去旅游吧，我来负担旅费。”他拍着胸脯保证，“只求你别再成天念叨让我结婚生娃。”

林巧南“扑哧”一声笑了出来，她飞快地看了一眼冷岳阳，默契的理解在两人之间流转。

她以前没有男朋友，参加家族聚会时也被各个亲戚轮番劝说“要抓紧啊，年纪越大越难嫁”。听的次数多了，向来淡定的父亲终于坐不住了，也开始张罗着让她相亲。那段日子父女俩冲突不断，林振华觉得每个相亲对象的条件都不错，而她每次回来都用“没感觉”打发了事。

现在回想起来，似乎那是父女两人关系最亲近的时期。今后无论她的生活过成什么样子，林振华都管不了了，再也不能了！

突如其来的伤感让林巧南不知所措，只知自己不能在冷家父子面前掉眼泪，她慌忙站起来，急切地问道：“对不起，请问洗手间在哪里？”

“我带你去。”冷岳阳起身，带她穿过客厅。他的房间和冷子荣的面对面，两间卧室交汇的位置正是洗手间。

卧室的房门都开着，大房间的主人是谁一眼便知。冷岳阳心虚，抢在她有想法之前先开口自辩：“只有这间能放得下书桌，我爸后来也不肯再换回来。”

他好像十分在意她会不会对他产生偏见，所以急于撇清“不孝”的嫌疑。林巧南的心头掠过一丝异样，她笑了笑，假装没发现这一点。

“做父母的都是为子女考虑得多，你还有机会回报冷叔叔。”她在他面前不再掩饰，黯然的表情泄露了内心秘密。

林巧南无意识地迈出了至关重要的一步，她的表情说明紧闭的心扉已经向他打开，他可以长驱直入了。

英俊男人的眼神带着怜惜，明白无误地传递出“我舍不得你难过”的讯息，林巧南仿佛被烫到了，急急忙忙低下头，直接冲进洗手间。

她按住胸口，心脏在皮肤和肌肉下面疯狂地跳动着。洗手间的镜子照出了她的脸，面色酡红似微醺，目光迷离。

从未体验过的感觉席卷了她的身心，如同惊涛骇浪，随时能带来灭顶之灾。林巧南用双手撑住洗脸盆，极力想要厘清混乱的思绪。

他们仅仅见过几次，为何冷岳阳说的话、做的事都让她产生两人已相知多年的错觉？就算童年时见过一面给他留下了深刻印象，可毕竟中间隔了整整二十年，现在的他们几乎就是陌生人，他的深情款款根本没道理啊，又不是拍电视剧！

冷静！林巧南，你冷静一点！理智发出了声音。

他想利用你，必然无所不用其极，你绝不能受骗上当！

林巧南回到客厅，却见冷子荣并不在房内，自然不便一声不吭就告辞离去。她有点排斥与冷岳阳一同坐在沙发上，遂走到电视柜前研究地球仪，才发现它同时也是一盏 LED 台灯。林巧南按了底座的触摸键，中空的球体内部亮起来，地球上的每个角落都被照亮了。

室外很亮，显不出灯光的威力。林巧南想象着夜幕低垂，暖暖的黄色光芒从里面透出来，把世界地图映照在墙上……有个愉快的声音在说："看看谁能先找到中国在哪里？"

她连着按了几下触摸键，关掉了台灯。旁边一张三口之家的合影引起了林巧南的注意，明眸善睐的女子美得极耀眼，冷岳阳和她长得很像。

"你和伯母很像。"林巧南脱口而出。

冷岳阳把手里的盒子塞到靠枕后面，无奈地笑了笑："儿子像妈，俗话不都这么说吗？"

林巧南回过头，正好瞧见冷子荣穿着围裙走出厨房。她下意识地比较起父子两人的相貌，愣是没发现相似之处。一胖毁所有！她脑海里飘过这五个字。

"小南，留下吃饭，叔叔烧几个拿手菜。"冷子荣热情招呼，又催促冷岳阳，"臭小子，去院子里拔一把葱来。"

"冷叔叔，您不用客气，我和朋友已经约好一起吃饭。"林巧南婉言谢绝，语气虽婉转，立场却坚定得很，一看便知不会再改主意。

"哦，那叔叔就不勉强了。"冷子荣脱下围裙，擦了擦手，"有空一定要再来，叔叔很会做菜。这臭小子的手艺都是跟我学的。"他不动声色地将儿子“会做菜”的优点透露给她。

父子俩将她送到门口，冷子荣推了冷岳阳一把，吩咐道：“阳阳，你送送小南。”

“冷叔叔，不用麻烦了。”林巧南第一反应便是推辞。

冷岳阳一方面想把泪瓶交给林巧南，另一方面又想搞明白林巧南翻脸的原因。他有预感倘若今天不把话说清楚，他们的人生轨道就会从相交点开始背离，成为渐行渐远的两条线。

“不麻烦，我送你到车站。”他一步跨出门，站到她身旁。

事已至此，以林巧南的性格万万不会无情地予以拒绝。她扯开一抹客套的假笑：“那，恭敬不如从命，麻烦你了。”

一走出去，林巧南脸上的笑容便消失不见了，她冷冷地说：“冷先生，就送到这里吧，剩下的路我认识。”连称呼也变了，又回到了原点。

他不以为意，施施然将手里的木盒递给她：“有一样东西要给你，收一下。”

木盒雕刻精美，想来里面应是贵重之物。林巧南不肯接，嘴里念叨着：“无功不受禄，我不能要你的礼物。”

冷岳阳自顾自地打开了盒盖，送到她的眼皮底下，让她不得不看上一眼。蓝色的丝绒垫子上，一个锥形瓶嵌在凹槽里。她看了两眼，只觉瓶身花纹繁复精巧，却不知是何用途。

“这个……”

“它叫泪瓶。据说在文艺复兴时期，罗马人在失去所爱之人后，会把思念对方时流下的眼泪装在这样的小瓶子里随身携带。”他的脸上浮现淡淡的笑容，带着几分怀念继续说下去，“我有一个朋友对我说过，‘悲伤会成为别人的负担’，这句话让我想起了你，我觉得你会需要它的。”

“悲伤会成为别人的负担。”林巧南呢喃着，重复了一遍。她的脸上闪过慌乱和狼狈，恍似藏起来的秘密被揭穿。

可惜他不能告诉她，说这句话的人正是她自己，是另一个 2017 年里的林巧南。冷岳阳心潮澎湃，眼睛里升起了水雾，模糊了眼前的人影。

“谢谢你。”唯有她的声音清晰可辨，“对不起，我不能收下。”

6

“别看盒子好看，瓶子本身一点不贵，你不要有心理负担。”冷岳阳自以为了解林巧南，想当然地认为她觉得礼物太贵重，不好意思接受。

林巧南迟疑了几秒钟才下定决心开口：“其实我有点害怕，不敢再和你相处。”话说出来就收不回去了，她把心一横，索性一次性把话摊开说清楚，“我们每次见面，你都能准确地把握我的心理状态，说的话都是当时我最想听到的，我，我觉得很可怕。”她的眼神里有警惕和恐惧，极有可能已将他当成了变态。

他为何如此了解她？真相远比她的想象更令人震惊。委屈至极的冷岳阳抛开了属于四十七岁男人的冷静，回归二十七岁的冲动。

“你以为的二十年和我说的二十年完全不一样，你的是过去，而我的是未来。”他低声说道。

林巧南果然没听懂，大眼睛里满满的迷惘，她往旁边退开两步保持安全距离，摆出一副双手握拳护在胸前，随时准备给他一击的架势。

“你不要胡说八道，我不看科幻小说的。”

冷岳阳无奈地苦笑，他才刚开了个头就遭到了暴击。要是强行告诉林巧南自己来自另一条时间线上的 2017 年，他俩因为同一天的同一时刻失去了父亲让命运再度交错，又因为同样的后悔产生了“超感”，并且他其实在那条线上也已经是个四十七岁的中年人了，估计她会毫不犹豫地直接报警。

不，不能说这些！冷岳阳对自己提出了警告。

“说实话，我确实在写科幻小说，设定是主角失去父亲之后，采集父亲的声音和影像进行虚拟合成，再利用仿生技术和人工智能让父亲重新复活。”他会在 2017 年底出版这本小说。在婚礼上把林振华的手机交还给她之后，他开始写这个故事独自缅怀父亲。

小说？他似乎总有办法合理解释接近她的原因，先前是公司经销商销量作假的报道，现在又搬出了“小说”。

听他概述的内容，林巧南不由得默然，他又一次看穿了她心里的想法。

“真的？”她面上的戒备之色未减，语气却已然松动。

“我一直在将自己代入主角体会失去父亲的痛苦，所以对你的心情我可能比别人更能感同身受。没想到让你害怕了，对不起。”冷岳阳双手合十告饶，哀求道，“真是太抱歉了，是我考虑不周吓到了你。看在林叔叔和我爸交情的分上，求求你原谅我。”

他言辞恳切又一脸真诚，林巧南不由得信了六七分。

“你的小说写了多少，我想看看。”理智提醒她务必慎重地进行确认，知人知面不知心，况且他们又不熟。

冷岳阳瞬间明了她的用意，他的眼睛里闪过孤注一掷的决心：“目前正在写第三章，这章明天完成后一起发给你看，好不好？”一天一夜码出三万字，幸好他只需回忆藏在脑海里的文字即可。

林巧南严肃地点了点头：“就这样吧，等我明天收到你的小说后再联络。”

她向前走了两步，忽然又冲回他面前，板着脸摊开手：“那个泪瓶，你留着反正也没用，还是给我吧。”

林巧南心虚地闪躲着冷岳阳的视线，自相矛盾形容的正是这样的行为。不过冷岳阳既没有为难她，也没有借机讽刺她，而是直截了当地把盒子递到她手里。

“明天我会把小说发给你。”他嘴角含笑，信誓旦旦地给出了保证。

死神是一位不速之客。

它敲开方家大门时，方毅正在夜店和朋友们狂欢，他错过了回家见父亲的最后一面。

方志平的死因是心肌梗死，他躺在自己床上离开了人世，这是他曾经想过的最美好的结局。不幸的是，时间提前了很多年。

床头柜摆放着方志平和妻子田慕兰银婚纪念日时补拍的婚纱照。他们已不再年轻，可是望向彼此的眼神却仍旧热情似火。从相识之日算起，青梅竹马的两人一同走过了五十年时光，从未想过和其他人在一起。

田慕兰两年前去了另一个世界，癌细胞彻底摧毁了她。她咽下最后一口气的时候，方家两父子甚至有了一种她终于得到解脱的欣慰感。他们想象不出她的肉体遭受到的疼痛打击，只知道杜冷丁毫无作用了，她大部分时间都痛得冷汗涔涔。但是田慕兰紧紧咬着牙不发出声音，她是一位坚强的女性，不喜欢示弱。

方毅找到工作后就搬出去住了，他只在周末回家时能确切感受到家里少了一个人的冷清。田慕兰确诊之后，尽管他积极地带母亲四处求医问药，但其实逐渐做好了心理准备——当你亲眼看着一个健康的人日渐虚弱，你的潜意识会为将来某一天的告别提早建立防御机制。

突然死亡是不一样的，它会让你质疑自己是否被命运愚弄，会让你反复陷入悲伤的循环，在很多年以后仍然耿耿于怀。

父亲的死亡在医学上被定义为“猝死”，而方毅内心的某一部分也跟着一同猝死了。

林巧南在手机上打开冷岳阳发来的文档，只看了一个开头就相信他没有说谎。男主角在悲伤的五个阶段循环往复的过程与她如出一辙，他描述的愤怒、无力、后悔以及茫然也和她的感觉一模一样。冷岳阳写得如此真实准确，以至于又让她产生了“小说源于作者亲身经历”的认知。

艺术来源于生活又高于生活。她读书时遇到的语文老师都喜欢用这句话为课本中的小说做注解，她也一直深信不疑。冷岳阳在小说中使用的素材能非常明显地看到真实的生活，比如男主角在父亲的告别仪式上情绪稳定地面对亲朋好友的安慰，回到家打开冰箱发现父亲爱吃的菜还留下一半后突然崩溃大哭的一幕，在林巧南身上就发生过类似的事情。

她将林振华吃剩下的花生米放进冷冻室收藏，每次忍不住快哭出来的时候就打开冰箱看一眼，安慰自己父亲只是出了远门，总有一天他会回家。他的花生米还在，他的酒也没喝完，他是个不喜欢浪费的人，一定会回来。

林巧南花了一个多小时看完了他的前三章，把每句话都看进了心里。

在别人的故事里，压在她心底的悲伤终于没了顾忌，争先恐后地涌向唯一的出口。

她打开盒子取出泪瓶，细长的锥形瓶沉甸甸颇有分量，奈何它终究过于纤细，承载不住所有的眼泪。

眼泪来不及擦，很快打湿了整张脸，掉下来又湿了衣服。她抱住臂膀坐在地上，埋头痛哭。

林振华的葬礼过后，林巧南不再哭泣，无论是同事、家人表达慰问还是同情，她都能克制住悲伤理智地回应。她看上去像是接受了不可改变的现实，并竭尽所能地让生活重新回到正轨。这不是一件容易的事，不过她很努力地在做，不想让自己成为身边人的负担。

江睦远很忙，父亲的兄弟姐妹也有各自的家事要处理，没有人会陪她一直伤心下去。

只有冷岳阳小说里的那个人和她一样，他们失去了原生家庭，人生再无退路。

将文章传给林巧南之后，冷岳阳心中忐忑无比，不知道她会做何反应。这件事不曾在他经历的 2017 年里发生，他的记忆不再管用，必须靠自己的真诚和努力打动林巧南。冷岳阳已有所觉悟，这条时间线的未来与他的决定息息相关，他不能在此刻放手。

夜已深，完成三万字的时间比他预想的久了一点。他与《我的父亲是机器人》实际上间隔了二十年，他大致记得小说的框架和每一章的情节，但落实到文字还需要大量的描写润色。这对冷岳阳的记忆是一大挑战，而且他的自我要求就是务必与正式出版的小说一字不差。这里面其实包含着冷岳阳的虚荣心和自尊心，他不能让林巧南觉得自己文笔差劲。

他三番五次拿起手机又放下，既迫切想要知道她的读后感，又唯恐过于主动惹她反感。冷岳阳正纠结地打算喝杯酒缓解压力，林巧南发来了语音聊天的请求。

他心脏急跳，激动之余反而脑袋空白，不知将要面对什么结果。他按了接听，林巧南的声音传入耳中，她对他说：“冷岳阳，我误会你了，对不起。”

冷岳阳松了口气，信任危机顺利解除，总算没有辜负他敲键盘敲到抽筋的手指。心情放松之后，他决定问问她的读后感：“你觉得怎样？”

那一头暂时没了声音，他起先以为是无线网络信号不够稳定断了线，将手机从耳畔移开后看了一眼屏幕，连线是正常的。冷岳阳不明所以，遂又呼叫了几声她的名字，终于听到她的回应：“你写的，和我现在的心情完全一样。”

听到这句话的不只是二十七岁的冷岳阳，还有四十七岁的他。那颗已经对赞美、批评统统麻木的心，再度泛起波澜。

“谢谢，谢谢你。”他说了两遍，尽力让声音保持稳定。林巧南不清楚他内心的波澜为何而起，他若表现得太过可疑，可能会打碎好不容易建立起来的信任感。

林巧南再度沉默，唯有轻轻浅浅的呼吸声证明她还在手机旁。她不说话，他也不开口，始终将主动权交给她。

好一会儿，她的声音才传了过来：“说谢谢的人应该是我。你的文字让我找到了流泪的借口。”她本来不打算说的，不知怎么回事偏偏无法下定决心结束通话，犹豫半天还是吐露了心声。声音落地的同时，心里压着的一块石头也仿佛掉了下来，摔成了千万碎片。

身边的人只看到林巧南的悲痛，却不知真正令她不得安生的是罪恶感。她诅咒自己的命运给家里人带来了灾厄，从哥哥到父亲，悲剧终于落幕的时刻，偌大的舞台只剩她独自一人，她对此深感内疚。

他的男主角身上有同样的罪恶感和负疚心理，因为父亲发生意外的当晚他不在家，方毅的潜意识认为是自己害死了方志平，他整晚不敢入睡，唯恐闭上眼睛梦见父亲指控他是凶手。

这个细节俨然是林巧南的写照。8 月 15 日深夜，她睁着酸涩肿胀的眼睛一遍遍看林振华的朋友圈，妄想发生的一切只是一场噩梦，父亲仍在某一处的山山水水逍遥快活。然而天亮起来了，江睦远揉着惺忪的睡眼醒来，他在地板上翻身坐起，关切地问道：“小南，你昨晚有睡着吗？”

江睦远的声音让她回到现实，父亲昨天晚上永远离开了。她以后会有很多个失眠的夜晚，反反复复后悔自己为什么要催促他去做那个夺命的手术！林振华本来觉得夏天动手术不利于伤口愈合，想拖到冬天再入院，她却以为父亲害怕手术有风险所以产生了逃避念头，义正词严地劝他接受现实。现在想到这些，她的心像是遭受着凌迟之刑，生生地疼。

“我爸在手术前做过一个梦，梦见妈妈对他说‘不要去’。他认为这是一个预示，想拖到冬天再做手术。我那时要是和他统一意见，也许结局就不一样了。”

冷岳阳无法告诉她林振华的意外是命中注定的，他从另一个 2017 年来到这一时空都未能扭转她父亲的悲剧结局，就算拖到冬天也不会改变，反而要使病人再多受几个月的心理以及生理折磨。

可是这些话他不能说，背负着时间秘密的人是孤独的，很多事没办法与人分享。他只能给予她安慰，从理性的角度分析事情的发展趋势。“林巧南，潘主任上次说过肿瘤的体积是成倍递增的。再拖几个月，它的体积会变得多大不可预测，能肯定的是手术难度必然会成倍增加，你有没有想过这一点？”

她又沉默了一会儿，呼吸声越来越沉重。他可以想象有两股力量在她的头脑里激烈地对决，于是代替她说了出来：“你是不是担心手术过程出了差错？”

林巧南倒吸一口气，好半天才悻悻然开口揶揄：“又被你猜中了。”

冷岳阳心里一动，在上一个他经历过的 2017 年里林巧南不曾寻求过任何鉴定，因为吴韵诗的谎言影响了她的判断，她更不敢佐证手术过程是否存在过失。江芷璇和他的对话无意中透露了林巧南在此后二十年的心境——她将一直耿耿于怀，得不到解脱。

“林巧南，星期二下班后我们在外滩见一面，我有件事想拜托你。”未来会不会改变取决于他的行动，冷岳阳在心痛的瞬间认清了自身的感情归属——她始终是特别的那个人。

“外滩？”她有些意外，用反问和他确认。

他们在外滩有过一次超感，面对流光溢彩的环球金融中心喊出内心的痛苦。他陷在回忆里，声音变得无比温柔：“是的，19 ： 30，不见不散。”

星期二，8 月 29 日，19 ： 30。

热闹永远不会在外滩缺席，作为上海最著名的城市地标，它不仅是中外游客必到的打卡地，也是上海人喜欢的夏季纳凉好去处。

要在外滩的茫茫人海中找到对方并非易事，所以冷岳阳发了自己的定位给林巧南。十分钟之后，她出现了。

“你找我有什么事？”林巧南省略了问候语，开门见山地问道。她望了一眼对面的环球金融中心，有些不自在。

冷岳阳自顾自地打开背包，取出一个文件夹递到她眼皮底下：“这是我整理的资料，你根据这些决定是先申请司法鉴定，还是让医疗调解委员会介入，我再陪你去。”

林巧南回过神，连忙伸手接过。他整理的内容包括提出申请前需要准备何种关系证明文件、委托书如何写，以及接受委托后的处理流程。他不是随口说说，而是确确实实做好了“支持”的工作。

“谢谢。”千言万语，说出来仍是最平常不过的感谢。

她被深深地打动了，自己只不过说了句“正在考虑”，他居然就当真了。他的热心、他的温柔、他的善解人意……每一样都令人不知所措。

林巧南凝视冷岳阳的脸，仿佛有千百只艳丽的蝴蝶在心中一起飞舞。它们扇动着翅膀，产生的气流足以改变所有人的命运。

你的未婚夫叫江睦远！理智在拼命叫嚣，杀死蝴蝶！它们应该被统统杀死！

“其实，我还有一件事想拜托你帮忙。”冷岳阳打破了沉默，他怀疑自己再不说话，也许下一秒就会毫不犹豫地低头亲吻她的嘴唇。不行，还没到这个程度，她会被吓得与他断绝往来的。

她恢复了正常：“呃，调查的事情吗？我正在查数据。”原来还是为了这个！一时间林巧南也说不清心头涌起的感觉到底是释然，还是失望。

他摇了摇头："为了小说。我想和你做几个访问搜集写作素材。"

林巧南一怔，她不认为自己能做到心平气和地接受访谈。

"你的主角是男人，我们性别不一样，对待事物的看法和处理方式都不一样。"她说得有理有据，并非故意不帮忙。

她的拒绝合情合理，他需要拿出更多诚意才可能打动她。

"我想了解林叔叔和你的日常生活。我对你说过吧，我以前很混账，和爸爸的关系像仇人，最近才刚刚有缓和的迹象。所以我写第三章时就有快到瓶颈的感觉，那种让人怀念的温暖细节和感情，我想象不出。"

林巧南瞬间心软了，她读过冷岳阳的文章，知道他没有说谎——第三章的确不如前两章那般自然，部分情节能看到刻意雕琢的痕迹。她不能让这篇小说"夭折"，他必须完成它。

"那……好吧，我尽力而为。"说不上欣然应允，但也不能算勉强，她的确是真心诚意想帮他完成小说，只怕力有不逮。

冷岳阳原本打算提议江睦远一同参加访谈。家暴的人多数与原生家庭脱不了干系，他想趁此机会调查对方是不是有童年阴影。然而想到江睦远跟着林巧南出现在医院门口的情形，冷岳阳相信他会不请自来，完全不需要自己开口。

他转了转脖子，假装无意间看到了对面的环球金融中心，笑眯眯地发出夸张的感慨："这么一看，它长得还真像开瓶器呀。"

在夜幕包围下，那栋高耸入云的建筑闪烁着幽蓝色的光芒，它的顶部造型确实酷似开瓶器，因而与旁边的上海中心大厦、金茂大厦被戏称为"厨房三件套"。

"我爸去年生日那天，到环球金融中心第一百层拍了夜景，他回来后在朋友圈发了照片。我没仔细看，就随手点了个赞。"或许因为冷岳阳之前已用"小说""访谈"做足了铺垫，让林巧南潜意识觉得应该和他分享往事。她极为自然地顺着他提到的环球金融中心说了下去，"我爸说我敷衍，我很不开心，觉得老年人就是难搞。我工作那么忙，哪有空一张张打开照片仔细研究啊。我只好哄他说明年你生日再去拍照片，我一定好好欣赏。"

“今年有再去吗？”冷岳阳听过这一段，然而私心希望这一次或许有所不同。

林巧南伤感地摇了摇头，有些事没有多的机会，她现在明白了。

“今年3月4日，天气还不错，我问他去不去拍照片。我爸第一次跟我说他腿疼，走不动路了。”她眼中含泪，难过地看着他，“我相信他说很快就会好起来的，我相信他说没什么大问题，我应该早点带他去医院！不应该拖那么久，不应该的……”

冷岳阳一把将她拥入怀中，低下头在她耳畔柔声说道：“想哭就哭吧，没人会看见。”

她的双手僵在半空不知所措，十秒钟过去，最终环在冷岳阳腰际。她的脸紧贴着他的胸膛，一遍遍地说着：“对不起，对不起……”

远方传来汽笛声，遥遥回应一声声的“对不起”。

Chapter 10

我以前爱过一个女孩，她穿红裙很美 

1

外滩的拥抱是一次意外，林巧南每每想起，总有一种不真实的感觉。

她一厢情愿将之定义为“安慰”。唯有如此，方可平息吵闹不休的内心，把不切实际的念头驱逐出脑海。

比起她的忐忑不安，另一名当事人却反而坚定了自己的想法。那天在医院门口看到林巧南和江睦远别扭的样子，虽然令冷岳阳一时兴起“横刀夺爱”的冲动，不过并未转化为行动。他是四十七岁的中年人了，难免畏首畏尾，思前想后该不该迈出那一步。

在外滩见面是他私心作祟，希望复制藏在记忆里的那一幕。现实亦如他所愿，林巧南果然因为环球金融中心情绪崩溃，她的坚强外壳破碎了，暴露出柔软的内核。

冷岳阳抛开中年人的层层顾虑，重新拥抱二十多岁时的激情与冲劲。当年他以情感缺陷为借口，眼睁睁看着她走上了万劫不复的婚姻之路，不仅让她和孩子遭遇了不幸，也给自己带来一生的遗憾。现在，好不容易得到了第二次机会，他不想再违背心意了。

他的耳边仿佛仍然回荡着那个少女恳求的声音，她对他说：“假如能回到过去，请你不要让她嫁给别人。”

对于冷岳阳，拥抱不是意外，那是他坚定的决心。

然而这一条时间线已发生了些许变化，他决定为自己找一个盟友，一个看到江睦远眼睛会发光的女孩。

8 月最后一天，冷岳阳公寓的租约到期。这些日子他陆陆续续带了不少东西回家，到最后一天撤离时只剩一个拉杆箱和一台笔记本电脑，比他上一回离开时轻松多了。

他和老六打了个招呼，两人相约有机会再一起喝酒。

冷岳阳经历过的二十年里，老六后来被物业公司解雇，散落在城市的茫茫人海中，他们再未见过。这一次，他可以为对方做些什么，而不仅仅是在书里埋一个“彩蛋”。

冷岳阳的心情是放松的，因为知道家里不是他孤零零一个人了。离开前他去了一趟宝贝乐园，想和吴韵诗讨论一下怎么“拆散”江睦远和林巧南。

吴韵诗正在店里勤快地扫地，嘴里哼着不成曲调的旋律。听到开门声，她直起腰笑着回头：“欢迎光临。”

“玲子今天没上班？”

“她的‘爱豆’来上海，她不去看一眼会哭死，我只好准假了。”她的声音带着几分羡慕，悠悠叹道，“年轻真好啊，为了喜欢的人和事可以不顾一切。”

冷岳阳哑然失笑，他记得吴韵诗比自己小一岁，今年不过二十六岁。

“我们其实也不老。”他笑着纠正她，同时提醒自己：记住，此刻的你是二十七岁。

“你出差吗？是去机场还是高铁站？”见他拖着行李箱，她以为他要去外地采访，顺路过来打个招呼。

他动手帮忙清扫笼子：“不是，我搬回家住了。报社三个月后关门，我得节省开支。”

吴韵诗露出淡淡的惊讶：“那你将来打算怎么办，继续找传媒方面的工作？”

冷岳阳没有立刻回答她，他不紧不慢地清理完折耳猫的笼子，然后说道：“我打算在家试试写小说。”

“是军事、修真，还是悬疑？”她有点好奇，心想这家伙新闻写得不错，不过新闻和小说不一样，他能写好吗？

冷岳阳好心地揭晓了谜底：“科幻。”

“哦，哦，哦。”她连说三遍，兴奋地表示，“我看过《三体》。”

他追不上《三体》的成就，穷尽二十年也赶不上。

“我写的更倾向于软科幻。”他用专业术语进行解释，不管她有没有听懂，紧接着话锋一转，装作无心提起的样子，轻描淡写道，“林巧南和江睦远答应接受采访给我提供素材。”

林巧南的名字让她挑起了一边眉毛，江睦远的名字不止让她挑起了另一条眉毛，还让她睁大了眼睛：“冷岳阳，那个林巧南，莫非就是你喜欢了很久的女生？”

听出她语气里的不赞同，他敢打赌百分之九十是因为江睦远。他耸耸肩，用无所谓的态度反问：“是又怎么样？”

吴韵诗一怔，似乎没想到他会如此爽快地承认。她将扫帚往地上一扔，双手叉腰数落道：“拜托，你认清形势好不好，她男朋友开的车是雷克萨斯哎！除了外表半斤八两，你拿什么跟人家比？”

“雷克萨斯又不是法拉利、玛莎拉蒂……”冷岳阳当然清楚江睦远有多少身家，这也是当年令他裹足不前的客观因素之一。但是他自我嫌弃不要紧，吴韵诗仅仅凭一辆进口车就将他判出局，这一点他可不能接受。

吴韵诗翻了个白眼，咂舌道：“我不是说雷克萨斯很了不起，就是打个比方让你明白他是个有钱人。而且你都快失业了，就别拿鸡蛋砸石头了，肯定没戏。”

他被彻底鄙视了，吴韵诗压根儿不相信他能靠写作取得成功。她的态度与林巧南恰好形成鲜明对比，无论在哪一个 2017 年，后者对他的写作梦想始终报以百分百的信任和支持。没错，林巧南从不会因为物质条件拒绝他，她过不去的坎是林振华的意愿——江睦远得到了父亲的认可。

“嫁给有钱人就一定会幸福吗？说不定他很渣，会出轨，会家暴。”冷岳阳瞪了她一眼，“别被表面现象欺骗，要看到本质。”

“家暴，出轨，渣，”吴韵诗一个字一个字重复他罗织的罪名，冷哼道，

“请问你掌握了证据没有？没证据就是胡说八道，是恶毒诽谤。”

她的观点与冷子荣如出一辙，偏偏他不能告诉任何人江睦远要等到父亲过世后才会暴露真面目，但那时就太晚了。

冷岳阳气呼呼地开口：“等着吧，我迟早会揪住他的狐狸尾巴。”

吴韵诗担忧地望着他：“你有没有想过可能是自己对林巧南太执着了，所以拼命想找到拆散他们的理由。”

他拒绝回答她的假设，刚才的气愤倏然不见，代之以无限的深情。

“我只知道，我不能看着她嫁给别人。”冷岳阳学聪明了，说出只有自己知晓的事实在别人看来如同“诋毁”，还不如大大方方地承认他深爱林巧南，至少还能获得同情分。

吴韵诗一脸“我就知道”的表情，他的坦白起了作用，她不好意思再指责一个有所觉悟的人。店里的猫猫狗狗此起彼伏叫唤起来，她忽然想起小白生病那天见到的男生，他从车上下来，气宇轩昂，宛如翩翩佳公子。

“你需要帮忙吗？”他柔声问她，是好听的男低音。

邪恶的念头在脑海里成型，吴韵诗的心跳快得不像话了。假如，假如林巧南离开了江睦远……被冷水浇灭的希望火苗又一次点着了野草。

她故作无奈地耸了耸肩，半开玩笑似的说道：“看在我认识你时间比较久的分上，我决定支持你努力挖墙脚。”

他摊开手掌朝向了她，表情似笑非笑，意味深长。

“加油！”她抬起手，与他互击一掌。

“阿嚏，阿嚏！”林巧南在办公室连打两个喷嚏，孙妍正和她控诉王硕博每天送巧克力的“骚扰”行为，这会儿忙不迭地躲回了自己的桌子。

“Lynn，去买口罩，别把感冒传给大家。”坐在最后的张峰发号施令，催她赶紧行动。

不就是打了两个喷嚏吗，又没有其他感冒的迹象，至于吗？林巧南心不甘情不愿地站了起来。以张峰的脾气，说出的命令不会轻易撤回，她最好乖乖听话。

电梯迅速下行，她收到了冷岳阳发来的消息。他的措辞彬彬有礼，客气地询问几时开始进行访谈。

林巧南如梦方醒，这件事她尚未与江睦远沟通过，要是他提出反对怎么办？他们毕竟是未婚夫妻，最起码要做到坦诚相待。况且她已经背着他和冷岳阳接触过三次了，倘若再隐瞒下去，她会看不起自己。

“我先和江睦远商量一下。”她回复了他。

冷岳阳回得迅速，也足够简单，就一个“好”字。林巧南拍了拍脸，阻止自己胡思乱想。

那个拥抱，真的只是安慰，没有其他意义。

她给江睦远发了一条消息，约他下班后见个面。

除了冷岳阳的拜托，林巧南还打算问问江睦远是否了解康健集团的 IPO 进展到哪一阶段。王硕博对她的邮件置之不理，她隐隐感觉销量作假情况属实，内心极度忐忑，迫切需要从旁听取意见。

江睦远正与同事前往客户公司，即将离职的 Tony 浑身上下带着脱离苦海的轻松，脚步轻盈有弹性，他差点以为对方鞋底装了弹簧。

“以后不用和 Amanda 打交道就这么开心啊？”他调侃了一句。

Tony 白眼一翻，语气轻快地吐槽：“她就是个女魔头，你以后自求多福吧。”

Amanda 是汽车公司的市场总监，属于 VIP 级别客户。她脾气古怪，狠起来连自己人都骂，可想而知身为乙方有多煎熬。江睦远手头原本已有几家业界出了名难伺候的客户了，几乎全是同事忍不下去才交给他“救火”，他一度被封为“消防队长”。

两人走到直达停车场的电梯前，江睦远的手机传出新消息的提醒铃声，他从公文包里掏出手机，随意看了一眼，嘴角露出了微笑。

“女朋友找你？”

“是啊。”江睦远大方承认，“说下班后想见一面。”

“你该算一下成本了，是考虑继续交往还是结婚。”Tony 给出了过来人的经验，“你想想一次约会只算吃饭至少要 200 元，一星期见三次就是

600 元，一个月 2400 元。结婚后我每个月给老婆订鲜花，99 元可以买四束，再给她买支唇膏做礼物，能让她开心得飞起来。”

江睦远无奈一笑：“那我最好祈祷今天她约我见面，就是为了告诉我同意结婚了。”

原本是玩笑话，说出口之后却让江睦远隐然生出几分期许，说不定她真的改变主意了……他一下子精神振奋，迫不及待想见到林巧南。

满心期待的江睦远乍然听到冷岳阳的名字时，并没有马上理解林巧南为何要提起对方。直到她又说了一遍“冷岳阳在写小说，他想对我做一个采访，谈谈和爸爸平时的相处”，他才给出了反应。

“他还写小说，真的假的啊？”江睦远一脸怀疑，直觉对方是借采访为名接近林巧南。他不喜欢冷岳阳看着林巧南的眼神，那是一种足以引起他警惕感的目光，同为男人他懂得背后的含义。而她呢，在自己前面没正正经经交过男朋友，根本不懂男人的套路。

林巧南连忙点头为冷岳阳做证，举手说道：“真的，我看过几章，他确实在写小说。”

“给我看看。”江睦远疑心不减，差点脱口而出“说不定是抄袭的”，还好及时收住。从林巧南的神情可以推断，她对冷岳阳的“作家”身份深信不疑，贸然提出反对意见只会惹她反感。想要破坏林巧南对冷岳阳的印象，他得找到“实锤”。

冷岳阳再三请求林巧南千万不要再传给别人看，他说还没正式发布，就怕万一泄露出去和别人撞梗或者被抄袭、融梗，将来有理也说不清。想到如今层出不穷的抄袭事件，林巧南非常理解他的顾虑，同时也认为自己做得过分了，他根本用不着向她证明什么。

“我先征求冷岳阳的意见，这是他的作品，我不能随便外发。”她为难地开口。

话说到这份上等同于拒绝，本来江睦远只是暗暗不爽，这一下直接被点着了心里的火气。他笑得云淡风轻，说出口的话却夹枪带棒：“他这是奔着茅盾文学奖去的吧！你看他有这水平吗？”

她听出他的揶揄，不由得替冷岳阳打抱不平，悻悻然瞪他一眼道：“不管写得怎样，至少别人肯为梦想付出努力，鼓励一下是应该的。”她不能告诉江睦远自己被冷岳阳的小说感动到哭了，只能从其他方面说服他。

看来他无法阻止林巧南接受冷岳阳的“采访”，江睦远略作沉吟，语气一变说道：“我担心你，伯父的事情只过去了两个星期，你一会儿说申请司法鉴定，一会儿又答应为别人的小说提供写作素材，我担心你走不出来。”

他的担忧不无道理，如果她站在旁观者的立场，同样会对当事人说一句：“生活要继续，你该往前看了。”可是，真正经历这一切之后，她觉得自己走不出来，似乎潜意识也不希望走出来。

“帮他的忙也是为了我自己，爸爸的形象或者他的人生经历假如有机会在小说、影视剧里出现，这就是对他最好的纪念。”她暗藏了一份私心，冷岳阳比其他人更有可能完成她的愿望。

江睦远如梦初醒，也清楚了自己该如何表态。

“那我也参加，还可以帮你补充一些细节。伯父和我相处的时间尽管不长，但他把我当半个儿子看，说过不少心里话。”他的声音低沉下去，摸着波波柔顺的皮毛疏解郁闷。一个好端端的人突然就没了，的确让人一时难以接受。

“我爸还说过什么？”林巧南急切地追问，她的眼睛闪闪发亮。

江睦远一愣，似乎窥探到林巧南心底的隐秘。是啊，就算他想起林振华时都难掩伤感，她怎么可能轻易翻过这一页呢？那是林巧南仅剩的血缘至亲。

他和她就算将来结了婚成为一家人，也只是法律认可的亲属关系，他们之间的亲情永远无法和血缘相提并论。

“伯父对我说，你从小到大都不喜欢给别人添麻烦，遇到事情总是想办法自己解决。他让我不要想当然地以为什么事你都能自己搞定。”他以前将这些话视为一个父亲的郑重托付，这份责任的交接存在于男人之间，所以没有告诉她。现在看来，让她知道这件事很重要。

原来这些年，父亲什么都知道。林巧南从他那里接过波波抱到自己膝盖上，她将脸埋在它柔软细密的皮毛中，几颗泪珠悄悄滚落。

老爸，希望有更多的人能够认识你，记住你的故事，无论用哪一种形式。

林巧南的心里产生了巨大的热情——对冷岳阳的小说。

2

冷岳阳的第一次采访约在林巧南家中进行，9 月的第一天，星期五晚上，她事先和他打过招呼说江睦远也会参加，冷岳阳爽快地表示了同意，连一句质疑都没有。

在林巧南告诉他要先征求江睦远意见的时候，他就做好了再见“情敌”的准备。她的态度十分坚决，信誓旦旦地表示会竭尽所能地配合他完成小说。既然如此，想必江睦远也阻止不了林巧南，他必然要采取别的方法避免他俩单独会面。

江睦远的做法不但没有让冷岳阳产生困扰，反而正中下怀，他本来暗自发愁找不到机会近距离接触对方，以便找出江睦远“完美人设”的破绽。眼下江睦远果然如他所料主动送上门来，倒是省了不少事。

9 月 1 日晚上八点，冷岳阳来到了林巧南的家里。在超感连接时他来过几次，她带他去林振华锻炼的小花园聊父亲教她太极拳的往事；他们在小区里散步，遇到过一只威风凛凛的哈士奇，他看到“二哈”就走不动路了，拖着她一起玩了一会儿；他甚至像《生活大爆炸》里的谢尔顿一样，在她家的沙发上有个专属座位，空调的风正好从侧方向吹过来，不会直接对着他的脑门吹……当房门打开时，回忆涌上心头，奈何只是他独自拥有。

先扑过来欢迎他的是一条博美，那是江睦远养的宠物狗，名叫波波。

“波波，好久不见。”他弯下腰，伸出手摸它的脖颈。

波波兴奋地发出咕哝声，它直立起来，伸出前爪搭住他的胳膊，乌溜溜的眼珠一眨不眨地盯着他看。

截然不同的待遇啊！一想到之前超感连接时，被这只小狗横眉冷对地狂吠过好几次，他就情不自禁感慨重回 2017 年的好处真是不少。

林巧南惊讶地看着冷岳阳和波波互动，心里浮现疑云——自己从未告诉过他波波的名字啊。她肯定不会和一个不知底细的陌生人聊宠物，况且波波并不属于她，而是江睦远的。

冷岳阳抱着小狗站了起来，举起波波的小爪朝林巧南挥了挥：“怎么啦，你的表情好严肃哎！”

她回过神来，勉强笑了笑：“没什么，看你的样子，你也养了狗？”

冷岳阳立刻意识到自己犯了什么错，他强自镇定，面不改色地撒谎：“以前养过，和这只一样是博美，我叫它波波。”他不住祈祷这件事能就此圆过去，否则他很难说得通怎么会知道江睦远宠物的名字。刚才他其实还有一个选择，假装从吴韵诗那里听说，顺便挑拨两人的感情。

不过冷岳阳立刻放弃了，他不确定江睦远是否告诉过吴韵诗，万一两人对质时江睦远否认了此事，自己反而会落下嫌疑。

他所说的理由令人难以完全信服，林巧南看了他几秒钟，耸耸肩说道：“这么巧，它也叫波波。唉，直男的起名水平果然就这样了。”她让开身体，朝房间里指了指，“进来吧，不用换鞋子。”

江睦远端着一盘西瓜走到客厅，看到自己的狗在“情敌”怀里，心里有一丝不快。这个吃里爬外的小家伙，还知道谁是主人吗？

冷岳阳用手替波波顺毛，闲聊似的推荐起吴韵诗的宠物店：“上次我那位朋友，吴韵诗，她开了一家宠物店，你们可以带波波去做美发。”

江睦远走到茶几前放下果盘，拿起一片西瓜递给冷岳阳让他先解解渴。在交接西瓜的同时，他将波波抱了过去。

“吴小姐也和我说过这事，可惜我住浦东，过去有点远。”说着，他摆出主人的姿态，朝沙发伸了伸手，“冷记者，不要客气，随便坐。”

冷岳阳接过一片西瓜坐到自己专属的位置：“那我就不客气了，我现在又热又渴，正需要西瓜。”他咬下一大口，甜美的汁水在口中流淌，他迅速消灭了一片。

林巧南拖了把椅子坐在他对面，她抱着半个西瓜用勺子挖。

“这西瓜还行吧？”她一边挖一边问，干劲十足的样子。

“不仅甜，还很脆。”冷子荣是挑西瓜能手，他跟着父亲吃了二十多年西瓜，瓜的好坏一口便知。

“卖西瓜的老板是我爸辖区的，他退休后每个夏天老板都会送西瓜过来，老板说我爸当官时不能害他犯错误，退休之后就可以放心收他家又大又甜的西瓜了。”她将西瓜中心位置的瓜瓤挖出来装进一个小碗里，端起来走出客厅。

“这是供给她爸爸的。”江睦远向冷岳阳解释道，“老板昨天来过，又送了几个西瓜。她每天会换新鲜的西瓜上供。”

冷岳阳假装第一次知道，喟然叹息道：“老板有义气，她也有孝心，可惜林叔叔走得太早了。”

“世事难料。”江睦远瞥了他一眼，“冷记者，难听的话我先说了，小南还在为她爸爸伤心难过，我本来不支持她接受你的访问，可是她坚持要帮你完成小说，那我也不好再说什么了。但是请你时刻注意她的情绪变化，适可而止。”

若非二十年后听到江芷璇亲口指控他推林巧南下楼并且不止一次动粗的举动，冷岳阳绝对不会相信眼前这个看上去斯文又深情的男人会做出家暴的事。冷岳阳耳边回响着少女清脆的声音，她说：“假如能回到过去，请你不要让她嫁给别人。就算未来没有我，也没关系。”

能让一个孩子说出这种话的家庭，父母的关系一定非常恶劣。从江芷璇的表现来看，林巧南应该是一位好母亲，那么问题就出在江睦远身上。

冷岳阳微微一笑，回应道：“你放心吧，我不是无良记者。”他看着江睦远，心里琢磨着一定要想办法让江睦远暴露本性。

林巧南走回客厅，尚未感受到剑拔弩张的气氛。她坐回原来的椅子，抱起西瓜继续挖，这回全送进了自己嘴里。

“你们在聊什么呀？”她走回来时隐约听到说话声，不过没听清内容。

“我问冷记者今天采访的主题是什么。”江睦远将波波放下，它欢快地撒开小短腿，在客厅里到处跑。

“先听你们谈谈自己的父亲吧。”冷岳阳反应极快，既然江睦远不愿说破，他也会好好配合。“我想循序渐进，一步步来，毕竟在大家不是很熟的情况下，很多事情会过分美化。”

林巧南看看江睦远，他的表情有几分意外，谁都没想到冷岳阳会把他也拉下水。

“我也要说？”江睦远指着自己向冷岳阳求证，“我只是来打酱油的，不用升为主角吧。”

冷岳阳笑了笑，从容地回应：“素材当然是多多益善，我希望表现真实的情感，不是凭空想象。吴韵诗也答应帮忙了。”

江睦远瞬间无语，他沉默地吃完一片西瓜，终于抬起眼睛挑衅似的望着冷岳阳。

“我不反对。但是，不如你先来？”要换取他人的信任，首先自己要付出诚意。这个道理，身为记者的男人不会不懂。

冷岳阳冷静地接下了江睦远的“战书”，俊美的脸庞浮现一抹浅笑，他淡淡说道：“你的要求很合理，成交。”

抱着西瓜的林巧南望着沙发上的两个男人，察觉到一种紧张的压迫感。她将身体深深埋进椅子里，内心莫名升起一股不安。

吃完西瓜，茶几也收拾干净了。冷岳阳在沙发上正襟危坐，他的两名听众表情严肃，在他对面坐着，像是在面试。

波波玩累了，趴在主人的脚边打瞌睡。从冷岳阳的角度望过去，两个人加一只狗，是标准配置的“三口之家”。他是观众，也是多余的那个人。

他清了清喉咙，开口说道：“我的父母在我六岁的时候离婚了，我妈跟着别的男人走了，再没回来过。”

江睦远没想到他如此坦诚，居然从家庭隐私开始交代。他的神情略显紧张，开始担心一会儿轮到自己时该说什么，然后半转过脸看了看林巧南，只见她面色平静，不声不响地听着。

冷岳阳继续说下去：“弄堂里其他孩子会嘲笑我爸，当着我的面说我爸是个没用的男人。我小时候为这事没少打架，可是我心里想的其实和大家一样，认为我爸没用，妈妈才会离开。”

他不好意思地低下头，叛逆的少年时期每每令他后悔不已。他在二十七岁时失去了父亲，生命中差不多一半的时间都用来怨恨冷子荣，没能留下多少美好回忆。幸好，命运给了他第二次机会。

“从那时到初中毕业，我没少惹他生气，印象中好几次我爸都气得直打哆嗦，现在想想觉得我真的很对不起他。”

三人静默了一会儿。

“你爸爸，他有没有打过你？”出乎冷岳阳意料，提问的人居然是江睦远。林巧南似乎也没想到，一脸意外地看着江睦远的侧脸。

上钩了！冷岳阳心中窃喜，面上不动声色，他不能让江睦远发现自己的企图。家暴的诱因有很多种，其中原生家庭的影响所占比例最高。那些在小时候遭受过虐待或暴力的孩子，长大后多数也会走上同一条路。冷岳阳和林巧南最后一次超感连接时，听她说过江睦远的家暴行为始于江学勤过世之后，如今他又刻意询问自己有无被父亲暴力相向，想必他的家庭正是主因。

冷岳阳摇了摇头，轻轻一笑：“我爸一直说他才不信棍棒底下出孝子那一套，他说挨揍长大的小孩，以后也会这样去对别人。”他并非为了刺激江睦远才故意这么说，事实恰恰如此。从小到大无论被老师叫到学校多少次，冷子荣从来不曾揍过他。训斥有过，吵架有过，唯独没有动过手。

江睦远动了动嘴，看得出他有话想说。好巧不巧，波波突然打了个喷嚏，仿佛惊雷震醒了他的神智。他神色狼狈，肩膀耷拉了下来，好像竭力想把身体往椅子里缩。

林巧南接过冷岳阳的话，悠悠叹道：“我倒是希望当初他们能打我一顿，至少让我心里好过一点。”

冷岳阳时时刻刻关注着林巧南的一切，瞬间明了她所指何事。

“你哥哥的事，怎么能怪你！”

他不赞同她把什么事都往自己身上揽的“牺牲”精神，皱着眉头说道：

“你明明也是受害者，他们知道这一点，所以怪不了你。”她的心灵被一次又一次的死亡束缚着，需要各个击破。

“是我的错。”负罪感根深蒂固，绝非三言两语便能纾解。林巧南固执的态度更像是防卫，她不能当着江睦远的面表现出被另一个男人软化的迹象。“要不是我掉进河里，哥哥就不会死，是我害死了他。”

“别说傻话！”江睦远大喝了一声，其余两人吓了一大跳。只见江睦远脸色铁青，薄唇带着几分怒气，显然是不愿再见她自怨自艾，故而加重了语气。“那天的事我记得一点，当时大家排队过桥，你前面的人转身时把你挤了下去，你又不是故意跳到河里，何罪之有！”

“我……”林巧南刚吐出一个字，冷不防被他抱了个满怀。江睦远似乎忘了冷岳阳犹在现场，毫不顾忌地用力抱紧她。

“不准再说害死谁谁谁这种话，不管是你哥还是你爸，都不是你的错！”他强硬地命令道。

林巧南不免羞涩起来，忙拍着他的后背安抚：“好好好，我以后不再胡思乱想了。”她的心被融化了，在无依无靠的当下有个人如此紧张自己，这种感觉相当不错。

冷岳阳冷眼旁观，他先是被江睦远的语气吓到了，接着升起了一股怪异的感觉，令他坐立不安。那来自他的职业敏感，面对无数的新闻线索，他的本能会找到最值得深挖下去的一条。

江睦远的说法是“前面的人转身时把你挤了下去”，但在另一个2017年里，林巧南告诉过冷岳阳那次意外发生的原因是她被人推到了河里，她非常确定地说：“我记得很清楚，是有人在我肩膀推了一把，我才掉进了河里。”

假如江睦远描述的场景属实，转身的人应该会正面朝向林巧南，她不至于一丁点印象都没有。可见两人之中，必定有一个人说得不对。

冷岳阳怀疑地盯着江睦远，江睦远自称目击者，有没有可能其实也是当事人之一？他忽地打了个寒战，被自己的大胆联想惊到了，一股凉意从脖颈流过了脊梁。他向来不惮以最坏的恶意揣摩别人，然而面对此事，竟第一次产生了“千万别是这样”的念头，他怕林巧南受不住打击。

二十一年前发生的事情，即使有真正的目击者看到了当时的情形，恐怕也不能再准确地还原了。就像他俩各执一词的“挤下去”和“推下去”那样，没有人能证明对错。自己所做的推测既然无法被证实，在没有确凿证据的情况下，江睦远就是“无罪”的。

他调整了紊乱的心情，淡淡一笑道：“你们当着我这个单身狗的面撒了一把狗粮不说，还把话题都扯得没边了。我们提高点效率吧？”他伸手拿起茶几上的笔记本和水笔，转向江睦远说，“我表现过诚意了，江先生，轮到你了。”

拥抱中的情侣匆忙分开，江睦远朝林巧南的方向侧了一下身体调整坐姿，借此稳定了情绪。再抬起头面对冷岳阳咄咄逼人的眼神，他已恢复了从容的姿态，摆摆手做了一个“请”的动作：“你想知道什么，我尽量配合。”

“在林叔叔的葬礼上我见过伯父一面，他一看就是那种成功的生意人士，我很有兴趣了解他教给你的最重要的人生一课是什么，能谈谈吗？”冷岳阳跷起二郎腿，将笔记本往大腿上一搁，一副进入采访状态的模样。

江睦远愣了几秒钟，他本来以为冷岳阳会要求自己从童年时代开始回忆，结果冷岳阳不按常理出牌。他抬起手，修长的手指按着眉心，记忆开启了搜寻模式，寻找父亲教给自己的“最重要的人生一课”。

“担当。”沉吟良久，江睦远总算吐出了两个字，一旦说出口后面的话就流畅多了，“他跟我说男人最重要的品质就是担当，要为自己做的决定、做过的事情负责。”

“那时候你几岁？是在什么背景下说的？”冷岳阳有意识地进行着引导，试图找出是否会与六岁时的江睦远有所关联。他同时悄悄地朝林巧南送去一瞥，想看看她对此有何反应，却见她盘起双腿缩在椅子里咬着大拇指，一脸苦恼。

冷岳阳不确定她的记忆是否因此被触动了。六岁那一年实在相隔太久远，这一时空的林巧南或许自己也搞不清楚到底是不是别人把她推下了河。他暗忖，要委婉地暗示一下吗？

江睦远的声音拉回了冷岳阳的思绪：“高考前我爸对我说的这些，他让我自己决定考哪个大学，读什么专业。他本来打算让我高二去国外留学，不过被我拒绝了。”他笑了笑，带着一丝挑衅，“我从小就比较独立，读书方面没让他操过心，他也相信我的选择。”

“他从小就是三好学生。”林巧南回过神补充道，她脸上有一抹古怪的神色，看起来像是羡慕又像是嫉妒，“我爸当初让我跟你相亲，划重点强调了你读书好，年年拿奖学金。他大概觉得哥哥要是活着，读书方面的成就应该和你差不多。”死去的人，拥有无限假设的可能。她在很小的时候就有了觉悟，不管自己做什么都比不上父母心目中的另一个“可能性”。

江睦远伸手过去，摸了摸她的头。冷岳阳以为他会说几句安慰的话，可是他非但一言不发，甚至低垂了眉眼回避了所有的目光接触。

怎么看都像是心虚的样子。

冷岳阳的怀疑不禁又加深了一层：“刚才你问过我童年时有没有挨过打，莫非你爸爸打过你？”兵行险着，他决定将对手一军。

冷岳阳一眨不眨地盯着江睦远，没有错过他在刹那之间的不自然——他用手摸了摸鼻子。

“当然没有，你想多了。我爸忙着做生意，我的事他没空管，自然也没机会教训我。我的成绩全靠自觉，根本不需要父母提醒。”江睦远挑起嘴角微微一笑，否定了冷岳阳的猜测，“刚才因为你正好说到经常惹伯父生气，我没考虑清楚就问了，对不起。”

林巧南困惑地望着冷岳阳，眉毛皱成纠结的“川”字，她忍不住问：“冷岳阳，你的小说到底需要哪些类型的素材？”他对江睦远提出的问题让她感到不太对劲，好像包藏着险恶居心似的，她听不下去了，出声为男友解围。

冷岳阳在心里不住叹气，面上却不能流露分毫。她什么都不知道，他不能怪她。

合起笔记本，冷岳阳抱歉地笑了笑，说道：“对不起，下次我会事先整理几个主题，然后再一个个讨论。今天就先到这里，打扰了。”

他说走就走，即刻起身整理随身背包。

林巧南愣了愣，觉得有必要澄清一下自己没有下逐客令的意思。她正要开口，江睦远也起身了，一边弯腰用牵狗绳套住波波，一边客气地表示：“我开车送你去地铁站，晚上外面还是热，走过去也有点路程。”

冷岳阳淡定地瞥了他一眼，同样回以客气的浅笑：“给你添麻烦了，真不好意思。”

他俩一前一后走出林巧南的家。她站在楼梯口，冲着冷岳阳挥手：“路上当心，下次再约。”

“下次再约”四个字让江睦远面色一沉，经过方才的交锋，他对冷岳阳的敌意有增无减，巴不得再也不见才好，偏偏林巧南对冷岳阳的小说寄予厚望，看来他不得不继续忍耐下去。

冷岳阳走在江睦远前面，半转身向他背后的林巧南道别，无意中瞥见对方阴沉的脸色。他心里一惊，不由得提高了警惕，快步向楼下走去。

波波一直跟着冷岳阳的步子在他脚边蹦跶，从狗绳的长度判断，江睦远和他之间始终保持了几步距离。冷岳阳整个后背都是不设防的，身后的男人只需伸手一推，他就会滚下水泥楼梯……但他想象中的场景并未发生，他平安无事地走到了一楼，打开面前的铁门，松了口气，提醒自己下一次绝不可背对着这个危险的家伙。

“有几句话我想趁早告诉你，不管你用什么烂借口接近林巧南都没有用。她一定会嫁给我，不可能考虑你。”江睦远忽然说道，语气平淡，恍似在和他讨论天气。

因为他是得到林振华认可的女婿人选！冷岳阳深知对手的优势所在，在这一点上他永远赢不了江睦远。若要阻止林巧南做出同样的选择，他必须找到能让她彻底违背父亲意愿的理由。

“你有绝对的自信，又何必来警告我？”冷岳阳爽朗地大笑，将了他一军。

路灯光照射下，冷岳阳脸上的轻蔑与挑衅一览无遗。江睦远捏紧了拳头，用尽全身力量才克制了自己揍他一顿的冲动。

冷岳阳见他不肯上钩，很快打消诱使他打架的想法。果然，命运不让他投机，他得努力找出真相。

“我自己走，不劳烦你送了，我们走的路不一样。”说完，他潇洒地转身，举手朝背后挥了挥。

“江睦远，没有人是完美的。”

3

江睦远牵着一条雪白的博美犬出现在宝贝乐园的时候，店里正在聊天的两名女客人齐刷刷向他投以注目礼。

这是星期六中午，他本来以为午饭时间人不会太多，没想到吴韵诗的宠物店生意不错，到了饭点还有人在排队。

波波素来胆小，一进门就被笼子里的大型犬吓住了，老老实实地在他脚边趴下。江睦远无奈地抱起它，柔声询问两位客人：“请问，老板娘今天在吗？”他不知道吴韵诗是不是做的挂名老板，实际上交由他人经营。

见帅哥与自己搭讪，两名中年妇女明显激动起来，一个说“老板娘在后面给我家公主洗澡”，另一个说着“很快的很快的，你先坐着等等”，顺便给他拿来一把折叠椅，热情地招呼他坐下等待。

江睦远抱着波波落座，回答了几个和小狗有关的问题。他的态度彬彬有礼，内心却颇有些懊悔自己的冲动。他昨晚受了冷岳阳的刺激，心里不太痛快，一夜噩梦连连，早上醒来只觉万分疲惫，就和没睡醒似的。

他牵着波波下楼遛狗，欢蹦乱跳的小狗让江睦远不由得联想起那天奄奄一息的小白，他猛地打了个激灵。他想到既然他俩是朋友，自己也许能够从吴韵诗方面入手打探冷岳阳的虚实。

那天在新民医院分别时，吴韵诗递给他和林巧南各一张名片，客气地请他们帮忙在朋友圈宣传一下。江睦远答应得爽快，一转头就把她的拜托抛诸脑后，名片也被塞到了名片夹的底部……他赶紧回家找出她的名片，将地址输入导航仪，也不打个招呼就驱车直奔浦西而去。波波完全没有感受到主人的心事重重，一路开心地扒着窗口看飞驰而过的风景。

吴韵诗抱着马尔济斯犬从后面走出来时，看到江睦远之后微微吃了一惊，她先把小狗交给它的主人：“黄太太，公主今天也很乖呢。”

名叫“公主”的马尔济斯犬确实是一身公主范儿，柔顺光滑的皮毛，温柔乖巧的表情，小小的脑袋上还扎了两个粉色蝴蝶结。它回到黄太太怀抱，用鼻子亲昵地蹭了蹭主人的衣服。

“哦哟，我家公主真是好看死了。”黄太太不住地夸奖小狗美貌，另一位也随声附和。

江睦远莞尔一笑，他抬眼望向吴韵诗。谁知她继续不搭理他，看着和黄太太搭话的女士说道：“陈太太，玲子正在帮嘟嘟吹干，你再耐心等一下。”

“没事，没事，慢慢来。”陈太太指了指江睦远，“老板娘，这位帅哥等你很久了，你只管招呼他。”

黄太太也不急着走，一心要等陈太太的架势，两人继续闲聊，实则都在偷偷观察吴韵诗和江睦远的情况。

吴韵诗调整好心情，笑盈盈地走到江睦远面前，伸手摸了摸小狗的脖颈：“这就是波波啊，果然和小白很像哎。”

波波抬起头，发出“呜呜”的叫声，对她的抚摸相当受用。江睦远也笑了起来，温柔的眼神从小狗移到她的脸上：“是啊，有机会让它们一起玩。”

她记得他说过住在浦东，最近的陆家嘴距此地至少有十几千米路程，她不太相信他的目的只是为了给宠物洗澡。

“你今天过来是有事找我，还是光顾我的生意呀？”

“兼而有之。”江睦远坦率地回答。

吴韵诗向陈、黄两位客人送上一瞥，只见她们一副竖起耳朵等着听八卦的模样，心下不由得好笑：“跟我来，我们边洗边聊。”

她从他怀里接过波波往前走了两步，又回过身叮嘱一脸遗憾的陈太太耐心等待："陈太太，玲子很快就出来了哦。"

江睦远跟在她身后，轻笑道："感觉上是个合格的老板娘，看来我没来错地方。"

吴韵诗先将波波抱到桌上，用刷子将它从头刷到尾。它的毛发经过了精心打理，几乎没有打结的现象。她朝江睦远看了一眼，他一看就是舍得花钱的主，想必平时也是带波波去宠物店洗澡，今天"千里迢迢"特意过来，醉翁之意绝对不在酒。

"有什么事但说无妨，玲子在隔壁，她听不到。"她先开口，告诉他不用担心隔墙有耳。

"也不算什么大事，就想问一下你知不知道冷岳阳在写小说？你接受过他的采访吗？"

吴韵诗早有准备，她猜想江睦远找自己的原因，百分百与冷岳阳有关。冷岳阳看林巧南的眼神完全就是一个为爱狂热的男人，连旁观者都能看出来，身为林巧南的男朋友，江睦远自然坐不住了。

她听冷岳阳提过写小说的事，知道题材属于科幻类，但具体内容就不得而知了。江睦远所谓的"采访"是什么，她更没概念。

吴韵诗沉住气，一边熟练地替波波戴上项圈，一边应道："嗯，我们是朋友啊，不支持说不过去。"

如此看来，冷岳阳没有说谎。

"那你们认识多久了？"江睦远继续问。

"大学一起玩 COSPLAY 的朋友。"吴韵诗"咯咯咯"笑起来，声音里有几分怀念，"想不到吧，我们以前都是混二次元的。"

江睦远有些意外，不过这不是他关注的重点："呃，他有女朋友吗？"话音未落，他自己便已察觉这么问实在太古怪了。

果然，吴韵诗放声大笑。

"江睦远，你这是什么意思？"待那张俊秀的脸涨得通红，她才收起笑声，一本正经地答道，"我不开玩笑，真的。据我所知，他现在没有女朋友，将来应该会有。"她避而不谈冷岳阳对林巧南的爱慕。

“那他也不能把手伸进别人碗里。”江睦远愤愤然抗议，急于拉拢她成为盟友，“那天你也在场，看得出他喜欢的人是我的女朋友吧？这是不是明目张胆地挑衅？”

波波听出了他声音里的愤怒，应和地“汪汪汪”大叫，并且试图挣脱吴韵诗的怀抱扑向主人。它的动作极为迅猛，抬起爪子就朝她的脸拍去。

说时迟那时快，江睦远及时冲了过来，一把抱住波波隔开它与吴韵诗。

“吴小姐，对不起，让你受惊了，它以为我受到了攻击。”他慌忙解释，努力安抚她的情绪。

吴韵诗心头甜丝丝的，他又一次成了她的“英雄”。

“我没事，情绪稳定。你千万不能遗弃波波哦，它很爱你的。”她调侃了一句。

江睦远抱着小狗，亲亲它的小脑袋：“它已经被遗弃过一次了，我不会再让这种事发生。”

“这么可爱的博美，一点杂色都没有，居然也有人遗弃啊。”吴韵诗难以置信地摇头，目光里满是怜爱，“好可怜哦，怪不得它拼命维护你。”

“我小时候没有办法保护小伙伴，现在不一样了，完全不一样了。”江睦远低声呢喃。

吴韵诗觉得眼前这个身高一米八几的男人此刻看起来异常脆弱，好像遭受过沉重的打击，内心深处一蹶不振。她瞧了一眼自己，飞快地估算出身高差，决定放弃“抱抱他”的打算，改为口头安慰：“将来不再重蹈覆辙就是对过去最大的尊重，我相信你的小伙伴不会怪你。”

他看了她好一会儿，表情高深莫测。吴韵诗的心跳霎时加快，她不好意思地低下了头。

“今天就这样吧，我下午和小南约了见面，快来不及了。”他的声音从她头顶掠过，移向了门口，“费用我去前台扫支付宝……谢谢你。”

最后一个“你”字传入耳中，他的人已消失在门外。

江睦远的下一站是林巧南家。

此时她刚吃完简单的午饭正在洗碗，听到钥匙开门的声音一阵心悸，三步并作两步冲到门口，他正好推开门进来，两人打了一个照面。

“你，你怎么会有钥匙？”林巧南十分失望，闷闷不乐地问。

江睦远把钥匙扣放到鞋柜上，让她看得清楚一些：“你不记得了吗？伯父刚走那几天，我留在这里陪你，是你把他的钥匙给了我。”

经他提醒，她也想了起来。当时林振华刚走，她看到父亲的遗物就忍不住掉眼泪，于是一咬牙把钥匙交给了江睦远。她记得当时对他说：“你拿着钥匙吧，我看不到，就可以骗自己老爸其实是出远门了。”

既然是自己主动提出的，现在也不好收回了。毕竟他们是未婚夫妻，有对方家里的钥匙很正常。林巧南勉强一笑：“那你就留着吧。”

他本来已做好她要收回钥匙的思想准备了，想不到结果出人意料。

江睦远心情激动，她在头脑清楚的状态下同样愿意给他家里的钥匙，证明他们的感情没有生变，冷岳阳的威胁不足为惧。

犹豫瞬间产生，又很快消弭。速战速决吧，夜长终免不了梦多。

“小南，我爸妈约你今天晚上一起吃饭。”他说出了突然到访的原因，“我们快点出发，波波还在车上。”

林巧南措手不及：“我碗还没洗……”她连忙回到厨房，拧开水龙头，“不会又去小南国吧？”

江学勤对小南国谜之热爱，林巧南至少吃过三回，而且都是同一家店。虽然点菜这事轮不到她做主，但次次都要上演一遍“慈祥的未来公婆把菜单塞给未来儿媳，未来儿媳看完后谦让地请长辈决定”的戏码，她也差不多能把整本菜单背出来了。

江睦远勾起嘴角一笑：“你又不是不知道我爸的风格。”

她默不作声地将洗干净的碗放进沥水篮，甩了甩手上的水，迎向他的视线。

“他们约我吃饭，为了什么？”

“他们担心你一个人吃得马虎，想知道你过得怎么样。”他早已想好了借口，说得面不改色、大气不喘。

林巧南预感今晚的饭局不简单，关于婚期的分歧不会就那么不了了之。她十分紧张，从小到大，不会拒绝是她性格中最大的弱点，她害怕到时候面对一家三口的轮番轰炸，自己没办法再坚定信念。

果然如林巧南所料，小南国熟悉的中式包房变成了短兵相接的“战场”，而她真的是在孤军作战。

承担话题引导任务的人自然是蒋秀英，她先询问林巧南最近的工作是否顺利，心情有无调整到位，在林巧南回答之后话锋一转，笑眯眯道：“小南啊，我和江睦远的爸爸希望你们抓紧把婚礼办了，给亲家公一个交代，让他在天上也能安心。”

这一招比较厉害，直接搬出林振华做“救兵”。林巧南看看江睦远，他低着头摆弄筷子，摆明态度站在父母这一边。

来吧，我做好准备了！她抖擞精神，提升了战意。

“阿姨，我知道你们对我很好，在爸爸生病住院的时候也一直去看望他，让他没了后顾之忧。江睦远之前已经和我商量过这事，但我觉得百日之内太匆促了，以我的心情不适合结婚。”她采取了先礼后兵的策略，委婉地表示拒绝。

“小南，按照习俗来说呢，赶不上百日内就得守孝三年。我们江家虽然算不上世家大族，一大家子人口倒也不少，不照礼法来，他的爷爷奶奶辈心里会不高兴的。”江学勤的借口乍听之下让人无法说出“不”字。江睦远的爷爷奶奶那一辈均年事已高，家族里还有一位太奶奶级别的长者，谁知道能不能等上三年再来喝他们的喜酒。

林巧南咧开嘴礼貌地笑了笑：“叔叔，现在的年轻人不讲究这些。何况我们有过共识，结婚是感情水到渠成的结果，哪天觉得是时候结婚了，直接领个证就好了。摆不摆喜酒根本无所谓。”

“无稽之谈，不摆喜酒能算结婚吗？这不是你们两个人的事，是整个家族还有生意往来的朋友们共同参与的大事。”江学勤冷哼着说道，就差没明说“你俩只是摆设罢了”。

他的话引起了林巧南的反感，本该属于两个人一生最值得纪念的时刻，怎么到他父亲那里就变成和亲戚朋友联络感情的工具了？林巧南在桌下重重地踹了江睦远一脚，以表达内心的愤怒和不满。

蒋秀英搛了一筷子菜给她，好声好气道："小南啊，你得为家里的老人多多考虑，老一辈人只知道摆了喜酒才算正式结婚。我看不如这样吧，你们国庆之后领证，过一个月摆酒，反正叔叔阿姨早就把你当女儿看待了，早一点成为真正的一家人多好啊！"

他的父母一个扮红脸，一个扮白脸，软硬兼施逼她就范。林巧南备感无力，她悲观地预见了未来——还会有无数个被迫做出选择的时刻，而她只有一个人，没有援军，也没有退路。

她的反抗精神爆发了。从小到大林巧南总是将自我放在最后，她不想惹别人讨厌，也不想让别人觉得自己是个麻烦，以至于大家都有了"林巧南最好说话"的印象，美其名曰善解人意，实则就是一个任人搓圆捏扁的"受气包"，她不能再忍下去。现在她没有人可以依赖，也没有人能保护她，除了自己。

她眸光一暗，冷冷地笑了起来："不，我坚决不同意！我爸的事对我打击太大了，我不可能在百日之内调整好心情。我相信叔叔不会希望您的生意伙伴见到一个哭丧着脸的新娘子吧。"

她的强硬态度让在座的人都吃了一惊，江睦远完全没想到她竟连自己父母的面子都不肯给，让他的计策落了空。

这场饭局的背后隐藏着江睦远的焦虑。与吴韵诗的对话使得他下定决心，为免冷岳阳有时间介入，他打算借父母之力强迫林巧南答应百日内结婚。可偏偏她软硬不吃，丝毫不愿做出让步，反倒使得父亲也生出了不满。

只见江学勤右手一甩，筷子飞到了林巧南面前，"啪"的一声落下来砸了她的碗。

林巧南惊惧地抬起了头，这算什么意思，决斗吗？

包房内火药味如此浓重，江睦远知道不可能再谈下去了："我们先走了，这顿饭老爸你买单吧。"说着，他拖着她站起来，快步走出包房。

两人走出饭店来到小区步道上，林巧南火大地甩掉江睦远的手：“江睦远，你上次明明答应我暂时不提这事儿，这顿饭到底什么意思？”

要不是感受到冷岳阳的威胁，他是可以等下去的。

“我不明白你为什么不肯让步？你爸爸最担心没有人照顾你，我们早点结婚，根本就是好事，你为什么不同意？”江睦远气势汹汹地质问，“还是你被别人动摇，已经不想嫁给我了？”

“你胡说什么！从头到尾只有我们，哪里有别人啊？”

江睦远冷冷一笑，眼神阴郁：“姓冷，名岳阳。”他不和她绕弯子，直接摊牌。

林巧南心虚了，她和冷岳阳确实私下见过几次，还有外滩说不清道不明的一个拥抱。可是江睦远指控她“动摇”的罪名委实过重，她自认不存在私情。

“不关他的事，他只是让我帮忙提供素材，那天你也在场的。”

“在那之前呢，你怎么会看到他的小说？”江睦远步步紧逼，他相信他们不止在葬礼上见过一面，倘若没有进一步的接触，或者她给了足够的暗示，冷岳阳凭什么挑衅自己？

他的逼问吓得她后背直冒冷汗，薄薄的真丝衬衣很快就湿了，她感觉得到。林巧南不禁祈祷江睦远千万别走到自己背后，她不能让他发现“证据”。

“坐地铁的时候遇到过，他在桂林路上班。”她努力回想与冷岳阳有关的点点滴滴，还真被她找到了一根救命稻草。他名片上的公司地址与她公司的距离并不遥远，上下班在地铁上偶遇再正常不过。“闲着也闲着，我们就聊了几句。他说在写小说，我稍微表现了一下兴趣。”撒谎不是容易的事，可是一旦开了头，接下来就简单多了。

冷岳阳任职的报社地址一查便知，她不可能在这种事上骗他。江睦远的怀疑减淡了几分，他的确没看出那天晚上林巧南有何不正常之处，遂认定是冷岳阳在捣鬼。他放缓了语气，温柔地低语：“小南，你别怪我多心，有些男人就是仗着外表出色到处招蜂引蝶，我怕你受骗。”

她曾经对冷岳阳抱持同样的怀疑，直到他发来三万字的小说才打消她的疑虑。林巧南能够理解江睦远的苦心，于是开启“通情达理”模式，轻声说道：“我和冷岳阳只是普通朋友，你别乱想。”

得到了她的保证，他如释重负般舒了一口气：“对不起，是我疑神疑鬼，让你笑话了。”

这是爱情里应有的紧张、不安和嫉妒吗？林巧南对此毫无经验，她只知道这个话题充满陷阱和争议，必须说些什么结束它。

“你放心吧，爸爸认可了你，将来我肯定会和你结婚。”她信誓旦旦地给他保证。

覆盖在江睦远俊秀面容上的忧郁并未完全消散，他问她：“那你呢，真的想嫁给我？”

林巧南愣了几秒，然后斩钉截铁地回了两个字：“当然。”

在那短短的几秒钟里，有个身影从她的脑海一闪而过。

那是，冷岳阳。

4

有些事正在发生变化。

林巧南意识到冷岳阳在自己心里所占的比重越来越大，她不能再自欺欺人了。然而那个男人却相当狡诈，他从来不挑明自己是否中意她，让她没办法明确地拒绝。

星期一上午，她在拥挤的九号线车厢里遇到冷岳阳时，心情万分混乱，那些早该被杀死的“蝴蝶”又飞舞了起来，在心里一同扇动起翅膀。

一波人流拥入车厢，正在想心事的她被挤得一个趔趄，差点摔倒。背后的男人迅速出手扶住她的肩膀，在他的支撑下她站稳了脚跟。

“谢谢。”林巧南微微抬头，盯着冷岳阳的下巴道谢。

“不客气。”他伸出手臂横过林巧南的身体，将她半环在怀抱中以防别人挤到她。他的手臂与她的胸口隔着一个半拳头，不管周围的人如何推挤，这点距离始终不变。

林巧南胡思乱想了一路，这份不动声色的体贴令她不知如何是好。想想偶像剧女主角的标准配置至少有两个痴情男人，她就觉得不可思议——谁的脸皮能厚到把别人的付出视为理所当然啊？反正她办不到！

宜山路到站，她转过身向他道别："我到了，再见。"

"我也在这站下。"他笑了笑，无视她惊讶的神色，跟着她移动到门口。

两人一前一后下车，林巧南犹豫了半天还是问了："你不是下一站才到吗？"

"今天，我是特意等你的。"冷岳阳坦诚相告，他不想将这次相遇归为"偶然"。

"什么？"林巧南心跳加快，头昏脑涨。好吧，她原谅偶像剧的女主角了，面对一个俊美的男人，要狠下心拒绝总是困难的。

他的嘴角浮现出温柔的笑意，眼神温暖而深情，让她莫名其妙联想起春风拂过枝头绽放的初蕾，那一种春意盎然的萌动，许久未曾体验过了。

"我们的采访还没完成。"他提醒道，跟着她一同走出地铁站。

日历翻到了 9 月，夏季却还在延续，地铁站外又闷又热。她的公司距离地铁站还有一段路，走过去大约十几分钟。平时权当锻炼身体，可遇到酷暑严寒以及刮风下雨的天气，这段路就显得不太"友好"了。

"你要在路上跟我聊这个？"林巧南走得很快，说话倒也不喘，语调正常。

冷岳阳笑了笑，墨镜遮住了他的眼睛，不过她能想象那双笑眼有多迷人。

"我就在你公司一楼的星巴克写文，中午我们一起吃饭。"

"你去过？"她又怀疑了，星巴克又不是所有商务楼的标配，他怎会说得如此肯定?

冷岳阳反应极快，马上找到了理由："报社原来准备搬到你公司那栋楼，我之前跟着主编大人来考察过环境，因为太贵了我们租不起。"他说得煞有介事，仗着她没办法考证。

他的话总是匪夷所思，奈何每次都能自圆其说，让她抓不到头绪。林巧南隐隐约约感到这个男人不同寻常，具体哪里不对劲又说不出所以然来，只好归咎于自己的“多疑”。

可，她明明不是多疑的人。

他俩走路速度都快，不断超越了前方的行人。林巧南忽然“扑哧”一笑，说道：“跟你说一件我爸的事，我走路快其实是被他训练出来的，像这样走在路上，他最喜欢不断超过别人，我只好拼命加快脚步才能跟上他。他因为走路比很多年轻人快，一直沾沾自喜，结果我爸有一次在公园里锻炼，碰到一个走路超级快的人，他跟在那人后面绕着公园走了六圈，一次都没追上。他不服气，拖着我一起去挑战那位叔叔，说要采用包夹战术让他慢下来。”

“然后呢？”冷岳阳以前没听过这段往事，她的表情因为陷入回忆而显得分外温柔，他想多看两眼。

“我当然不得不去，然后我们的战术还没实施就惨败了，人家走起来就甩开了我们，根本接近不了。事后我们打听了一下，那位叔叔以前在体校是练田径的。”林巧南笑着笑着，语气低沉下去，“我爸后来开始腿疼，走路再也快不起来了。”

冷岳阳知道悲痛又开始撞击她的心灵了，那是一个漫长而反复的过程，他在另一个 2017 年经历过。他只好突兀地插入她的伤感情绪，问道：“如果让你选择，一边是伯父因为手术失败突然离开给你带来长久的痛苦，一边是眼睁睁看着他受到病痛折磨，但给你足够的时间做好告别的准备，你怎么选？”

“就没有手术成功的选项？”她苦笑着反问。

冷岳阳摇了摇头，真诚地道歉：“对不起，我没有能力改变结果。”事实上他改变过一次结果，为了自己的父亲。

不能说他自私，当时他会优先考虑的人必然是冷子荣，再说打个电话告诉手术室外的林巧南她的父亲马上会有危险，不被当成诈骗电话才怪。冷岳阳自我辩护过许多次，但每一次看到她难过的样子，他忍不住会假设存在两全其美的结局。

林巧南不懂他致歉背后的深意，她继续苦笑：“冷岳阳，你不用顺着我，这种事又不能靠假设就改变了。我的选择是，”她的表情渐渐严肃，“就现在这样吧。我总有一天会习惯的，让老爸少受点苦比较好。”

他喜欢的她，无论在哪一条时间线，都是考虑别人多过自己。冷岳阳望着天空叹了口气，善良是一种美德，它最终成功地征服了他。

“二十一天了。”他忽然没头没脑地说道。

林巧南却了然于心，明白他所指何事：“谢谢你一直记着。”今天是“三七”，父亲过世整整二十一天了。

那一次他们交换了两位父亲的手机，互相扶持着渡过难关。这一次，他虽然不需要她的帮助，但她依然需要他。

“你也该做出决定了，要不要申请医疗鉴定。”虽说此举有干涉她私事的嫌疑，但为了她的未来，他愿意充当“恶人”推她一把。

林巧南尴尬地笑了笑，手指前方商务楼：“啊，我到了，这事下次再说吧。”

“中午，星巴克见。”冷岳阳抢先开口，也不等她同意与否，就迈开步子继续向前走去了。

他的步伐坚定有力，高大的背影给人一种“虽千万人吾往矣”的豪迈气概。林巧南张开嘴想拒绝，可是他已走得有些远了，她只好作罢。

公司的午休时间从十二点开始，按规定到下午一点结束。但是这项制度全靠自觉，所以总有人为了避开用餐高峰时间，选择提早出去吃饭或晚半小时再回来，领导层也睁只眼闭只眼。在以结果为导向的公司，没有哪个领导想出面整治这类“小事情”。

林巧南婉拒了 Grace 提出的会餐建议，也谢绝了孙妍合点沙拉外卖的提议。电脑显示的时间刚过十一点，她就有点魂不守舍，看屏幕上的数字个个都像跳舞似的。好不容易等到十一点半，林巧南假装饿得头晕，匆匆忙忙和张峰打了声招呼，抓起钱包、门禁卡就风风火火地冲出公司了。

电梯将林巧南送到一楼，她恢复镇定，前后左右看了看，确定没有熟人之后才快步走向星巴克。她推开门，一眼就望见他坐在靠窗的位置，手指在键盘上飞快移动。

看来灵感如泉涌啊！林巧南啧啧赞叹，三步并作两步走过去：“我来了，等你写完再走吗？”

冷岳阳抬头瞥了她一眼，手指按下“句号”的符号键，笑了笑说道：“不用，我正好写完一段。”他合上笔记本，一边动手收拾背包，一边问她，“想好去哪里吃了吗？”

林巧南选了一家远离公司范围的面馆，她的熟人肯定不会顶着大太阳走过去吃一碗面。一听她想吃面，冷岳阳像小狗一样吐了吐舌头，抗议道：“这么热的天，你确定吃得下热汤面？”

“那家店夏天会供应冷面，很不错。”林振华在夏天以冷面为主食，连带着她也喜欢。“他家的花生酱是自己做的，又香又滑，想想就忍不住流口水。”她说得声情并茂，冷岳阳条件反射一般地咽了口唾沫。

“我们快点去吧，晚了可能没位置。”被勾起了食欲，他的“吃货”本性也暴露了，催着林巧南赶紧出发。

临近中午，炎热程度远胜上午。两人在烈日下走了近二十分钟，她才拐进一条小巷子，走到一家门面不起眼的小店门口。

“还有两个位置，正好。”她走到门口朝里望了一眼，庆幸来得及时。

冷岳阳的表情略显古怪，从他所站的位置往右前方看，与他关系密切的那栋十层高的商务楼赫然在目。人生处处皆有巧合，可惜身处进程中的他们无从窥探其中的奥秘。

“愣着干什么，快进来啊！”林巧南堵着进口的位置，招呼冷岳阳跟上。他用眼角余光一瞥，身后确实有人快步走来。

他立刻跟着她走进店里，坐到了最后两个位置，迟了一步的食客懊恼地退出去，站在门外等空位。

“两碗大排冷面，加半勺醋，微辣。老板娘，多加一点花生酱哦。”林巧南熟门熟路地点了两份面，不给他发表意见的机会。

下完单，她的视线回到冷岳阳身上，笑眯眯地解释：“他家的红烧大排也很好吃，难得来一次，一定要尝尝。”

她的自作主张并未引起他反感，相比点评网站上“水军”的刷分，他更信赖同伴的经验：“我相信你。”

林巧南兴奋不过两秒钟，便重重叹了口气：“现在也只有‘吃’这件事能让我开心了。”

“本来就是啊，民以食为天。”他在茶杯里倒了热水，洗了两双筷子，递给她一双。

林巧南咬着筷子嘀咕：“听起来有点怪。算了，不研究。”她的注意力转移到他的小说上，兴致勃勃地要求看他上午完成的部分。

趁冷面尚未上桌，冷岳阳打开笔记本输入密码，将屏幕转向她。他感觉自己像是面对着最苛刻的评论家，心情忐忑。那些年，当她翻开他的小说看到书里出现的红衣女子，会怎么想?

“你用路人甲来表现男主角失去父亲后感情麻木了，感觉有点奇怪哎。而且为什么要强调女生穿着红裙子呀？”林巧南提出了质疑，一脸疑惑，“为了凑字数吧。我看看哦，这段描写至少有一百字，居然还注明了雪纺质地，V 领，腰部镂空设计……你副业开淘宝店卖女装吗？”

他忍不住笑出了声，并且不顾周围食客的眼光越笑越开心，完全停不下来。直到老板娘端上两碗面，他才勉强忍住，一本正经地迎视对面茫然不解的眼神。

“我说的话有那么可笑吗？”林巧南以为他在嘲笑她，语气里带有愠怒。

他等了二十年的评论，在她还没有穿着红色长裙走进西沙湾灿烂霞光里，在 2017 年 9 月 4 日，在一个破落的面馆里，听到了。

“不，我以前爱过一个女孩，她穿红裙很美。”他不能揭穿时间的秘密，但这是关于他的感情，他必须告诉她。

林巧南愣了一会儿，内心直呼“好险”，这个看上去像花花公子似的男人竟出人意料是个痴情种，即使失去了对方，也念念不忘要在小说里提到“她”。如斯深情，她居然以为他对自己有意思，真是错得离谱!

“原来如此。”她摸了摸鼻子自我解嘲，“果然我从小到大就不擅长阅读理解。”

冷岳阳没搭话，他握着筷子专注地将调料拌匀，确保每一根面条都沾上酱料。冷面的配菜是绿豆芽和海带丝，银白的豆芽和深绿的海带搭配在一起，颜色分明。

他低下头吸溜了一口面条，花生酱的香味和口感恰好是他喜欢的。

“她说去海边要穿红色的裙子，拍照会好看。”

林巧南从面碗里抬起脑袋，她的表情写着不可思议：“我爸也说过，好巧。”

在另一个 2017 年，正是“你”告诉我的。他眼睛一眨不眨地注视她，幽深瞳仁点燃起微弱的火苗：“看来喜欢摄影的人审美都差不多。”

他的凝视又给了她错觉，仿佛有一些秘密隐藏在背后。

林巧南低下头回避对面的视线，恼怒的种子在心田发芽——既然你已情根深种，为什么还要让我心如鹿撞?

走出面馆顺着来路回去，太阳的位置移到了正当空。冷岳阳建议林巧南走在里边的树荫下，被她一句“晒太阳可以补钙”给堵了回去。

冷岳阳敏锐地感觉到了林巧南的情绪变化，在结束对“红裙女生”的讨论之后，她就专心致志埋头苦吃，再没主动开过口。

难道……是嫉妒?他侧过脸俯视她的发顶，心情荡漾，欲开口询问又怕自作多情。她对江睦远的感情里掺杂了对父亲的一部分愧疚，不可能轻易撼动。冷岳阳命令自己冷静，若无十成的把握，绝不可轻举妄动，一旦给了对方明确拒绝的机会，以后想要再接近她就难了。

“冷岳阳，康健那件事，你还有其他证据吗?”林巧南纠结半天终于打破了沉默，问出盘桓心头多时的疑惑。上午她收到了王硕博回复的邮件，说明库存不符的原因是有些产品储存在医院库房内，使用后由医院内部人士登记批号交给经销商，出错也在所难免。他的理由合情合理，倒是让她醒悟过来，应该先确认冷岳阳到底掌握了哪些证据。

林巧南抬起头，刚好撞见他火热的眼神，立时心跳加速。他对她的影响力超出了预计，再这样下去，说不定她会伤害江睦远。

她转过脸，理智和感性化身为两个小人，打得难解难分。她的理智明白不该再与他继续来往，感性那一面又舍不得他的小说，让她左右为难。

在这条时间线上，因果被颠倒了。冷岳阳面色凝重地点了点头：“下个月发审委进行换届改选，这个月如果不能过审，康健前期投入的时间和资金就都打了水漂。你可以重点关注最近半年，特别是 3 月到 6 月的销量，其他厂家异常的销量也集中在此段。”

冷岳阳说得笃定万分，而且还一脸正气，让林巧南选择了相信。

“好吧，那等我先查清楚再告诉你。”她决定再发邮件给王硕博当面谈谈，这件事关系到江睦远的父亲，不能草率处理。

“好，我等你的消息。”接着话锋一转，他又问起了上午被她“逃”过去的问题，“伯父的事，你打算怎么办？我说过，如果你害怕结果，我可以陪你一起去。”

不行！理智敲起了警钟。

“江睦远答应陪我去申请医疗鉴定，谢谢你。”她找出借口拒绝，同时告诉他自己的决定。

“过去”依旧不愿意轻易被改变。四十七岁的灵魂发出了无奈的叹息，冷岳阳目光灼灼，但他在这条时间线上依然是二十七岁，对自己喜欢的女生，只要她还没结婚，他当然会奋勇直追！

“我爸到现在都很难过，他让我尽力帮忙搞清楚，要给林叔叔一个交代。”他搬出冷子荣做借口，林巧南果然神色缓和了。

“好吧，我到时通知你。”她心软了，难以抗拒旁人对父亲的惦念。那是林振华留存在世间的证明，她不想抹煞。

商务大厦如一把直插云霄的宝剑矗立在面前，玻璃幕墙反射着阳光，刺痛了眼睛。林巧南忽地一笑，轻描淡写道：“方毅的感觉你写得不对，现在的他应该是无比强大又无比脆弱的状态。因为没有人可以依靠，所以强大；因为没有想守护的人，所以脆弱。”

冷岳阳被震慑了，他明白这正是她此刻内心的写照，她是孤独的，在她的世界里，没有别人。

他目送她走进大厦，内心被焦虑填满。时间紧迫，要加快行动了！

5

冷岳阳去了林巧南和江睦远就读过的红星小学。他们同为 1996 年那一届，当时在学校里任教的年轻老师也许还有没退休的，他打算碰碰运气，能否找到记得江睦远的人。

学校的门卫十分严格，拿着冷岳阳的记者证和采访证明查看了半天才放他进学校。他踏上操场的塑胶跑道，为奇妙的缘分感慨不已。

冷岳阳和红星小学的渊源不仅于此，他还写过它的新闻。2016 年，红星小学二十周年校庆时，他采访了校长和教务主任，完成了一篇八百字的特稿。

教务处的周主任第一时间认出了冷岳阳，长得好看又有才华的人总是令人印象深刻，何况这位热心肠的阿姨一心想为他做媒，在采访结束后还给他打了两次电话介绍优秀的女老师，冷岳阳最后不得不以“我快结婚了”为由拒绝了对方的热情推荐。

“小冷啊，今天是来送喜糖的吧。”周主任“咯咯”笑着，笑容仿佛慈爱的母亲看着儿子一样亲切。一年不见，她竟然还惦记着他结婚的事。

早知道就套个戒指再来了。冷岳阳看了眼光秃秃的手指，避开正面作答：“周主任，真不好意思啊，我忙得没想起这事儿，下次来肯定给您补上。”稍稍一顿，他迅速转入正题，“今天其实有别的事要麻烦您，我想问问还有老师记得 1996 年学校第一批新生其中的一个吗？”

1996 年，红星小学刚成立的第一年，在秋游时就发生了一起学生溺亡的悲剧，这是建校历史上的一大污点，所以 2016 年校方压根儿没有邀请 1996 届的学生出席校庆仪式，对于他采访中的提问也只是含糊地带过。那时冷岳阳对校方的回避睁只眼闭只眼过去了，毕竟这篇特稿由别人出钱赞助，和他本人的立场没有关系。

周主任警惕起来，狐疑的目光在他脸上转了几圈，问道：“你想打听谁？”

“江睦远。”冷岳阳表情坦然，面不改色地说出谎言，“我要写一篇和他有关的报道，在他的简历里看到了红星小学，我想真是天赐良机，既可以来拜访周主任，又能顺便了解他小时候是怎样的人。”

一听他提到的名字不是“林健辉”，周主任彻底放下了心。她和现任校长都是后来调任过来的，在 2016 年校庆前夕翻本校的历史记录时才知道此事，因此记住了林健辉兄妹俩的名字。那一届其他学生的名字，她都没印象了。

“我帮你查查看。”她打开电脑登录系统，让冷岳阳把“江睦远”三个字写下来给她。学校前两年搞信息化建设，将之前手工记录的学生档案全都录入了电脑，现在只要输入名字就能查出学生当年所在的班级、学号、班主任以及所有的任课老师。

“江，睦，远。”周主任输入了名字，一份记录出现在屏幕上，“这位同学很不简单哦，他从一年级开始，每年都被评上‘优秀’，毕业的时候被评为‘三好学生’。”

周主任不禁懊恼，因为 1996 年的悲剧，学校没有邀请那一届的学生参加校庆，看来真是错过了不少优秀的人才。比如这名江同学，他有资格接受记者的专访，必然在某个领域颇有建树。

这家伙，还真是一点没有夸张呢！冷岳阳心里不是滋味，对方的履历确实“完美”，他无法否认。

周主任又有了发现，敲敲桌子吸引冷岳阳的注意力：“小冷，他的班主任还在我们学校，你要和她谈谈吗？”

“好啊。”他眼睛一亮，想不到运气竟然这么好。虽说隔了那么多年这位班主任能不能想起江睦远还是问题，但至少他向前迈进了一步。

正值下午第一、第二节课之间的休息时段，周主任带着冷岳阳前往三年级教研组办公室。推开门，她冲着靠窗位置一位容貌娟秀的女教师叫道：“张老师，接下来有空吗？”

张老师转过头看到了周主任和她身旁的英俊男子，起初以为是某个学生的家长。她站起身走了过来，看清冷岳阳的面貌，马上推翻了先前的认知——这么年轻，不可能是三年级学生的家长。

“周老师，找我什么事啊？”

周主任将冷岳阳来访的意图说了一遍，张老师温和地笑了笑：“这么多年前的事情也要调查啊，你对工作很敬业。”

冷岳阳惭愧地低下头，无法坦然接受这来自“人类灵魂工程师”的褒奖。他自己明白调查江睦远的过去根本与工作无关，纯粹是为了一个女人。

“江睦远，我当然记得他，这么优秀的孩子很少见。”张老师一下子打开了话匣子，“我那时刚刚大学毕业就去当班主任，心里一点底都没有。幸好这个小班长非常能干，班级里几个捣蛋的孩子也愿意听他的话。”

所以，是我多心了吧？冷岳阳无奈地承认这一回直觉判断失误，自己一心想找出江睦远的把柄阻止林巧南嫁给他，最好的理由就是他与林健辉溺亡事件有关。他被这个先入为主的念头控制了，表现不正常的人是他才对！

“刚入学就当上了班长？他一开始就这么听话、优秀吗？”他似负隅顽抗一般地抛出了最后两个问题，拼死捍卫“直觉”的尊严。

“你也读过书，哪个男孩子不是从调皮捣蛋过来的？”张老师摇头微笑，仿佛穿越时光又看见了二十多岁的自己，她的表情越发温柔。“他刚进学校简直像小霸王一样，天天因为打架进办公室报到，最开始一个月我被这孩子气哭过好几次。”她生平第一次教的学生，生平第一次带的班级，在二十一年后依然记忆犹新。

冷岳阳的心跳加快了，乌云密布的天空露出了一道光：“他对我说过小学第一次秋游时隔壁班的同学发生了意外，他是不是在那之后变成了好学生？”

张老师瞥了一眼周主任，这件事在学校里属于禁忌之一，大家都默契地避而不谈。见周主任没有提出反对意见，她也放下戒备，仔细回想当年，在冷岳阳的“暗示”下，她像发现新大陆似的睁大了眼睛，恍然大悟道：“哎呀，我还真没联想到一起去。现在想想，我觉得经过这件事，很多孩子一下子懂事多了。”张老师转向周主任，“眼睁睁看着同学出事，影响实在太大了。当年学校根本没人重视心理疏导工作，是我们失职了，幸好没有给孩子们带来心理阴影。”

“哎呀，张老师，我那时候还没过来，这件事我也是去年才知道的。不过你说得对，应该配一个心理辅导员。小冷，你说对不对？”

冷岳阳连忙点头附和，他听着两位教育工作者的热烈讨论，心思却飘向了远方。结合那天江睦远的奇怪反应，林巧南被人推下水八成与他有关，问题是自己该如何证明?

林巧南根据冷岳阳整理的资料，将医疗事故鉴定的申请材料都准备齐全了，她没有让江睦远参与此过程，只通知了他结果。

“你什么时候去交申请？”江睦远自知不可能让她改变或干脆地放弃，于是选择和她一同面对。

“下午。”她正在地铁上，“我去医院解封了病历，现在赶去鉴定中心。地址我马上发给你，我们在门口会合。”

“感觉很赶，不能明天去吗？”

“项目快上线了，不能多请假。提交申请之后我还得回公司上班，今晚要加班补进度。”林巧南最近很忙，但她不想再把这件事无限期地拖下去了。早日给父亲一个交代，她才能安心往前走。

江睦远打开行程表，看了看接下来的安排，下午四点他要去一家化妆品公司开会，理论上来得及。

“好，那你把地址发给我，一会儿见。”

挂断电话，林巧南即刻将地址发给江睦远。她想了想，还是点开了冷岳阳的头像，发了一条消息给他：“我下午去交材料。”

不管冷岳阳有何目的，他对林振华的关心不像是假装的，而且帮她下定决心的也是他。冷岳阳不能被绕过，她对自己说道。

“我在门口等你。”冷岳阳很快回复。

林巧南在医疗事故鉴定中心门口先等来了冷岳阳，他穿着一件极简主义的白色 T 恤，干净又好看。

“进去吧。”他对她说，一手拉开了门。

林巧南朝路的两头望了望，没见到江睦远的车。

“我打个电话给江睦远。”她走到一边，拨通江睦远的手机，“我已经到了，你还要多久？”

他用抱歉的口吻回答她：“小南，对不起，我的客户临时更改了会议时间。我正在去外高桥的路上。你一个人有没有问题？”江睦远权衡过利弊，今天她仅仅是去鉴定中心提交申请资料，就算无人陪同她也能应付。而客户那边关系着整个团队的季度奖金，他不能让感情耽误工作。

他这么问，她不见得真能回答一句“有问题”。林巧南叹了口气，说道：“我没问题的，工作为重。我一会儿也要回去上班。”

“你最吸引我的优点就是通情达理。”江睦远由衷地赞美，接着信誓旦旦地保证，“等结果出来，我一定陪着你。”

要是告诉他冷岳阳也在，他会怎么选？林巧南脑海里闪过类似恶作剧的念头，不过也就一瞬间的事，她马上放弃了。

“好的。你好好工作，不用担心我。”他喜欢她的通情达理，那么她努力做到就是了。

林巧南挂断电话走向冷岳阳，望着这个清爽好看的男人，她突然觉得如此巧合或许是天意。你看，坚定不移支持你决定的人就在那里，你不需要违心的支持者。

“进去吧，他有工作，来不了了。”她说道，推开玻璃门。

冷岳阳跟在她身后走进鉴定中心，江睦远的缺席令他想起了另一个2017年里林巧南独自旅行的事。在她人生最重要的几个时刻，他偏偏都不在，合该他们无缘。

只是，这还远远不足以让他永久出局！

在申请鉴定书上签字的那一秒，林巧南想起二十多天前在手术同意书上签名的情形，握笔的手微微发抖，她落不了笔。

冷岳阳抬起手，按住了她的手腕。林巧南侧过头，看到他鼓励的眼神，心定了。

林巧南签完字，工作人员收走全部的材料，给了她一张确认清单，第一步就算完成了。她一言不发地离开大楼，耷拉着脑袋，像一朵被太阳晒蔫的花。

“我做这件事名义上是为了给老爸一个交代，其实对他来说已经无所谓了，明明是为了我自己。”

“我觉得为了谁根本不重要，重要的是手术过程不存在人为失误。”冷岳阳看穿了她真正介意的核心问题。不找到答案，她将会在漫长的岁月里反复纠结对与错，并不断后悔曾经做出的选择。

她狠狠地咬着嘴唇，过了好一会儿才说：“那时候如果有别人能代替我签字，我百分百会让给他。”

可惜，没有。

冷岳阳点了点头：“我知道，签字的人压力很大。”

她又沉默了一会儿，继而出声道：“我当时要是拒绝签字就好了。他们会找别人吧？比如我叔叔、姑妈之类的亲戚。”

“那样你爸爸会失望，你才是守护他的人。”他想起昨天分别时她说过的话——因为没有人可以依靠，所以强大；因为没有想守护的人，所以脆弱。

“可是我没做好。我以前总是担心他一个人在外面会出意外，从来没想过看上去那么健康的人会死在手术台上。”林巧南短促地笑了一声，充满嘲讽，“世事难料啊，冷岳阳。”

“确实如此。”他深表赞同。

她歪着头看了他几秒钟，眼睛里又闪过迷茫：“我们以前肯定见过面，感觉你就像一个知根知底的朋友，我在想什么你都明白。”

“你相信灵魂伴侣的存在吗？”他收起笑容，一本正经地提问。

林巧南的紧张情绪被呼吸的频率暴露了，她明显加快了呼吸速度。

“不相信。”她回答得异常果决。

冷岳阳不以为意，眉毛一挑，嘴角勾起一抹戏谑的微笑：“那么告诉你一个秘密，其实我来自未来，所以我对你的心理活动了若指掌。”他的表情难辨真假，足以迷惑她。

林巧南翻了个白眼，嫌弃地说道：“你是笨蛋吗？了解我的心理活动有什么用，你应该记彩票号码啊！”

冷岳阳咧开嘴哈哈大笑，一脸挫败：“好吧，你说得对，不记几个彩票号码都不好意思说自己是穿越者了。”发生在他身上的事情超乎想象，他当然不可能为此提前准备好记录彩票中奖号码的小本本。

林巧南刷卡通过进站闸机，回头又损了他一句：“或者透露几个下半年该入手的股票也行，我现在很缺钱。”

“怎么，你也快失业了？”冷岳阳第一反应不是她在开玩笑，而是担心她可能真的遇到了麻烦。

他的反应令她不好意思了，连忙做出说明：“不是啦，我的工作目前还算稳定。”停顿了一小会儿，她嗫嚅着吐出心里话，“没有人能为我做主了，我得多赚点钱为自己铺好后路。”她的眉宇间闪过忧郁，江睦远的父母带来的压力让她寝食难安。

冷岳阳向她伸出了手，他的眼神前所未有地认真：“我向你保证，无论将来会变成什么样，你随时随地都可以依靠我。”

这一个 2017 年，哪怕她最终仍然选择了江睦远，他也会默默守护在她身边，绝不让悲剧再度发生。

她握住了他的手，两边的地铁同时到站，在巨大的轰鸣声里她轻轻说道：“谢谢你，出现在这里。”

这天晚上，江睦远带着晚餐出现在林巧南的公司，她刚结束了一个会议回到座位上，还来不及喝口水润润嗓子，他的电话就到了。

“我在前台。”他只说了这一句。

林巧南匆忙赶到前台，果真见到他在等候区的沙发上坐着，握着手机快速地打字。她眼尖，立刻发现茶几上的外卖袋子，那是她最喜欢的一家蛋糕店。

从外高桥到蛋糕店再到她的公司，他在路上花费的时间和心意，弥补了下午的怠慢。她走上前：“我一会儿会叫外卖，你没必要特意过来啊。”

江睦远抬起头，俊秀脸庞上带着浅浅的笑容：“蛋糕店超出了配送距离，这是给 good girl 的奖励。”他拿起纸袋递到她手里，“事情办得还顺利吗？”

“嗯，非常顺利，材料一样不少。”她跳过了和冷岳阳相关的部分，“你呢？”

“签了新的合作协议。”他站起来，伸手将她脸颊旁的碎发拨到耳朵后面，“你头发长了，该剪了。”

“等‘五七’结束后。”按照习俗，在过世亲人“断七”之前不能剪头发。

江睦远看着她的脸，眼底闪过一丝不快——又是习俗。这回怎么不反对呢？他捏了捏手指，强行驱逐负面情绪：“等鉴定结果出来，我陪你去。”

她的目光移到他的脸上：“当然。”

“好了，不妨碍你加班了，早点收工早点回家。”大庭广众之下他不能给她一个告别吻，于是亲昵地摸了摸她的脸颊代替。

林巧南站在玻璃门里目送江睦远走向电梯，一丝凄怆缠绕心头。她想坦白今天下午不是一个人，想告诉他冷岳阳让她不知所措，想叫他不要理所当然地认为她是个 good girl……她默默站着，默默注视着他在电梯门打开时转过身朝自己挥手告别，什么都没做。

她和他之间，仿似隔着千重山万重水。

在这个人人感觉孤独的星球上，身边最亲密的人也未必能够真正理解你。

遇到理解，多难啊！

6

鉴定中心的工作效率非常高，只过了一个星期就通知林巧南去参加事故鉴定会。前一天晚上，她紧张得睡不着，半夜三更打开林振华房间的门，也不开灯，就在黑暗中坐了很久。

她眼前像回放慢镜头似的，重复播放着父亲在电梯里朝自己挥手的场景。那是此生最后一面，他答应过的“一会儿见”在几小时后变成了“后会无期”，她始终想不通手术后期发生了什么情况，生成了最坏的结果。

明天会得到答案吧？她趴在桌上，想着冷岳阳说的“重要的是手术的过程不存在人为失误”，那正是自己打心眼儿里盼望得到的结论。可是万一，万一专家指出是主刀医生出错了呢？

她打了个寒战，迅速冷静下来回想手术之前的各种细节，越发坚信赵主任确实有意将林振华的手术做成研究案例。他对自身的医术十分自信，对整个团队也很有信心，术前检查也证明患者有体力支撑漫长的手术，他的手术方案充分考虑了林振华术后生理机能的恢复情况以及降低复发率的情况。如果手术能成功，足以证明国内的医疗水准达到了全球领先水平。

这么多利好条件加持，偏偏她的父亲没能活着离开手术台，林巧南根本不知道该如何接受现实。

她的眼皮渐渐沉重，终于撑不住闭上眼睛打起了盹。林巧南枕着手臂不知睡了多久，被天空的亮光照醒。

手臂酸麻脖子痛，她苏醒后即刻感受到这样睡一晚的“可怕”之处。很多年以前她在医院陪夜照顾李裕芬，打盹醒来后也是如此。

她的视线先停留在林振华的相片上，接着移动到旁边李裕芬的遗像上，最后是兄长林健辉。他们是她血缘关系最近的家人，也是心底最深沉的痛苦。

“爸，希望今天我们能得到答案。”她鞠了一躬，转身走出去。

江睦远约了七点半来接她，导航给出的路线大概四十分钟车程，他预留了一个半小时以防堵车。现在是早晨六点半，她有足够的时间洗头洗澡外加思考穿什么衣服。

七点半，林巧南准时出现在江睦远车前。她穿了一条黑色衬衫裙，黑色小高跟鞋，脖颈围了一串珍珠项链，配上一脸的肃穆，活像是去参加葬礼。

“你这身打扮，会上专家压力大增。”江睦远打趣道。

她扯开嘴角勉强笑了笑：“希望他们能做出公正的结论。”

“不要有偏见，否则不管专家怎么说，只要不符合你心里所想，你都会觉得他们在偏袒医院。”

林巧南接受了他的劝告：“好吧，我努力心平气和一些。”

她原先考虑或许扮演“愤怒的家属”更能引起专家团的重视，毕竟俗话说“会哭的孩子才有糖吃”，所以她特意穿了一身黑，打算先从视觉上给予一定的压迫感。如今听他一说，她想到自己最终目的并非索要高额赔偿，只是想听听不同的专家分析为何会导致不幸的结果，确实没必要咄咄逼人。

“Good，这样我就放心了。”江睦远夸赞了一句，同时发动汽车驶离，道路两边停满了车，他小心翼翼地把控着方向盘平稳行驶，以免剐蹭到其他车辆。

“呃，今天冷岳阳也在。”她忽然想起自己尚未告诉江睦远冷岳阳也会出席，得提前打个招呼，“他之前帮我整理过医疗调解方面的资料，不告诉他有点说不过去。再说他是记者，万一专家过分偏袒医院，还能帮我们在媒体上发个声。”

江睦远一怔，觉得林巧南故意挑自己正在专心开车时说这事，让他不能与她争论。他心里恼火，皮笑肉不笑地“嘿嘿”了两声，夹枪带棒地嘲讽道：“难为他古道热肠，把别人的事当作自家的事对待，真不是一般的热心啊。”

林巧南假装听不懂他的讽刺，顺着他的话说道：“大概是职业关系吧，记者啊，对什么事都有了解的兴趣。”

江睦远飞快地瞥了一眼林巧南，只见她神色自若，不像故意唱反调的样子。难道她看不出冷岳阳的居心？他不太相信。

今天的重点不是冷岳阳！理智提醒他要沉住气。他想了想，暂时放下了抵触情绪，一心只想尽快将她送到目的地。

在鉴定中心碰到冷岳阳的时候，江睦远已恢复了平静，云淡风轻地打了个招呼，冷岳阳对他的态度也很客气。当着林巧南的面，他们维持着表面上的和谐。

根据规定，只有直系亲属可以参加鉴定会议，林巧南进入会议室之后，江睦远和冷岳阳在等待区的椅子上坐下，两人中间隔开三个座位，不约而同地保持着不看对方的默契。

“小南是我的未婚妻，如果没有她爸爸的意外，我们计划在光棍节那天领证，明年5月摆酒。”江睦远面无表情地望着前方，像是自言自语，又像是说给旁边的人听。

以江睦远的骄傲，若非切实感受到林巧南的转变，是断然不会对“情敌”说出这番话的。冷岳阳的心情十分复杂，他能感受到江睦远对林巧南的感情是真诚的，可是记忆时刻提醒他不能心软。要是二十年后林巧南的人生又以悲剧为结局，他没机会再重来一次。

他同样望着前方，也像是自言自语：“我会尊重她的选择，但是在她做出选择之前，我不会放弃。”

“你这是直接对我下战书？”江睦远挑衅地问道。

冷岳阳转过了头，看着对手英挺的侧脸，心想或许自己可以尝试说服江睦远让他主动放弃，他掌握的秘密虽未经证实，但足以成为打击对方的“有效武器”。

“我只是觉得像她这样的女生应该拥有最纯粹的感情，没有夹杂其他目的，没有不可告人的私心。”冷岳阳自顾自地说着，知道他一定在听。

冷岳阳说得如此明了，江睦远怎么可能听不懂。他的心慌乱了，冷静的面具碎裂，转向冷岳阳的那张脸表情难堪，夹带恼怒、心虚以及惊讶。

“你是不是有被害妄想症？我和小南正常交往，能有什么不可告人的私心？”他不清楚自己的表情出卖了内心，竭力用严厉的语气指责冷岳阳，妄图从气势上压倒他。

江睦远气急败坏的反应从侧面证明了他确实“有鬼”，然而此刻并不是拆穿他的好时机，他一定会抵赖，也可能反过来指责自己挑拨离间，眼下林巧南的头等大事是林振华的手术，她肯定没兴趣参与他俩的是非，搞不好就以认识的时间长短为依据相信了江睦远的话。

忍耐，不要弄巧成拙！

“那就最好不过了。”冷岳阳扯开一抹笑，眼神却是冰冷的。他不与江睦远正面对抗，只让对方感觉到持续的施压。

江睦远心情越发烦躁，他站了起来。似乎三个座位的间距仍不能让他满意，他索性不坐了，在会议室的门外走来走去。

漫长的半小时过去了，门终于打开了。林巧南转过身向着会议室里的专家深深鞠了一躬，又说了一遍“谢谢”后才走出来。乍然见到江睦远的脸，她受了点小惊吓，拍着心口说道：“你怎么不去冷岳阳那边坐呀，吓了我一跳。”

他不想提他们之间的冲突，有些秘密他不能告诉她。

“我怕你被刁难，随时准备冲进来帮忙。”

林巧南莞尔一笑：“你想多了。”

两人回到等候区，看到她的身影从转角处冒出来，冷岳阳立刻起身迎上前：“专家是怎么分析的？”他着急地问，关心并非摆在脸上，而是发自内心。

“手术的过程和意外发生时的情况，他们还要听取赵主任那边的汇报。专家看了我爸的 CT 报告和 X 片，他们认为意外发生的原因可能是被肿瘤长期压迫的下肢静脉血管有血栓，因为手术时间长，最终引起了肺栓塞的并发症。”她说话时轮流看着他俩，避免任何一个感到自己被冷落，“专家说没有进行尸检，他们只能根据检查报告、片子和自己的经验来做推论，不保证百分之百就是事实。我猜想，结果应该会判定医院负轻微责任，毕竟病人在手术台上没抢救回来。”

江睦远揽住她的肩膀说道：“你要是不满意结果，我们再找律师去法院提出司法鉴定，花钱打官司也要让医院负起主要责任。”他一出口甚是霸气，摆出“花多少钱都无所谓”的样子，誓要讨得她的欢心。

林巧南抬头看了看他，明白他是好心为自己打气。她笑了笑，什么都没说。

“专家有没有说林叔叔可以不用做手术？”冷岳阳放过了嘲讽江睦远的机会，他更关心她心里的结解开了没有。

她的表情里多了几分感动：“他们说只有手术能救他，可惜结果不尽如人意。”当所有骨科领域的权威人士都得出林振华必须尽快做手术的结论，她终于可以原谅自己将父亲送进了手术室。

冷岳阳松了口气。另一个2017年的林巧南没有勇气做医疗事故鉴定，“林振华有没有必要做手术”成为未解之谜，像林健辉的死亡那样在她心里打上了死结。他欣慰于自己有机会帮她完成这件事，真正解开了死结。

他俩的对视让江睦远心情郁闷，他的手从她的肩滑到她的腰身，恍若宣示主权一般紧紧环住。

“走吧，我送你去公司。争取今天不要再加班了，你的脸色很差。”他生硬地转了话题。

林巧南点了点头，她脸色差的原因是昨晚睡眠不足，和加班没有直接关系，不过她也懒得多做解释。

“冷岳阳，我们先走一步，谢谢你来支持我。”

“不客气，我们是朋友啊。”冷岳阳微笑着，向两人挥手告别。

他们刚走出两步，他忽然又追了上来：“我爸下个星期一退休，这个星期六我给他过生日，你们能来吗？”

“六十大寿，不应该去年做吗？”江睦远提出了质疑，腹诽这家伙又要卑鄙地打“感情牌”了。

冷岳阳不好意思地低下头：“去年和我爸吵了一架，我赌气没去。其实这次，主要目的还是庆祝他要退休了。”他也邀请了冷子荣的领导、同事，准备在酒席上绝了父亲被单位返聘的念头。

林巧南猛地点头，十分赞同他的做法：“冷叔叔终于可以好好地享受生活了，值得庆祝。我们会来的，还要送一份大礼。”

她把话说出去了，江睦远也不好再出声反对，只得附和道：“难得伯父一直关心小南的爸爸，我们一定来捧场。”

“你们能来就好，礼物就不必了。”冷岳阳不想搞得那么生分，再说他想要的另有他物。

“我打算月底带我爸出去旅行，听你说过林叔叔经常自由行，他的攻略和行程能共享给我吗？”

林巧南有些意外，没想到冷岳阳会提出这种要求。她记得那本记录路线和注意事项的工作手册就放在父亲房间的斗柜抽屉里。

“好，我回去整理后给你。”

江睦远用狐疑的眼神打量冷岳阳，后者一脸坦然，不像耍手段的样子。他暗笑自己多疑，已经到了草木皆兵的程度。

两人再度与冷岳阳告别，这一次他没有再追上来，而是独自往反方向离开了。江睦远松了一口气，搂住她纤腰的手也松懈了力道。

“你瘦了。”他皱起眉头，从方才的肢体接触中发现了端倪。两人最近常常见面，轻易察觉不出胖瘦的变化，他再细看她的脸，果然下颌更尖了。

“你有好好吃饭吗？”

林巧南心虚地打了个哈哈：“夏天吗，胃口本来就不好。”但凡独自在家，她都以酸奶草草应付晚上的一顿。久而久之，肠胃似乎也习惯了，很少感觉到饥饿。

江睦远不满意了，索性停下脚步，抬起双手扯住她的脸颊：“你看看，脸上都快没肉了。这样下去，你让我怎么放心，你爸爸在天之灵也不会安心。”

他锁定她的视线，干脆利落地说道：“林巧南，我们马上去领证，我就能名正言顺和你住在一起监督你吃饭了。”

林巧南拍开他的手，解救了隐隐作痛的脸部肌肉。

“你别借题发挥，我饿了自然会吃饭，累了也会睡觉。”她脑海里回荡着外滩那一夜冷岳阳说过的话，像鹦鹉学舌一般复述出来，仅仅替换了几个字，“爸爸、妈妈、哥哥都把时间给了我，我一定会代替他们好好活下去。”

江睦远一脸惊讶，他从没想过林巧南可以如此豁达地看待家人的离世。不管是不是仅限于说得好听，至少她能有这番觉悟已属不易。江睦远思索片刻，越想越觉得古怪，冷岳阳的嫌疑被无限放大——这两句话显然更契合他的作者身份。

“有件事我一直忘了问你，关于伯父公司上市的事。”林巧南的声音拉回了他的思绪，“你知不知道现在进展如何？”

这是她破天荒头一回关注康健的上市进展情况，令江睦远颇感意外。他暂时放下了对冷岳阳的怀疑，先回答她的问题：“我不关心这事，你要是想知道，我马上给老爸打电话。”他作势欲掏手机。

林巧南按住他的手，摇了摇头：“不用了，我只是想起来伯父说过你的名下也有一些股份，将来我们结婚的话，最好做一下婚前财产公证。”她的眼神和表情都写着“执拗”二字，“万一我们分开了，我不想占你便宜。”

“没有万一！”江睦远立刻明白她的潜台词，大声驳斥道，“林巧南，我绝对不会和你分开。”

“将来的事，谁说得准呢？”她悠悠叹气，并非不肯相信他的誓言，而是对命运心生畏惧，“我们做好最坏的打算吧。”

话音未落，他一把将她拖进了怀抱，用双手紧扣她的腰身。与方才不同，这一次他的力气更大，双臂如铁，让她动弹不得。

“林巧南，我再说一次，我们不会分开。”江睦远的声音透出几分寒意。

林巧南困惑地抬起头，被他肃杀的眼神惊得说不出话来。

她只得用力点头，用温柔的话语平复他的焦躁情绪：“刚才只是假设，不代表真的会发生，你不用那么紧张。”

“假设？不行！”他低下头，将下巴搁在她的肩上，声音如同梦呓，“我和你一样，不能再面对失去。”

林巧南抽出手臂搂住了江睦远的颈项，宛如慈祥的母亲对失落的孩子张开臂膀。尽管她的内心伤痕累累，却依旧想要把坚强分给受伤的人。

“老爸一直对你很满意，他不会怪你的。”她以为他仍在为手术前夜发生的事难过，遂如此安慰他。

江睦远没有说话，他更紧地抱着她，仿佛拥住了余生。

Chapter 11
没有人能分开我们

1

张峰找林巧南谈话之前，她正在网上搜索适合送给退休人士的礼物。父亲退休时，她送了一个高级摄影包，正好是林振华看中很久都舍不得买的那个。她至今仍记得父亲脸上挂着大大的笑容，口是心非地批评她“乱花钱”的模样。

虽然冷岳阳说过不收礼物，林巧南也不好意思真的不送。可惜她打探不到冷子荣平时的喜好，不得不选择偏实用性的礼物，至少别人不会嫌弃摆在家里占地方。

她敏锐地感觉到侧后方有人接近，先关了网页再抬起头看了一眼，来人正是她的顶头上司。张峰腋下夹着笔记本电脑，手里拿着一杯星巴克，面无表情地说道：“Lynn，跟我去会议室。”

“要带电脑吗？”她问了一声。

“带上吧。”张峰没有回头，一马当先走在前面。

他去了最近的会议室，因为面积不大，大部分会议发起者通常不会选这间，所以这个会议室经常空置。张峰推门而入，待她走进来关上门，劈头盖脸地训道：“我平时怎么跟你们说的，和业务部门打交道要客气一点，公司归根到底是靠销售赚钱的。你倒好，让销售直接找到部门老大投诉，你给我说说，你到底对王硕博做了什么事？”他刚参加完部门总监会议，在会上受到了指责，憋了一肚子气。

听到“王硕博”的名字，林巧南总算搞明白自己为何挨训了。她又给他发了邮件，措辞比之前稍许严厉了一些，不但搬出公司规章制度要求他和经销商盘库存，而且隐晦地威胁他不肯配合的话，要向他的部门主管投诉。想不到这家伙竟恶人先告状，反过来指责她的不是。

“王硕博负责的几家经销商之前上报过销量的产品，又出现在了库存记录中，我写邮件想请他帮忙核实，就这么简单。”她简单概括了两人的冲突。

张峰摸着下巴火气渐消，神色缓和了不少。林巧南问心无愧，她的工作就是提供真实可信的数据给高层作为决策依据，王硕博最多投诉她态度不好，但就事件本身来说她无可指摘。

“让我看看。”他示意她连上投影仪。

林巧南做的统计报表一目了然，她当初面试成功靠的就是过硬的报表分析能力。张峰的眉头又拧了起来，他很快看出了问题。

“十几家二级经销商，在同一个平台下，而且全是高端产品库存销量不匹配，说是巧合也太假了。”张峰嘴角一勾发出几声冷笑，“你把报表发给我，我现在就去找 Warren，看看他怎么解释。”张峰在会议上无端被销售部门的老大 Warren 冷嘲热讽了一顿，深感不忿，一心要找回面子。

林巧南听从指示，立即打开新邮件，将几个报表文件添加为附件，正在写邮件主题的她又听到上司提出了一个问题：“你怎么会想到查他们的库存？最近我派给你的工作又不是这个。”

敲击键盘的手指在半空悬停了两秒钟，林巧南瞬间产生吐露实情的冲动，但随即她就恢复清醒，边写邮件边回答：“其实是偶然事故，我选错了工作表，结果在最新的库存数据里匹配到了之前已报过销量的产品。”

公司使用线上系统之前，经销商通过 Excel 表格汇总销量发给各产品线销售助理进行统计，库存数字则通过公式自动和销量做减法得出，整个上报过程即便存在人为错误也难以查实。张峰入主商务部后力推线上系统，除要求经销商每月自行上报销量之外，还强制要求他们上传库存数据，在相当长的时间里杜绝了经销商使用过期医疗产品的乱象。眼下发生的事情，他首先考虑的并非销量作假，而是经销商又开始胡乱填写批号，导致对产品有效期的管理失控。

“Good job.（干得好。）”他朝她伸出大拇指以示肯定。

林巧南离开会议室走回自己的座位，一路上纠结不已：如果公司决定处罚违规的康健平台和它下属的经销商，是否还要将证据交给冷岳阳?

想到他或许会对自己失望，林巧南的心中升起了一丝惆怅。

9月16日傍晚，林巧南和江睦远出现在饭店门口时，遇到了吴韵诗。吴韵诗两手空空，她朝江睦远手提的金华火腿瞥了一眼，满脸懊恼：“哎呀，不会只有我把冷岳阳那句‘不要送礼’当真吧，这就很尴尬了。”

“我和你一样。”江睦远给了她一个温暖的微笑，接着朝林巧南努了努嘴，揶揄道，“但这位小姐态度坚决地要送礼，而且非得送老土的整条火腿，我只好表示赞成。”

林巧南翻了个白眼，一副“你不懂”的嫌弃表情：“冷叔叔和我爸是同一辈的人，整条火腿对他们来说可是相当分量的大礼。”

“好好好，你说得都有理。”江睦远表示投降，再转向吴韵诗说，“冷叔叔去年办过六十大寿，那一次要是不收礼，今年应该也不会收。退休而已，搞这么隆重也是让人有点意外。”

“去年冷岳阳不在，我听别人说他和叔叔闹翻了。我猜想这次也有部分原因是为了弥补去年。”吴韵诗胸有成竹，她和冷岳阳事先对过词，某些问题有自己的标准答案。

林巧南想起冷岳阳小说里的情节，方毅同样因为负气错过了父亲的寿宴，这份遗憾伴随他多年，始终不得解脱。果然艺术来源于生活，她从文字里看到了真情实感。

三人先后步入电梯，按下楼层键的吴韵诗重重叹了口气，小声嗫嚅道：“我很羡慕冷岳阳，他和父亲能重归于好，让我有点嫉妒。”

江睦远和林巧南互相打眼色，似乎都想让对方开口说些什么，好在电梯很快到达了目标楼层，他们不用再继续尴尬了。

冷家父子还没到场，宾客倒是济济一堂。身为当晚的主角，冷子荣完全被蒙在鼓里，他单纯地以为冷岳阳带自己来饭店只是随便点几个菜庆生，压根儿没注意一楼大堂摆放的指示牌写着他的名字。

他跟着冷岳阳踏进宴会厅，身材高大的年轻人往旁边侧身一让，他熟悉的所有面孔都出现在眼前。冷子荣满脸震惊，愣愣地说不出话来。

“爸，生日快乐！祝你的退休生活多姿多彩，一天比一天开心！”冷岳阳从服务生手里接过事先准备好的黄酒，大声送上祝福。

冷子荣回过神来，假装板起脸训斥他：“臭小子，又浪费钱！整这些有的没的，还不如带个儿媳妇给我看看。”

来宾哄堂大笑，个别好事者夹在人群里起哄。换作从前，冷岳阳必然翻脸走人，现在则是维持着礼貌的微笑，好声好气地回应：“好，我一定努力。”

吴韵诗和林巧南、江睦远被安排坐在同一桌。今晚出席的宾客多数是冷家的亲戚以及冷子荣的同事、朋友，他们仨除了彼此谁也不认识，所以吴韵诗庆幸地表示：“还好跟你们坐在一起，否则陌生人和我聊天，我会尴尬得不知如何是好的。”

三人仿佛忘了电梯里的小插曲，聊起与宠物相关的话题。那次在医院知道他们相识的经过之后，林巧南就建议江睦远时不时带波波去照顾下吴韵诗的生意。她不知他已经去过，这会儿再度旧事重提：“下次带波波去吴韵诗的店里洗澡做美容吧。”

“波波来过了。”吴韵诗心直口快，想也不想就回答了，“它和小白很像，没有一点杂色。真想不通这么可爱的小狗居然有人狠心遗弃它。”

林巧南转过头，若无其事地看了江睦远一眼。他从没对她说过波波的来历，虽然她也没问。

江睦远尴尬地笑了笑：“上个星期带波波去过一次，结果还没开始洗就接到老爸老妈约你吃饭的电话。”

他没接过电话呀！吴韵诗对那天的细节记忆清晰，她百分百肯定江睦远撒谎了。虽说他的确背着女朋友和其他女生见面了，可是他们又没发生什么情况，有必要吗？

她不动声色，顺着他的话接下去：“有机会一定要来。说起来上回你付了钱，波波却没享受到服务，下次我免费替它洗一次。”

“占用了你的时间，付费是应该的。”他伸手搂住林巧南的肩膀，亲昵地靠着她的脑袋，兴致勃勃地提议，“择日不如撞日，我们明天就带波波过去。”

林巧南将他的头推离自己的脸，啐道：“你不能想一出是一出，至少先问问吴小姐明天有没有空招呼我们。”她的不快已然消散，表现得十分正常。

“没关系，你们来吧。”吴韵诗笑得眉眼弯弯，就差鼓掌表示欢迎了。

冷菜陆陆续续摆上桌，同桌的其他宾客是冷家父子以前的街坊，一个个掏出手机先对着几道菜从各个角度“咔嚓咔嚓”一通猛拍，接着就自顾自开吃了，还像主人似的招呼没动筷子的三人“不要客气，多吃点”。

林巧南拿起筷子，她还没动手，江睦远先搛了一筷海蜇头放进她的碗里，她明白这是他表达歉意的方式，心里突然难过起来。

他们只不过是私下见了一面，说了一些自己不知道的事而已，相比她和冷岳阳的互动，根本不值一提，再想到将要对他和他的家庭所做的事，她更感到羞愧。

“不用帮我搛菜，我自己来。”林巧南努力挤出微笑，证明内心确实已经毫无芥蒂。

吴韵诗低头吃菜，菜肴一口口送进嘴里，却食之无味。她之前对江睦远抱有好感，且自认比“情敌”长得漂亮，满心以为略施美人计就能引江睦远上钩。偏偏那个男人对她后来发送的信息一句都不回，连客套都省略了，让她碰了一鼻子灰。

吴韵诗转而大力支持冷岳阳“撬墙脚”的计划，不仅鼓励他“只要锄头挥得好，没有墙脚挖不倒”，还自告奋勇要求协助。所以今晚借着冷子荣的寿宴，他俩专门为江睦远布了一个局，只为揭露他的真面目。

可是眼前这对情侣看起来甜蜜又般配，任何想要拆散他们的念头即刻被对比出了自私与下作，她拿不定主意了。

服务员开始上热菜的时候，冷岳阳手握话筒登上了舞台。他的视线停留在主桌的冷子荣身上。另一个 2017 年品尝过的辛酸、悲伤、遗憾齐齐涌上心头，这一刻他无比感激命运对自己的偏爱，让他有机会说出对父亲的爱。

“谢谢大家来参加家父的生日宴。首先恭喜他正式迈入耳顺的年纪，希望从此以后不管我说了什么，他都能心平气和听进去。”底下传来笑声，冷岳阳继续说道，“接下来，我想唱一首歌献给爸爸，感谢他二十七年来为我付出的心血和时间。他从来不说为我做过什么，但是我真的明白，谢谢您，老爸……”他的喉头堵住了，待瞧见冷子荣抬手拭泪的一幕，眼泪终于夺眶而出。

前奏响起，冷岳阳清了清嗓子稳定情绪。这首歌不只是唱给父亲听的，他还代替另一个人在唱。

他修改了一部分歌词，以使它们更符合自己的年纪，也更像是冷子荣会写的那种散文诗。

一九九四年……
终于忙完了工作，
儿子躺在我怀里，
睡得那么甜。
今晚的露天电影，
没时间去看。
妻子提醒我，
修修缝纫机的踏板。
明天我要去邻居家，
再借点钱。
孩子哭了一整天了，
闹着要吃饼干。
蓝色的涤卡上衣，
痛往心里钻，

蹲在水斗边上，

狠狠给了自己两拳。

这是我父亲日记里的文字，

这是他的青春留下来的，

留下来的散文诗。

多年以后我看着泪流不止，

我的父亲已经老得像一个影子……

低沉的声音将这首娓娓道来的歌演绎出了沧桑的味道，林巧南用力抓住餐巾克制流泪的冲动。在辗转反侧的深夜，她一遍遍听《父亲写的散文诗》，泪流满面看着素不相识的网友在评论里想念各自的父亲。

林巧南没料到冷岳阳会唱这首歌，而且唱出了她心里的感情。她远远望着他，不自觉地哼出了后面的歌词："但愿他们不要活得如此艰难。这是我父亲日记里的文字，这是他的生命留下，留下来的散文诗……"

坐在她旁边的吴韵诗深深叹了口气，这首歌同时也是一个"暗号"，意味着轮到她出击了。

前几天冷岳阳拿着今晚要用的脚本去宝贝乐园和她讨论具体该怎么实施，吴韵诗看了一下内容，几乎全是围绕家暴造成的童年阴影，看得她后背发凉。

"你的意思是江睦远被家暴过？"她回想那天他抱着波波说起小时候的样子，的确好像伤痕累累。

"只是有可能。"冷岳阳没把话说死，手头并无直接证据或当事人的自诉，他所做的一切在别人看来不过是推测。"上次采访江睦远给我的感觉像是受过家暴，但他坚决否认了。我觉得十分可怕，他不肯正视心理阴影，将来十有八九效仿家长成为家暴男。"在他经历过的2037年，这不是推测，而是真实发生了的事情。

他不能眼睁睁地看着林巧南再踏入同一条河流，再度淹死在失败的婚姻中。

"即使证明他被家暴过，他们也不会就此分手啊。"吴韵诗发现了矛盾的地方，“用将来可能发生的事来否定现在这个人，这对江睦远不公平，林巧南估计不会这么做。”

冷岳阳当然明白这一点，令他痛苦的是自己明明知道她会有怎样凄惨的结局，却不能说出口。他假装烦躁，咕哝道：“你别管其他事，照着我的脚本演下去就行了。”

此刻，她应该义愤填膺地说：“不是所有的父亲都是好人，有些人根本不配。”

吴韵诗硬着头皮“演”了出来，她看不到自己的表情，不确定会不会用力过猛显得太假。然而看他俩的反应，她显然成功了。

老爸，对不起，我这是在演戏！吴韵诗在心里先给父亲道歉，接着又用愤怒的口吻说道：“我的亲生父亲脾气很差，经常对妈妈和我拳脚相向。我小时候怕得要命，天天以为自己会被打死。”她拿起玻璃杯送往嘴边，手却抖得拿不住杯子，里面的茶水泼洒到林巧南的裤子上。

“啊！”林巧南一声惊呼，差点跳起来，幸而茶水放了好一会儿，已然不烫了。

吴韵诗羞愧万分，一手遮住脸一手抓着背包起身，迅猛地朝门口冲去。

“我们跟上去看看。”林巧南反应极快，一把拽起江睦远，“她好像情绪不太稳定，我担心会出事。”她顾不得裤子上的污迹和看热闹的人群，一心想去追吴韵诗。

江睦远将她的身体牢牢摁在座位上：“我去就好，人多了反而会让她觉得丢脸。”不等林巧南表态，他转身离开了桌子。

他们这一桌闹出的动静不算大，至少并未影响到正在表演的冷岳阳。他似浑然不觉，投入地唱道：“那时的女儿一定会美得很惊艳，有个爱她的男人，要娶她回家。可想到这些，我却不忍看她一眼……”

他在第二遍唱回了原来的歌词，把儿子重新换成了“女儿”。林巧南瞬间如遭雷击，她反应过来了，这是冷岳阳在替自己唱给天堂的父亲听的。

藏于心底的眼泪，在她低下头的时刻争先恐后地向地上的红毯坠落。

2

江睦远慢了一步，眼睁睁目送吴韵诗在电梯门关上前一秒冲了进去。他当机立断改变主意，从楼梯一口气奔下三楼，总算在饭店门口截住了她。

“我们非亲非故，你追我干什么？”吴韵诗呛声道。

面前的男人目光温柔如水，饱含对她的怜惜、同情。

“我想告诉你，不好的都过去了。你现在是成年人，可以保护自己，保护妈妈了。”他缓缓说道。

江睦远的眼神一瞬间令吴韵诗产生了动摇，她甚至有一种看到了小天使的错觉。她揉揉眼睛，那个男人背后当然没有什么白色翅膀，但他眼睛里的温柔不是假的。

吴韵诗心头掠过一丝惭愧，然而她还得硬着头皮演下去：“你又没经历过，随随便便的安慰谁不会呢！”

江睦远一时语塞，吴韵诗的反诘直刺内心的暗角，那里有他不足为外人道的秘密。他退缩了，眼神飘忽不定，就是不敢看她。

他对面的女生其实一脸心虚，原先她自信满满地认为一定能胜任角色，临上阵方知“演戏”要克服多少心理障碍。她低下头，声音细如蚊蚋：“像我这样悲惨的童年，希望不要再有第二个人经历了。即使有，也别让我遇见。”

一个三口之家路过了他们，年轻的父亲让孩子坐在肩上，坐得高高的小朋友手舞足蹈，银铃一般的笑声洒落一路。一直到他们走了过去，那笑声依然萦绕身侧。

江睦远突然笑了起来，笑声短促、锐利，充满嘲讽。吴韵诗也有了反应，她抬起头，神色茫然地仰视他。

“我爸就是个暴君，我小时候对他最深的印象就是高高扬起的巴掌。妈妈的菜烧得不好吃，衣服没洗干净，吃完饭没有立刻去洗碗，他二话不说就是一个巴掌过去。”江睦远的声音平平淡淡，表情却有了微妙的变化。“妈妈不敢离婚，她总是对着我哭个不停，说我们不能没有钱，不能让我当没爹的娃。”

吴韵诗只觉整颗心揪成了一团，活像他拿着一把小刀在不同的部位戳来戳去。她的故事纯属虚构，说再多遍都无动于衷，但引出来的却是他真实的人生。她咬了咬牙，将谎言继续："我家的情况也差不多。"她答应了帮冷岳阳的忙，现在还未到最后。

"我那时不懂事，看着我爸和我妈，以为只有用这种方式才能让别人听我的话。"他仿佛想起了极其可怕的事，面色刹那苍白如纸，抬起右手按住了胃部。

吴韵诗吓得一愣，慌里慌张地问："你怎么啦，胃痛吗？"

江睦远摆了摆手，勉强笑道："我没事，不用紧张。就是想起小时候犯过的错，心里堵得慌。"

"什么错？"她好像突然变成了一根筋，明知这属于个人隐私，却誓要问出究竟。

英俊的男人面带犹疑，几番欲言又止。她的追问引起了他的警惕，他一方面和她"同病相怜"，一方面又觉得两人并不熟，远远未到推心置腹的程度。

吴韵诗暗暗咬了咬牙，她十分清楚眼下是个关键时刻，冷岳阳的脚本并没有给出明确的指示，而是模棱两可地写了"自由发挥"四个字，所以决定权属于她。

她的呼吸声陡然沉重。

宴会厅里，冷岳阳的表演赢得了热烈的掌声。林巧南只觉耳畔仍回荡着他的声音，一晃眼这个男人就带着慵懒迷人的笑容走了过来，坐到了江睦远的座位上。他先敬了许久未见的街坊邻居一杯酒，然后才转向她，明知故问道："怎么就剩你一个人了？"

不管他是否知情，自己不该背地里谈论吴韵诗的遭遇。她想了一个借口，告诉他："吴小姐有些不舒服，我让江睦远陪她出去吹吹风。"

"你倒是大方，不怕别人乘虚而入。"他揶揄道。

林巧南没理会他的嘲讽，自顾自拿起旁边椅子上的背包，取出几张纸递给他。

“冷岳阳……”刚说出三个字，他忽地抬起手掩住了她的嘴，幽暗的黑眸里燃起两簇小小的火苗，“把‘冷’字去掉，叫我的名字。”

他喝糊涂了吧！林巧南无奈地叹气，林振华从小教育她要远离醉汉，不要与喝多的人纠缠不清，她一直记在心里。

“冷岳阳，这几张纸列出了我爸去过的地方，路线安排、住宿、交通中转，工作手册上的记录我全部整理出来了，你拿去参考吧。”

冷岳阳放下酒杯，伸出双手接过：“你那么忙还惦记着这件事，我不知道该说什么才能表达谢意。”无论哪一条时间线，她的热心、善良始终不变。“谢谢你，小南。”

“我们是朋友，不用客气。”清秀的脸庞浮现一抹微红，她羞涩地笑了。

“你要带冷叔叔出去玩，我当然鼎力支持啦。”随后她轻轻叹口气，哀怨地说，“我已经没机会和爸爸一同旅行了。”

冷岳阳看着第一张纸，那是林振华病发前最后一次出行的路线。在福建霞浦一个小小的渔村里，他给自己的女儿埋下了令人惊喜的“彩蛋”。那颗彩蛋静默地等待着命中注定找到它的主人，如果她不去，她永远不会知道林振华的心意。

“林巧南，去你爸爸去过的城市，看看他看过的风景，你和我们一起去吧！”冷岳阳发出了邀请，眼睛闪亮，俊美的脸在发光。

林巧南先是一愣神，以为他在说胡话，可是他的眼神澄澈空明，一点儿也没有喝糊涂的迹象。她的心跳乱了，两边脸颊滚烫，不敢想象与他独处一室的情形。

等等，谁说你俩会“独处”啊！他还要带着冷叔叔呢！理智喊醒了林巧南，她伸手拿起茶杯喝了一口，茶水滋润了喉咙，也稳定了心神。

“我，现在决定不了。”他的提议多多少少令她心动，所以她没一口回绝。

他挥舞着手上的纸张，进一步劝说：“你看，林叔叔的路线、攻略样样齐备，我们只要出发就行了。”

从她的眼睛里能看到憧憬还有跃跃欲试的兴奋，但她说出口的仍然是推却：“我要和江睦远商量一下，我们都有工作，休假需要提前申请。”

林巧南的理由无可指摘，他也曾经因为工作在身让她独自踏上旅程，幸好那时他们有“超感”连接。冷岳阳长久地凝视着她，那些心意相通的时光只存在于他的记忆里，温暖又残忍地提醒他曾拥有过的幸福。

他的注视令她意动神摇，冷气十足的饭店似乎变成了桑拿房，热得她口干舌燥坐不安稳。林巧南打算站起来离开他，却发现自己的腿脚软绵绵的，使不出力气支撑身体。她泄气了，任凭那些杀不死的“蝴蝶”在灵魂森林里翩翩起舞。

“我很喜欢你唱的这首歌。”她的手指沿着茶杯边缘画圈，一圈又一圈。悲伤就像这个圆圈，没有出口，“最近我一直在听，反反复复。”

留存的记忆里，他和她一样，反复听过同一首歌。

“它会让我想起很多事。回忆有时很残酷，特别是在失去以后。”

她点了点头，已经不想再探究他为何能够“感同身受”了。她低头从背包里又掏出一样东西，攥在拳头里递到他面前。

“公司让我不要插手这件事，他们决定在数据库里做标记，这些库存今后就不会出现在报表中。”她眼神坚定，平静地看着他，“你答应我会如实写出真相，行吗？”

“如果报道影响了上市，甚至将来也没有了机会，你会不会后悔？”

“我从来不看重他家的财产。”她说得硬气，骄傲地挺直脊梁，“老爸说过‘不义之财不可得’，我们不能让康健上市坑害别人。”

冷岳阳将手伸到她的拳头下方，她张开手指，小巧的U盘落入他的掌心。

“我答应你。”二十年前，他们的父亲联手抓捕过坏人；二十年后，他们也在为心中的正义而战。

“任务完成，一身轻松。”林巧南拍了拍手，掀开台布一角弯腰钻进桌子底下，她抱起火腿，再钻了出来。

“喏，给冷叔叔的礼物。”

冷岳阳哭笑不得，他怎么也不会想到她是会送如此“传统”礼物的人。

“谢谢，我爸肯定喜欢。”他接过火腿时感觉到了分量，挺沉。

她勾起嘴角绽开浅浅的笑容：“这是代我爸送的。对于老朋友，他送礼的最高规格就是火腿。”

果不其然，她遵循了林振华的“传统”。

冷岳阳感受到了深切的怀念，她正想方设法延续父亲在人世间留下的痕迹。他为她心痛，也为没办法拯救林振华的命运自责不已。

他的眼睛里好像有星光在闪烁，林巧南回避了炙热的视线，理智催促她远离，高高挂起了江睦远的名字。

“我去看看吴小姐是不是需要帮忙。”她抓起背包，不打算再回来了。

冷岳阳没有阻止，他把她送到电梯口，在她踏进轿厢时最后说了一句：“林巧南，对他最好的纪念，就是重新走一遍他走过的路。”

她没有回应。

吴韵诗仰望漆黑如墨的天空，今晚看不到星星，也看不到月亮。她选择向前迈一步，无所谓这一步会将命运推向何处。

“我小时候捡过一只小狗回家，爸爸很讨厌它。他打我、骂我，我就是死活不愿意放弃，结果他把小狗带出去扔进了河里。”基于上一次江睦远的反常表现，吴韵诗有百分之八十的把握这段自述能够打动他。

“就从那时开始，我害怕自己也会死，再也不敢违背他的想法。”她一边说，一边再次向父亲道歉，她最亲爱的老爸是通情达理的大好人，不管她喜欢玩 COSPLAY 还是头脑发热打算自己创业，都一律举双手赞成。

刚冒出头的疑虑迅速退散，江睦远想起了童年时被迫遗弃的小狗，不禁心中酸楚。

“有些人根本不配做父亲。”他一字一句，恶狠狠地说道。

“我后来警告他除非打死我，否则总有一天我会长大成人，我比他年轻，比他更有力量，更凶狠，迟早替妈妈和我报仇。”说这些话时，他仿佛又回到当年，俊美的五官不自然地扭曲，表情狰狞可怖。

她心里一紧，对他的同情逐渐泛滥。这个男人外表是如此的光鲜亮丽，皮囊之下的灵魂却已残破不堪，他就像那些受尽欺凌的小动物，只能用暴力保护自己。

“你刚才说小时候犯过什么错？”她突兀地把话题又转了回去。

江睦远呼吸一窒，溃烂伤口被人撕扯裂开的痛感几乎让他昏厥，也使得稍稍恢复血色的脸庞再度转白。

“我和你一样，为了自己活下去，抛弃了小狗。”与之前不同，他很快给出答案。

虽说众生平等，但一只小狗的生命真的就能让他露出这般愧疚懊悔的表情吗？吴韵诗紧张地搓了搓手，努力把同情心扔得远远的，她做了一个深呼吸，压低嗓门说道：“我还以为和林巧南的哥哥有关呢。”

这句话的威力如同在现场直接引爆了一颗核弹，江睦远一把捏住她的手腕，神情可怖，宛若地狱修罗。

“你说什么？”他咬牙切齿蹦出四个字，震惊的冲击波使他暂时丧失了判断力，他甚至没来得及想一想吴韵诗是从何得知二十一年前的事故的。

他的手劲相当大，吴韵诗的手腕疼痛无比，她一面摆出害怕的表情奋力挣扎，一面战战兢兢地回答：“是，是冷岳阳教我这么说的。我什么都不知道！”她并非“出卖队友”，而是到了这一步必须让江睦远知道幕后的主使者。

这是他们真正的目的，没有办法能证明江睦远和当年的事故有关，不得不诱骗他自己露出马脚。

“你对我说的那些话，全是假的？”江睦远将所有的事情关联起来，心理状态立马从“震惊”变成了“震怒”。在人前他竭尽全力维持翩翩贵公子的形象，自尊不允许他承认受过伤害；而当他以为自己终于遇到能够“感同身受”的人，现实又给了他猛力一击，就好像幼时落到脸上的巴掌一般疼。

“好痛，你放开我。”她用力扳他的手指，提高音量大喊，“你去问冷岳阳啊，是他出的主意。他说当年是你把林巧南推进了河里，结果害死了她哥哥。”戏演到这份上，不能再遮遮掩掩，她一口气说完自己的台词。

江睦远松开了手，勾起不屑的冷笑。

“他有种就和我一对一，派女人出马有意思吗？”他低下头盯着她的脸，眼神阴鸷，透出几分凶狠，“谁妄想拆散我们，我就杀了他。”

这个男人，他疯了吗？吴韵诗吓得瞪大了眼睛，喉咙仿佛被无形的手扼住，发不出声音。她原本不相信现实狗血如斯，即便几分钟前她依旧觉得冷岳阳的推测过于离奇，可现在却发现自己大错特错，江睦远的反应和那些被拆穿罪行后恼羞成怒的人并无二致。

“江睦远。”林巧南的声音突然从背后传来。

吴韵诗回头，那个纤瘦的女人正走向他们，她打了个寒战，似乎看到了未来的悲剧。

“你敢说一个字，我也会杀了你。”他低声警告，声音冰冷彻骨。

说完这一句，江睦远潇洒转身迎向林巧南，温柔笑道：“准备回家吗？那我上去和冷叔叔打个招呼。”他笑里藏刀，打算上楼找冷岳阳算账。

“我替你说过了。”林巧南抓住他的胳膊，目光则转向吴韵诗，一脸关切，“吴小姐，你心情好点没有？”

“她没事了。”江睦远抢先回答，冷冷地瞥了一眼呆若木鸡的女人。

吴韵诗不寒而栗，她咽了口唾沫润泽干涩的喉头，勉强挤出声音：“嗯，我好多了。不耽误你们了，我上去和冷叔叔道别。”

她的动作看起来像是落荒而逃，飞快地冲进饭店的旋转门。

林巧南满腹狐疑，上上下下打量江睦远几眼，用调侃的口吻说道：“你对她说了什么，让她慌成这样？”

江睦远忽然重重地叹了口气：“你该问她究竟做了什么。”他换上无奈的表情，说得煞有介事，“她刚才对我表白，说自从我送她的小狗去医院就开始喜欢我，她还说她比你更适合我。”

林巧南吃了一惊，她张开嘴巴，好半天才发出一个“哦”字。

“你放心，我拒绝了。”深情从他的双眼满溢，如舔吻沙滩的海浪，漫上她的心，“这辈子，我只要你。不管等多久，我心甘情愿。”

他的宣言温柔又不失霸气，让她心旌摇曳，坚定的立场动摇了。父亲最放心不下的事莫过于她的归宿，她的坚持反而会让天上的父亲不安。

是时候放手了，好好地道别。

林巧南抬头望着天空，今晚看不到星星，也看不到月亮。她想起有一年中秋，上海因为雾霾看不到月亮，父亲却从海边发回一张满月的照片。海上生明月，银白色的清辉在漆黑的海面洒下一道光，仿佛通往天国的阶梯。

“江睦远，我们去旅行吧。”她提议道。

“好啊，意大利吗？”他知道她有意大利情结，是蜜月的首选目的地。

林巧南摇了摇头，眼神伤感：“我想跟着老爸的足迹去看看，在他去过的地方，对他说一声‘再见’。”

那份沉重的悲伤仍旧在她心里，他看到了。江睦远将她拥入怀抱，柔软的发丝摩擦着他的下巴，亲密的触感令他心潮起伏。

“我陪你一起，好好地和他告别。”

人生就是不断地告别，然而很多告别令人猝不及防，没有机会道一声“路上走好”，说一句“来生再见”。他明白林巧南的心意，在她有能力彻底跨过“痛苦”这道门槛之前，她必须完成这一趟旅行。

“你想先去哪里？”他计算剩余的假期天数够去哪些地方。林振华的足迹在中国大多数省份都留下过，他们不可能一下子走遍全国。

林巧南也在考虑从哪里开始，思来想去，她选择了林振华最后一次出行的路线。她有一点点迷信，觉得父亲的灵魂可能会记住最后去过的城市，说不定在路上能托个梦给自己。

“福建。”她说出了目的地。

3

9月26日早上八点不到，冷岳阳带着父亲出现在虹桥高铁站，父子俩通过安检门进了站，走到检票口时闸门正好开启，排队的人群次序通过。

冷岳阳的目光四下一扫，没有发现林巧南的身影。他的心情变得忐忑，“命运”是执拗的，不愿再度被改变。

他记得在那个2017年，林巧南独自出行的日期是在9月26日，但冷岳阳此刻身处的时间线插入了不曾发生过的事件——她申请了医疗事故鉴定。或许在鉴定结果出来后她压根儿没心情考虑旅行的事，这就导致出行时间改变了，甚至更极端的结果是根本不会再发生这件事。

冷岳阳心情复杂，建议并全力支持她申请医疗事故鉴定的人正是他，那也意味着他必须接受附加的后果。

算了，至少鉴定结果能让她安心，就……以后再说吧。他自我安慰道。

冷岳阳对医疗鉴定的进展十分上心，差不多每天都要关心一下，看起来比林巧南这个亲生女儿都要紧张。所以鉴定结果一公布，她想也不想便第一个通知了冷岳阳，他的优先级排在了所有亲戚之前，也排在江睦远之前。

“和我想的一样，医院对于意外情况应对不足，负有轻微责任。”林巧南尽量保持冷静克制。这个结果本是她希望得到的，可真正尘埃落定时，她又不甘心了。她打电话给他，一方面是因为他最关心进展，另一方面希望他指点迷津。

“你认可吗？”果然，冷岳阳听出了端倪，“如果你不想结束，我们可以拒绝接受鉴定结果，再申请司法鉴定。就像江睦远说的那样，时间、金钱都不是问题，只要你能安心。反过来说，不管你做什么决定，林叔叔在天之灵都会感到安慰。你替他追问真相，让这件事有了一个最终交代。”

林巧南静默了几秒钟，反问他：“你会怎么做？”她提出的假设间接肯定了冷岳阳在她心里的地位，她万万不会请一个关系一般的朋友假设这种不吉利的事。

他曾无数次爬上冷子荣坠落的那层楼，苦苦思索命运为何带走自己的父亲，而不是别的人。那时候他只想要一个能说得过去的答案，无论是什么都好。

“有些事情，说到底都是命中注定。”他说道，“我是悲观的宿命论者。”

凄切的笑声传入他的耳中，她明白了：“谢谢你，岳阳。”

不是靠他胡搅蛮缠得来的待遇，林巧南主动叫了他的名字。

“我只不过说出了你心里的想法，你不用谢我。”他的声音听起来明朗愉悦，显然心情不错。

“我爸终于答应去旅行了。”他没打算让她猜谜，直接说出了原因。

前两天他们在商务楼下的星巴克进行采访，说到一半冷岳阳忍不住抱怨起父亲的过分节俭，一听说要带他去旅行，立马一百个反对。冷子荣的反对有理有据，他刚退休，冷岳阳失业，家里的总收入处于向下趋势，怎么反而变本加厉地花钱？他压根儿没往“孝心”方向考虑，只觉得儿子做事不顾后果，还像个小孩子一样随心所欲。

冷子荣再算了算生日那天吃饭喝酒的花销，更加心疼，忍不住又数落了他一顿。遭到父亲训斥的冷岳阳委屈无比，感觉自己就是吃力不讨好的典型。冷岳阳想尽力弥补曾经的缺憾，奈何父亲还是老样子，他不知道有些事一旦错过就再没机会了。

“我不介意你拿我做反面教材。你可以告诉冷叔叔，我每天都在后悔为什么不敢问我爸可不可以带我去旅游？要是我们一起旅行过几次，在他离开以后，那些回忆会很珍贵。”说完，林巧南从店员手中接过咖啡准备回楼上办公，顺便提醒他对冷子荣再多一点耐心，“老人家就像小孩子一样，要靠哄的。”

“旅行这件事，我打算写进小说里。”冷岳阳又提了一次“旅行”，试图通过潜移默化的影响促成她的出行。

林巧南眨了眨眼，表情狡黠：“你的小说进度如何？我要催稿了！”冷岳阳隔三岔五以“小说采访”为借口出现在她面前，一副勤奋的模样，事实却是她已有一阵子没收到他发来的新章节了。

他的眼睛望向她的时候总是异常明亮，眉宇间常有温柔的笑意：“等这次旅行结束，我一起发给你。”

“好，拭目以待。”她笑了笑，机警地望望周遭，确定并无公司同事在附近才开口询问，“那件事呢？”

冷岳阳心领神会，他凑到她耳边，轻声答道：“正在进一步调查取证中。”

林巧南显然不习惯和他说悄悄话，她不自在地拉开距离：“我只有一个要求，不要对我们公司点名道姓。”

他将要写出的报道侧重点放在发审会委员与康健大股东私相授受方面，销量造假仅仅是更大丑闻的引信。预知未来的好处在于，有时候他可以毫不犹豫地拍着胸脯给出保证，让她感觉自己的意见能得到充分的尊重。

“我会掌握好分寸，不用担心。”

她默默朝他竖起大拇指，同时说道：“我回去上班了。”

她才走出去两步，他在她背后喊道：“喂，林巧南，旅行的事你决定了吗？”

林巧南没有回答他，只是抬起手随便挥了挥，仿佛在赶苍蝇。

“我们是几号车厢？”行走在站台上的父亲突然提问，拉回了冷岳阳不知神游到何处的遐想。

他一边不停地朝前走，一边低头翻看手机收到的短信，漫不经心地回答：“10 号车厢，10A，10B。”

冷子荣猛地推一下他的肩膀，催促他抬头看前方：“你看看，10 号车厢门口那姑娘好像是林队的女儿。”

闻听此言，冷岳阳迅速抬起头，视线锁定那纤瘦的身影。

他没和她说过出发的日期，没讨论过目的地，没做任何约定。在 2017 年 9 月 26 日，这个冥冥中注定要发生某些事的日子里，他在出发的站台见到了她。

不止她，还有江睦远。

命运宛若一个调皮的孩子，它明白改变已经发生，于是千方百计制造新的障碍。

见到冷家父子的一瞬间，江睦远对林巧南的怀疑指数“噌噌噌”地上涨，他始终认为巧合背后皆是“人为”，正如他隐瞒了许多秘密才有机会与她携手同行一样。

他面上沉静如水，镇定自若地与冷氏父子俩打招呼，内心则恐慌不已，分分钟觉得冷岳阳会抹掉虚假的笑容，指控自己害死了林健辉。

那天之后，冷静下来的他识破了冷岳阳的伎俩。此事发生于二十一年前，当时既然没有人发现他与此事有关，现在更不可能出面检举他。缺乏人证及物证，那个男人唯有靠他自证其罪。

换言之，只要自己坚决否认，他就无可奈何了。

然而，江睦远不敢冒险，他不敢让林巧南听到任何怀疑的言论。在高铁站台碰面时，即使对面的男人眼中闪烁挑衅的光芒，他也只能视而不见，就怕那家伙一言不合随便乱说话。

他不可以失去林巧南，她是他仅剩的赎罪机会。

进入 10 号车厢找到两人的座位，江睦远下意识地搜寻冷岳阳坐在哪里。幸好，中间隔了好几排，他长长地舒了一口气。

“你想坐窗口还是过道？”林巧南大方地让他先选。

系统分配给他们的是双人座，窗口或过道其实没有多大区别，不像三人座的中间位置会有局促感。江睦远考虑了一秒钟，决定把林巧南藏到窗口位置，不给冷岳阳偷窥的机会。

“我坐过道。”

林巧南其实问心无愧，虽然她也被“巧遇”惊得合不拢嘴，但理性的头脑迅速做出了分析。她给冷岳阳的那几张纸里的第一页正是林振华最后一次出行的路线，况且这条线时间最短，相应的花费也最少，能让冷子荣少“肉疼”一点。

真正的巧合是大家都选了 9 月 26 日出发，她没翻过皇历，不知今日是否“宜出行”。反正她选这一天主要是为了避开国庆的客流，并且江睦远和她的工作恰好都告一段落了。

幸好他们的座位没连在一起，否则林巧南敢打赌男友的脸色会更难看。她从背包里翻出薯片，讨好地送到他眼皮底下，再为自己辩白了两句：“我发誓，我真的不知道会碰到冷岳阳。”

“这句话你说过了。”江睦远冷淡地表示，拒绝了她的示好行为。在他看来，她有越描越黑的嫌疑。

林巧南怏怏地收回手，拿了一片塞进嘴里：“他问我要老爸的行程攻略时你也在场，没想到最后大家选了同样的线路，也真是巧了。”她的神情坦坦荡荡，要不是演技太好，就是真的无愧于心。

“你没对他透露过我们要去福建？”江睦远将信将疑，面色倒是渐渐和缓，“有没有可能说漏了嘴？”

林巧南回答得异常果断：“没有，你相信我。”她不想多做解释，没做过就是没做过。

“你相信我”这四个字一出口，江睦远知道自己不应再纠缠下去。他们是成年人，朋友圈既有重叠，也有各自独立的部分，彼此尊重、充分信任是他们一开始就制定的规则。

“我明白了，谁让你名字里非有个‘巧’字，天底下各种巧合的事儿全能让你碰上。”他借此打趣，顺便找了个台阶下。

也许这就是所谓的“玄学”。林巧南若有所思，笑眯眯地再度将薯片递过去：“对啊，再巧也巧不过相亲遇到了小学同学啊。”

这一次，他没有拒绝。

江睦远无法告诉她真相，为了能自然地出现在她的生活中，他到底花了多少心思。

车厢前部，冷子荣用胳膊肘推了推正在敲击键盘的冷岳阳，示意他有话要说。冷岳阳半转过头，困惑地看着父亲。

“阳阳，你老实告诉爸爸，你和小南约好在火车站碰头了，是吗？”他伸长脖子从座位上方偷偷往后望，看不到林巧南坐的那一排。

过分的巧合往往是有意为之，区别在于是双方共同的“默契”还是单方面的努力。冷子荣年轻时追求沈翠茹时，就使用过“制造巧合”的招数，想不到二十多年后自己儿子追女生还是用这一招。

“也不算约定，只是听她说过，我想不如结个伴，还能分摊包车费用。”他尽量说得轻描淡写，不想引起父亲误解。

冷子荣脸一沉，语气里自然带上几分不满：“我和你说过，小江人不错，他和小南的感情也很稳定，没你什么事儿。”他最早也动过撮合的心思，得知林巧南有了男朋友就立刻打消念头，毕竟横刀夺爱这种事不够光明磊落。

但唯独此事，冷岳阳万万不能对父亲妥协。

“老爸，我一点也不差好不好。”在他已经抵达过的2037年，他是功成名就的作家，而江睦远却涉嫌伤害妻子。两相对比，他岂止“不差”！

冷子荣不住摇头，唉声叹气道：“阳阳，爸爸是过来人，一厢情愿不会有好结果。我怕你到头来更伤心。”

一丝疑惑掠过冷岳阳的心头，他从父亲的叹息声中发现了秘密，“过来人”的意思明显是指母亲的事，用“一厢情愿”来定义，感觉实在有些违和。他张口想问清楚，话到嘴边又咽了下去，这是公共场合，要照顾父亲的颜面。

“爸，直觉告诉我，江睦远肯定是伪君子。”他改口继续谈论“情敌”，十天前吴韵诗对江睦远的试探颇有成效，他一直在等对方气急败坏找上门来。谁知江睦远非常沉得住气，好像什么事都没发生过似的，照样与他谈笑风生。

冷岳阳反而不敢轻举妄动。他手上没有任何证据，江睦远否认之余还可能倒打一耙。他又不能说出时间的秘密，到时就变成自己为了爱情枉做小人了。

冷子荣翻了个白眼，心想臭小子真是冥顽不灵，等他撞得头破血流了，自然就知道要听老人言了。他冷哼了两声，嘲讽冷岳阳的自以为是：“得了吧，小江要是个伪君子，林队会看不出来？”

“演技不好能叫‘伪君子’吗？”冷岳阳不屑地冷笑，心生一计，凑到父亲跟前说，“老爸，不如我们跟着他们一起，看看究竟是谁错了。”他不能以一敌三，得先拉拢父亲和自己统一战线。

冷子荣狐疑地打量冷岳阳半天，忽然啐道：“说来说去，你就是想和他们一起走，我才不会上当。”他瞪了冷岳阳一眼，悻悻然劝道：“你还是早点死心吧。”

说完，冷子荣打开了冷岳阳给他买的平板电脑，戴上耳塞看起事先下载好的谍战片。他假装全神贯注，实则心思仍在方才的对话上。

不努力试一试，是没有办法坦然接受现实的。这是冷子荣一贯的观点，在冷岳阳的高中阶段，他曾经说过类似的话。

那就试一试吧！顺便替小南把把关，给林队一个交代。

他这样想着，抛开了最后一点羞愧。

动车到达霞浦站，冷子荣下车后故意在站台翻背包寻找车票，直到林巧南和江睦远也出现在站台上。

“冷叔叔，你在找什么呀？”林巧南是一个热心的人，自然走上前询问是否需要帮忙。

“车票，我怕出不了站。”目的既已达成，冷子荣很快便在夹层里找到了“失踪”的车票，“哦，原来在这儿，我说怎么可能没了呢。”话锋一转，他接着问，“小南，你们接下来打算去哪里？”

林巧南是一个尊敬长辈的人，自然不会装作没听到。

“当初我爸的第一站是去小皓村拍日落。今天天气晴朗，天边有云朵，比万里晴空更适合拍摄，应该能出大片。”她一马当先一边带领其余三人往出站口走，一边絮絮叨叨卖弄临时恶补的摄影知识。

“唉，要是林队也在就好了。”冷子荣由衷地叹息。

林巧南心里一酸，连忙警告自己绝不能在外人面前哭出来，她反过来还要安慰冷子荣，只听得她大声说道：“冷叔叔，你不要难过。今天我们循着他的足迹来了，我爸一定很开心。”

冷岳阳和江睦远一前一后跟在他俩身后，距离并不远。他们的对话一字不漏地传入他们耳中，两人反应各不相同。

江睦远冷笑连连，想不到冷家父子皆是卑鄙小人，居然对林巧南打“感情牌”。她到底还是阅历不够，平时与数据打交道多过人，看不透别人的心思。他猜想接下来冷子荣会提出四人同行的建议，打算到那时再出声反对。

冷岳阳并不知道父亲临时改变了立场，但是在冷子荣做作地拿出车票时，他才恍然大悟。毕竟是父亲，为了孩子的幸福可以不顾一切。

一行四人离开站台，林巧南回身举起手机对着车站建筑高挂的“霞浦”二字拍了张照片，郑重其事地发给置顶的联系人。她仍嫌不够直白，遂又写下一句：“老爸，我到霞浦了。”

冷岳阳从她身旁经过，无意中一瞥，恰好瞧见她给林振华发消息的情形。

他心中一动，想起他们交换各自父亲手机的“往事”，差点像当时那样冲动地对她说：“把你父亲的手机带给我。”

冷岳阳清了清喉咙，开口说道：“不如我们打车去长途汽车站，费用四个人分摊下来不算贵，可以节省很多时间。”

“我们不赶时间，想放慢节奏过过慢生活。”江睦远抓住机会急着撇开冷家父子，言下之意是双方“道不同不相为谋”。

他只差没明说“不行”，林巧南当然不可能听不懂，她对冷岳阳抱歉地笑了笑，手指着公交站台说道：“我和江睦远坐公交车去汽车站。那边有司机在说差两个人就走，你和冷叔叔先去吧。”

话说到这份上，冷岳阳也不好强迫他们接受自己的主张，他朝父亲使了个眼色，阻止父亲再开口，潇洒地表态：“那我们先走一步了，小皓村再见。”

说完，他拉着冷子荣走向正在吆喝的司机。

“我们一定要先去小皓村吗？”江睦远望着他们的背影，语气不爽，那声“再见”像针一样扎心，他希望游玩的顺序能和那对父子反一反。

林巧南一口回绝：“不行，我爸怎么安排的，我们就怎么来。”

“冷岳阳和你参考的是同一份攻略同一条路线，所以这一路上我们肯定摆脱不了他们了，是不是？”他强迫自己保持冷静，不要用嘲讽的语气。

“其实四个人是最合适的人数，包车费分摊下来比较划算。”她边走边列举“四人同行”的优势，眼看他又面色铁青了，赶紧改了口风，“不过算了，我们不需要电灯泡。”

江睦远没好气地翻翻白眼，用力推了一下她的脑袋：“你的脑回路怎么长的？冷岳阳表现得那么明显，你看不到吗？”

“你别说了，不要再说下去！”林巧南厉声警告，她的神色相当难堪，夹杂几分恼怒。

“那你让我怎么办？他从没明确表白过，我也没办法明确地拒绝呀。”她只能视而不见，自欺欺人，没有表白就不算真正的喜欢。

狡猾、奸诈、卑鄙、无耻……江睦远脑海里浮现的词汇，每一个都在控诉冷岳阳是阴险小人。

“不要再和他见面，不要再和他来往，就当从来没见过这个人。”他的声音很冷，不想让她心存侥幸。

他的身份是她的未婚夫，他提出的要求合情合理。

“等他把小说写完。”这是她的底线。

林巧南愿意付出所有交换父亲复活的机会，现实里做不到，至少冷岳阳的小说可以满足幻想。所以，她现在还无法放手。

浑蛋，冷岳阳这个大浑蛋！江睦远恨恨地握紧拳头，控制内心翻涌的醋意。眼前有一件更令人在意的事，他无论如何都想知道答案，哪怕理智拼命阻止他问出口。

“你有没有动过心？”

他的直接出乎她的意料，林巧南愣了好一会儿，站在她面前的男人流露出紧张不安的情绪，她从未见过他这一面。

谎言能安抚他，可是过不了自己良心那一关。她低下头，坦然地承认：“有过。”

面对世上最深刻的了解，她做不到心如止水。

虽然林巧南用的是过去时，江睦远依旧遭到了沉重的打击。他向后退了一步，一连做了几个深呼吸，忍着心痛绽开微笑：“我是否需要让你重新选择？”

他无异于主动放弃婚约的束缚给她自由，这番变故既令她措手不及，也让她油然而生一份敬意。愿意为爱放手的人，一定是最爱你的那一个。

冷岳阳或许是难得一遇的灵魂伴侣，奈何他出现的时间终究晚了一步，她有不能辜负的承诺和期待，以及无以为报的深情。

“我不需要重新选择。”她回答道。

江睦远闭上眼睛吐出一口气，如释重负的同时隐约有一些失望，他其实更希望听到她说“我仍然选你”这样的话。

算了，她还是偏向你的，这就够了！他这样安慰自己。

4

三沙镇汽车站，冷岳阳一眼就看到举着“林巧南”名字手牌的黄师傅。不仅他，冷子荣也看到了。

“这是小南预订的包车吗？”他指着前方的中年男子问冷岳阳。

冷岳阳点了点头，这位住在东海边的包车司机名叫黄海，他曾经“坐”过黄海的车，但对方一无所知。不，差点吓个半死才对。他得意地笑起来，像个欠扁的熊孩子。

冷子荣打发走拉客的包车司机，轻轻踢冷岳阳一脚，让他好好地听自己说话。

“臭小子，你试一试吧。就算失败，好歹对自己有个交代。”冷子荣没明说试什么，知道他听得懂。

一小时之前他们刚被拒绝过，冷岳阳不认为江睦远和林巧南会改变主意。他望了一眼黄海，在黄海家客栈的某个房间里藏着林振华的留言，他的任务是让林巧南看到它。

冷岳阳仿佛在玩一个RPG游戏，命运之神操控了游戏的进程。他通关过，却得到了一个Bad ending（悲惨结局）。如今他有了第二次机会重新挑战这个游戏，冷岳阳衷心希望这一次能玩出Happy ending（圆满结局），他不可能再有第三次机会了。

他走向黄海，脸上挂着欣喜的笑容：“黄叔叔，您好！”他热情地伸出手做自我介绍，“我叫冷岳阳，是林巧南的朋友。”

黄海忙腾出一只手，和他握了握：“林小姐没和你一起？”林巧南事先联系他的时候确实说过会带朋友，但自己不见人影说不过去吧。

“她没赶上我这一班中巴，让我们再等等她。”冷岳阳镇定自若，招手让冷子荣过来，“这是我爸，他和林叔叔也是旧相识。”

一听对方身份是林振华的旧相识，黄海眼睛一亮，他将手牌夹在腋下，用双手握住了冷子荣的手：“冷大哥，久仰、久仰。”

“这几天要麻烦你了，不好意思。”冷子荣满面笑容，客气地表达谢意。

“哪里的话，你是林大哥的朋友，也就是我的朋友。”提起林振华，黄海一阵唏嘘，“可惜老天不长眼，林大哥这么好的人，说走就走了。”

冷子荣之前听林巧南详细说过她父亲的病情，又从冷岳阳这里听说了医疗事故鉴定的结果，再加上身边的朋友也有不少突然离世的，他深知有些事早已注定，非人力可逆。

“黄老弟，有些事情没法细想，你就当林队脱离了苦海，我们替他高兴就是了。”

冷岳阳从没和父亲深入讨论过林振华的悲剧，今天是头一回了解他的真实想法。他自然联想到发生在另一个2017年的意外——那一天同时过世的另一个人是冷子荣。他和林振华结缘于二十年前的一次合作，又在二十年后同一时刻一起面对在劫难逃的宿命，有些事的确“没法细想”。

“我们不要站着等，林小姐还有一会儿才能到，先去车里坐下再慢慢聊。”憨厚热心的男人抢过冷子荣的背包，在前面开路。

冷岳阳本来有点担心林巧南会不会因为江睦远更改行程，第一站不来小皓村了。不过到现在黄海也没接到林巧南的通知，可见她一定会按照林振华的路线行进。他跟上黄海的脚步，朝黄海的车走去。

父子俩刻意拉开距离，冷子荣悄声说道：“你要不要先和小南打声招呼，我担心小江会翻脸。”刚才他们只是流露了一起同行的想法就遭到江睦远的反对，要是他发现已成事实，难保不会当场发火。

冷岳阳嘴角一挑，笑容颇为讽刺：“老爸，你不觉得我的做法已经很卑鄙了吗？”利用时间差占得先机仅仅是其一，最过分的是他祭出林振华的名号使得自己父亲和黄海建立起交情，纵然江睦远恨得牙痒痒也无计可施。

他的灵魂来自功成名就的2037年。在此后二十年里，他会遇到欺骗、背叛，也会利用一切可利用的人脉、资源和手段达到个人成就的高峰。相比后面的人生经历，此刻他的诡计已足够温和。

冷子荣表情尴尬，他们现在做的事说的话确实有违正道，可是正如他在冷岳阳写的新闻报道里读到过的文字——人性从来不是非黑即白。

“既然如此，再卑鄙一点也无所谓吧。”冷岳阳满不在乎地笑道。时间紧迫，他得用尽一切手段激怒江睦远促使其暴露本性，不论自己对此有多不齿，为了结果他都心甘情愿。

从吴韵诗那里听到的话是“谁妄想拆散我们，我就杀了他”，当时他一闪而过的念头过于疯狂，吓了他自己一跳；然而现在，冷岳阳却觉得到了必要的时刻，他可以做出牺牲。

冷子荣看着他长到二十七岁，从没见过儿子露出这般阴冷的神色。他无言以对，有种强烈的预感，自己方才的劝说起到了反效果。

中巴驶入三沙镇汽车站时，林巧南的右眼皮拼命跳动，跳得她几乎犯恶心了。她不得不伸手按住眼睛，用剩下的左眼看着江睦远，忧心忡忡地问：“右眼是跳灾还是跳财？”

“跳出你这个迷信的家伙。”江睦远拍拍她的头，一手提着她的背包，一手提着小拉杆箱下了车。

她仍旧捂住一只眼睛，倒是没有妨碍视物，很快发现了写有自己名字的手牌。她叫上江睦远一同走过去，隔着老远就笑盈盈地打招呼：“黄叔叔，您好！”

林振华过世当晚，她用他的微信账号在朋友圈发了一条消息，算是通知了他所有的朋友。黄海很快发来了吊唁消息，她询问后才知对方是林振华去霞浦摄影采风时的包车司机，一车坐了四个摄影师，唯有她的父亲在离开当地后还与他保持着联系。

不止黄海，林振华保留了所有因为旅行结识的朋友的联系方式。那天晚上，很多人缅怀着她的父亲，与她一同悲叹命运的无常。

“你都叫我叔叔了，那我就和大哥一样叫你小南吧。”黄海猛然红了眼眶，哽咽着说，“他来的那次还好端端的，才几个月怎么人就没了呢？”

被他感染，她也伤感起来：“他的身体其实已经出了问题，但我爸只要在路上就精神十足，问题都被掩盖了。”她抬头仰望天空，将眼泪逼了回去，“只能说大家都被假象欺骗了，结果老天爷跟他开了一个大玩笑。”

“好了，别再想了。”江睦远揽住她的肩膀，让她倚靠在自己的胸膛，亲昵的举止彰显他的特殊，不用再做说明。

“黄叔叔，您好，我叫江睦远。”

黄海不禁将眼前气宇轩昂的男子与车上的冷岳阳做了对比，只觉得两人一样出色，难分伯仲。

“小南，你朋友和他的爸爸已经上车了，在等你们。”说着，他又想帮忙提行李了，伸手探向拉杆箱。

林巧南的眼皮又跳了，果然不是什么好兆头。她闭口不言，明亮的眼睛望着江睦远，索性全权交由他处理。

心念电转之间，江睦远推翻了原先“拒绝”的想法，他应该表现出大度的一面，向林巧南证明无论她是否对其他男人动过心，他愿意既往不咎。而且她已说过不需要再次选择，那么冷岳阳对于他们的关系就不算是威胁了，他摆出的姿态越高，对手的气焰就越弱。

再说，近距离接触也有利于监视冷岳阳，以防对手突然暴露自己的秘密。

“那我们也赶紧上车，今天的天气适合拍日落，人一定很多。”他避而不谈冷家父子，表面上平静无波。

林巧南张了张嘴想说话，舌头却似乎打了结一般，一个字都说不出来。她本来笃定他会拒绝，想不到他竟然不反对与冷子荣、冷岳阳两父子同行。

他到底在想什么呀？

车门在三人靠近前先打开了，冷岳阳钻出来和黄海身后的两人打招呼，他神情自在，没有一丝一毫耍了阴谋诡计的羞愧感。

“你们可真够慢的。”冷岳阳套用江睦远先前的说法，特意在“慢”字上加重了语气，显出几分挑衅。

“没有料到你还在等，不好意思。”江睦远不甘示弱，话里有话地回敬，“你倒也不怕我们万一不来，白等一场？”

冷岳阳哈哈一笑，视线掠过局促不安的林巧南：“不是有人说过吗，今天的天气适合拍落日，不来岂不是太可惜了？况且，”他顿了顿，意味深长地笑了起来，“明天的事，谁能预测呢？”

江睦远的掌心有点痒，想一拳打掉对方脸上碍眼的笑容。他也看了一眼林巧南，告诫自己要冷静，冷岳阳也就只能耍耍嘴皮子了。林巧南不会重新选择，他没机会。

“我用手机自带的天气预报 App，挺准的。”剑拔弩张的气氛下，林巧南轻飘飘来了一句，一脸无辜，“明天也是晴转多云，可以赌一把看日出。”

谁也不曾想到她会一本正经地讨论天气，江睦远一愣之后随即开怀大笑，冷岳阳则是悻悻然瞪了她一眼，转移话题问他们如何安排座位。

“我要教我爸操作相机，得和他坐一起。”冷岳阳说。

黄海今天开的是五人座的车，后排能坐三人。他抢在前头把话说了，江睦远和林巧南囿于情理不好直接拒绝，势必要分开坐，关键是让谁坐在父子俩旁边。

“我坐前面。”林巧南主动开口，顺手拉开副驾驶位的车门，“辛苦你们了。”她微微一笑，弯腰坐上车。

后排空间其实尚可，但要坐下三个男人就稍显拥挤了，而且其中两个还是一米八五以上的高个子。被夹在中间的冷岳阳尤为可怜，一双长腿无处安放，只得委屈地蜷腿侧身给冷子荣重新讲解新相机的各项功能。为了不让旁边的江睦远看笑话，他还几次拒绝了父亲调换座位的提议，一路说着“没关系”直到目的地。

下车的瞬间，冷岳阳的腿彻底麻了，酸爽的滋味让他龇着牙倒吸一口气，再抬眼一看，林巧南已和江睦远站在一起，画面和谐又美好。

他的眼睛被灼痛了，仓皇地转移了目光。

“假如能回到过去，请你不要让她嫁给别人。”稚嫩的声音穿过时空维度，重新在耳边响起。

那是他心底的声音，念念不忘，必有回响。

日落时分，阳光将小皓村的滩涂覆上了一层闪耀的金黄色，蜿蜒的小溪流在沙滩上，冲出了复杂多变的纹理。绚丽的彩霞倒映在金色里，将这些纹理装饰得五彩斑斓。

“这片滩涂叫作五彩滩。”冷岳阳对冷子荣说道。他的声音有些变调，听着像是哽咽。

留存记忆的美景与眼前景象重合了，不同的是冷岳阳身边多了父亲。他曾经向上苍祈祷能不能再给冷子荣一次享受生活的机会，让他能亲自带父亲去看看世间美好的景物。他的祈祷迟到了多年，不过还是被听到了。

“爸，你试试相机。”他把新买的相机递给了父亲。在一众长枪短炮的包围下，握在冷子荣手中的索尼黑卡显得不够专业，但他泰然自若，完全不介意别人的看法，不断调试着刚学会的功能，连连按下快门。

冷岳阳旨在先培养冷子荣对摄影的兴趣，等有了收效后再慢慢升级器材。看现场情形，似乎升级之路就在眼前。

他笑了笑，转过头搜寻林巧南的身影。冷岳阳记得当时她在一个稍微有点偏的位置，一只脚和大半个身体拱进人堆，另一只脚悬在身体后面。

他因为“超感”出现在她身边时，留在上海的真实肉身也摆出了相同的姿势。还好那天他有觉悟待在家里没出门，倘若在大街上“拗”出此等造型，肯定要惊诧许多人，搞不好当天大家的朋友圈就会被他“承包”了。

果然，她仍在那个位置。

“爸，我去看看小南拍得怎么样。”他清楚她的拍照水平，需要他帮忙才能拍出和林振华差不多水准的作品。

冷子荣的视线离开液晶屏，笑眯眯地说：“去吧去吧，我在这里再拍几张。”

冷岳阳一转身，他的空位就被人填补了，顺势还用肩膀将他往后方推挤出去。他无奈地摇头，离开了所在的位置。

林巧南抱着相机退出人堆，林振华的专业器材沉得要命，她感觉相机带子快把自己的头颈勒断了，不禁感慨玩摄影真是一件体力活。江睦远还没回来，他之前说再去四处转一转看有没有更好的位置，让她留在原地等他。

他还没回来，可见到处都是人。临近国庆，出行的人比往常多了数倍，尽管他们已提前几天出发了，奈何有同样想法的人亦不在少数，结果就是提前也没有用。

她低头回看刚才拍摄的照片，气馁地发现与父亲的作品相去甚远。她又从背包里拿出手机，点开父亲的相册找到几个月前他发布的照片，越看越觉得自己很没用，连拍照都不会。

“黄昏时色温低，你用自动白平衡的话，画面整体偏黄。林叔叔的照片调高了色温，增加了一些偏蓝的冷色调来突出滩涂的颜色。”冷岳阳的声音从旁边传来，她佩服地抬头看着他，心想这家伙也太厉害了，只瞄了一眼就找出了症结。

她不知道他曾有机会拿到过林振华的手机，翻遍他朋友圈和相册里所有的照片，他对林振华的摄影风格、偏好皆有深刻的了解。

“你能不能帮我拍几张？”林巧南将相机递给他，眼神充满渴望。“我打算做一本相册，将他看到的风景和我见到的放在一起，就好像我们一起旅行了。”

冷岳阳二话不说接了过去：“你在这里等我。”说完，他转身走向她离开的那个位置，从人群最外面奋力朝里层挤。

林巧南望着他的背影，心里五味杂陈。

她毫无疑问对冷岳阳动过心，程度深到让她有过“只要他表白，我可以分手”的念头。虽说这个想法存活的时间极其短暂，却也着实让她为此自我谴责了许久。她不仅背叛了与江睦远的感情，也辜负了父亲的期待——江睦远可是得到他认可的结婚对象啊！

林巧南下过很多次决心不再和他见面，但冷岳阳用小说“吊”住了她，于是时间一次次往后推迟。她以为自己对江睦远的爱够深刻，意志力够坚定，道德感够纯粹，绝对不会再被荷尔蒙冲昏头脑，奈何又被现实“啪啪”地打脸了，她的心跳还是会为另一个男人加速。

他回到她面前，献宝一样将相机递给她：“顺利完成任务，验收吧。”

她再次回看，一下子没忍住尖叫：“哇，太棒了！和我老爸拍得一模一样！”光和影每时每刻都在变化，百分百还原某一天的景色几乎毫无可能。她本来以为这是自己的奢望，除非奇迹发生。

“真好，能亲眼看到老爸见过的风景，真的太好了！”她喃喃自语，明亮如星辰的眼睛仰望着他，千言万语从她的舌尖滚过，却一个字也不能说。

他温柔地微笑，凝视的目光炙热烫心：“林巧南，谢谢你让我明白了父亲对我有多重要。”他在向另一个时空里的女人表达谢意，对着相同的一张脸。

他终于有机会带着父亲创造共同的回忆，不使余生在遗憾中度过。

“要不是你，我今天不会站在这里。”

舌头的结打开了，最后的霞光染红了她的脸。

“谢谢你提醒我该出发了。”

风吹乱了她的头发，冷岳阳抬起手，修长的手指小心翼翼地触碰着她脸颊旁的发丝，宛若面对最珍贵的礼物。

他一个人度过了二十年，拥有了名声、财富，只是不再拥有感情。

在另一个 2017 年，他的感情被一个名叫林巧南的女人永久地封印了。

除了她本人，没有任何人能揭开。

5

海边的夜晚比想象中嘈杂，海浪一刻不停地拍打着堤岸，浪涛声声入耳，重复的节奏却不觉单调，这是无数水滴生命旅程的最后合唱。它们汇聚在一起冲刷着沙滩，撞击着岩石，壮烈地“粉身碎骨”……然后，开始新的生命轮回。

9 月底的夜晚，风已经有些冷了，在天台上吹着晚风听海、看星星的人陆续回房，只剩下林巧南、江睦远以及冷家两父子，四个人，一人一把躺椅。林巧南身上盖着一条薄毯，手里拿着一罐啤酒，仰望天空默然不语。她有好一阵没说话了，仿佛沉浸在自己的世界里，纷纷扰扰的外界与己无关。

冷岳阳一边有一搭没一搭地参与冷子荣和江睦远的闲聊，一边琢磨着如何让林巧南看到她父亲的留言。那一个 2017 年里，她和林振华一样独自出行，因此被安排了一间单人房。但这一个 2017 年，她带上了江睦远。

他俩的房间是双人房，在三楼，黄海特意留了最大的一个房间给她。

冷岳阳不好说什么，他们是未婚夫妻，住一起天经地义。

他只记得林巧南住过的房间在二楼，楼梯上来的左手边。所以一开始分配房间时听着老板娘报出的房号他并无反应，到了二楼一看门牌，他即刻要求与父亲互换钥匙，住进了藏有“彩蛋”的那一间房。

冷子荣不明所以，父子俩原先分配到的房间正好相对，如同左右护法似的占据两侧楼梯。他奇怪地看了看冷岳阳，不禁犯疑内里有何蹊跷。但想归想，他仍旧交出了钥匙。

房门刚关上，冷岳阳来不及放下背包就冲到书架前，第二排最外侧横放着的记事本，是他记忆中的那一本。林振华的福建之行发生在 8 月 15 日之前，理论上留言本不会有变化。在 2017 年的 1 月 10 日，也许那一天冥冥之中有谁在点拨他，也许那一天的晚霞确实令他再度想起生命中最美好的时刻，他打开了留言本，给几个月后将要到此一游的女儿写下一段文字。

“2017 年 1 月 10 日，小皓村的落日很美。我的孩子出生那一天，天空也是这么美。希望下一次我能和女儿一起来看日落，我会告诉她那天因为晚霞本来想叫她春霞，她一定会说幸好没叫这么土的名字。”

林春霞。他抬手掩面而笑，的确如她所说，还不如叫“林青霞”呢！

现在，冷岳阳望着夜空稀稀落落的星星喝了一口冰啤酒，心想自己该用什么借口来邀请林巧南到房间坐一坐？还是简单粗暴地将留言本扔到她面前？

“流星！”江睦远忽然指着天空叫了起来。

大家顺着他手指的方向望过去，一颗星星拖着长长的尾巴坠落了，消失在远处的海平面。

冷子荣发声询问道：“你们三个孩子，许愿了没有？”

“老爸，别说这么幼稚的话好不好？”冷岳阳一脸无可奈何，对着流星许愿这种偶像剧情节，自己老爸到底是打哪儿来的想法？难道现在的谍战剧也玩起了浪漫？

江睦远轻轻一笑，不发表评论。不同于和冷岳阳相处时的冷淡，他同冷子荣倒是相谈甚欢，不仅消除了原先对冷子荣抱有的偏见，还对父子俩的相处模式心生羡慕。

那是他生命中缺少的东西，自己始终明白。

林巧南也笑了笑，轻声说道：“我现在无欲无求。”她最大的心愿落了空，其他任何事都比不过它，不提也罢。

冷子荣不免扫兴，讪讪一笑，说道：“你们这批‘90 后’啊，一看就是从小到大什么都不缺，挺好，挺好的。”

此言一出，气氛陡然改变。方才的闲适松弛不见了踪影，沉默带来了低气压，让人顿感呼吸不畅。

冷岳阳瞥了一眼旁边的躺椅，冷子荣好像也察觉了不妥，表情尴尬。

“我们这不是生在红旗下、长在改革后吗？当然不缺啥。”他为父亲解围，接着又说，“爸，你先去休息吧。明天一早我们去拍日出，要早起。”

“好好好，你们慢慢聊，我先回房了。”冷子荣顺着他搭好的台阶下，从躺椅上起身。

“冷叔叔，晚安。”林巧南连忙坐正了身子，朝他挥了挥手。她明白冷子荣没有恶意，他不清楚她的经历，才会说出“什么都不缺”这种话。

江睦远也打了个招呼：“叔叔，晚安，明天见。”

冷岳阳回头目送父亲的身影消失在天台入口，向他俩道歉：“对不起，我爸不了解情况，你们多包涵。”

“你别怪冷叔叔，家家有本难念的经，只是他想不到而已。”林巧南大声笑起来，试图让他相信自己的心情没受影响。

“伯父的思路也没什么不对。吃饱穿暖有书可读，在他们的认知里，这差不多就是全部了。”江睦远语气淡然，他的父亲也是如此想法，他理解冷子荣的狭隘。

林巧南的安慰在冷岳阳意料之中，毕竟他早就知道她是个善良的姑娘，宁愿委屈自己也不会让他人为难。然而江睦远的反应却令人意外，使得他四十七岁的灵魂不禁反思是否过分脸谱化了对方，忽视了江睦远心底拼命向善的那股力量？

人性不是非黑即白。他在二十年前的“现在”发表过类似的评论，偏偏轮到江睦远时，就一棍子把江睦远打入“坏人”行列，这不公平。

“假如能回到过去，请你不要让她嫁给别人。”那个声音又响起了，仿佛在控诉他怎能为一个家暴惯犯辩护。

冷岳阳猛地站了起来：“我回房间了，明天见。”不待他俩答复，他匆匆离开了天台。

背后，隐约的对话传入楼梯上的男人耳中，一个在问“他怎么了”，另一个在答“大概，人有三急吧”。

他哭笑不得，年轻人的想法啊，还是太天真了！

冷岳阳回到房间没两分钟就响起了敲门声。他疑惑地打开门，外面站着冷子荣，一脸严肃。

“爸，怎么了？”他将父亲让进屋里，以为父亲身体不舒服，心急地问道。

冷子荣的脸色分外凝重，好像要做生死存亡的重大决定一般。冷岳阳心头的不安逐渐扩大，就在他忍不住开口再问之前，只听父亲以劝解的口气说道：“阳阳，爸爸想了很久，还是算了吧。”

“什么？”他不解，反问了一句。

冷子荣犹豫不决，感觉自己将要说的话毫无疑问会给儿子带来沉重的打击，可是，事实就是事实，他不得不说。

“爸爸和小江聊了很久，他对我的态度从一开始就毕恭毕敬，不像是虚伪的人。最关键的是他家的条件我们真心比不上，小南是个好姑娘，有机会嫁进条件那么好的人家，林队也能放心了。”

原来如此！冷岳阳放下心头大石的同时又生出不甘，不屑地冷哼道：“老爸，我竟然不知道你这么现实，嫁给家庭条件好的人就一定会幸福吗？”他曾因为自己给不起她安稳的幸福不敢争取，结果却眼睁睁地看着她躺在病床上当植物人，没有幸福不说，连命都快没了。

“人家住的是江景房，工作稳定，前途光明，家里还有公司等着接班。我们有什么？爸爸是退休工人，你没工作，房子也不大，拿什么跟人家比？”

冷子荣不是妄自菲薄，而是发自内心地认为江睦远是林巧南最好的选择。

冷岳阳不禁觉得自己做人太失败，在追女生这件事上，居然连父亲都站在情敌那一边。他越想越生气，冷静、理性均不翼而飞，自小积压在心底的怨恨如暗流悄悄涌动。

冷子荣仍在唠叨：“你和小南认识的时间不长，人家这一对交往了一年，而且快结婚了，于情于理你都不应该再插足了。老爸之前是一时糊涂说错了话，现在放弃还来得及。”

“时间长短毫无意义。”他最恨的就是这一点，无论哪一条时间线，他认识她的时间总是迟了许久。“我对她的感情一点不比江睦远少！”

“我说了半天你怎么就不肯好好听进去呢？”冷子荣皱着眉头，提高了音量，“我们家的条件确实比不上小江家里，你就算再喜欢小南也没用，她自己难道会不选条件更好的一个吗？老爸怕你到最后还是一场空。”

条件，又是条件！怒火焚尽了残存的理智，冷岳阳冲动地脱口而出：“你永远这么没用！我妈碰到条件好的男人，她要走，你连争取都不争取一下！现在你也要用条件来限制我的感情，我告诉你，我不会跟你一样这么窝囊！”

多年的不解、愤怒、怨恨在这一刻冲破临界点，从溃决的堤坝倾泻而出，伤人的话语如毒箭，射向面前毫无防备的老人。没用、窝囊，冷子荣对这些词汇并不陌生，自从前妻离开之后，弄堂里的人就常常在背地里笑话奚落他，所以他自愿去条件艰苦的外地工作一年，也是为了带冷岳阳离开那个环境。

他没有想到，有一天竟从自己儿子口中听到了这些！

他面色苍白，眼眶泛红：“没错，我是没用，我是窝囊废，你去找你亲妈和亲爹好了！”他心灰意冷，深埋在心底的秘密终于冲口而出。

“亲爹”两字蹿入耳朵，处于暴怒中的年轻人以为自己产生了幻听。他摇摇头，双手拽住耳垂抖了抖，确定房间里并无其他杂音。

“爸，你刚才说什么？”他脸上的表情已不能用惊讶来形容，而是极度震惊。

话一出口，冷子荣猛然醒悟，奈何为时已晚，他在床沿颓然坐下，懊丧地拍着脑袋。

“阳阳，爸爸是气糊涂了，胡说八道。”他想着亡羊补牢总好过不补，强撑着说道。

“这种事能胡说八道吗！”冷岳阳大声吼道，声音颤抖，“爸，你说清楚，我到底是不是你的亲生儿子？”他活了二十七年，不，四十七年，才发现自己的人生竟可以“狗血”成这样！

祸从口出，果然如此。冷子荣叹了口气，从冷岳阳出生前就开始守着的秘密，自己本来打算带进坟墓里的秘密，自己究竟是哪根神经搭错了，没管住嘴！事到如今，即使他再不甘愿，也得告诉这个年轻人真相了。

“你妈妈当时是厂里最好看的姑娘，追她的人很多，她本来看不上我。有一天上夜班我看到她偷偷在哭，问了半天才知道她有了小孩，那个男人不肯认。”他低着头不敢看冷岳阳，好像始乱终弃的人是自己似的，“我让你妈妈嫁给我，孩子我来替她养。你那时已经打不掉了，她没其他路可走，只好和我结婚。”

冷岳阳半天说不出话来，他做记者这些年采访过未婚妈妈，见过失足少女，却做梦也想不到自己母亲曾经也有类似的遭遇。

“那个，那个男人，他是谁？”他从齿缝间迸出一句话，声音机械、冰冷。

“你妈妈没告诉我，我既然认了你，也没必要问。”冷子荣恢复了平静，甚至隐隐有一种解脱感。

冷岳阳无力地在房间唯一一把椅子上坐下来，他就像宿醉醒来，脑袋不仅晕乎乎的，还可怕地断片了。在不算太长的人生里，他眼前这个男人、他名义上的“父亲”，他想不起来有过任何可疑。相比好多人动不动就怀疑自己不是爹妈亲生的，他反而从未怀疑过这一点。尽管从长相来说，很多人都觉得父子俩没有丝毫相似之处。

不，有过一次。记忆深处传出微弱的抗议，埋在时光沙砾中的宝石折射出阳光的色彩。那是父亲唯一一次和弄堂里的人打架，因为别人骂了他一声“野种”。

他双手抱头，望着脚下的地板发愣，恍恍惚惚，只觉人生如梦，一切皆是不真实。

父亲不是生物学意义上的父亲，此刻的“冷岳阳”也不再是时间意义上本来的那个人，他的生命从源头就写下了“荒谬”二字。

他想要放声大哭，控诉命运对自己的玩弄。可是命运对他说：要不是我给了你第二次机会，你永远不知道关于自己的真相。

冷子荣局促不安，担心他受不住这么大的打击。他想说些安慰的话，转而想到隐瞒真相的人正是自己，又不知如何启齿。

冷岳阳在椅子上动了动，他仍低着头，声音好像从地底飘上来似的：“妈妈走的时候，为什么要把我留给你？我们又没血缘关系……”随着他自己说出的事实，冷岳阳如醍醐灌顶般明白了父亲讳莫如深的真相——沈翠茹不带他走，是因为她根本不想要他！

他凄凉地笑了，亲生父亲从来就不要他，亲生母亲自私地抛弃了他，真是大写的“悲剧”。

“阳阳，不管以后你怎么打算，老爸从来没后悔过。”冷子荣的喉咙干涩紧绷，发出的声音也带着涩意。他心情忐忑，无法预测得知真相的冷岳阳会做何抉择。他所能做的，仅仅是让冷岳阳明白自己的想法。

“你能够成为我的孩子，我很开心。”

苍老伤感的声音唤醒了自怨自艾的冷岳阳。他出生于1990年，在计划生育最严格的年代里，面前的男人为了没有血缘关系的“儿子”断绝了自身血脉延续的机会，这是不可想象的深沉父爱。冷岳阳突然说不出话来，他被深深地震撼了，热泪迅速盈满眼眶。

在他的生命中，父爱从不曾缺席。

命运让他回到2017年，让他见识到比海更深的父爱，让他有机会亲口说出感谢。

冷岳阳站起来，踏着坚定的步伐走到父亲面前，直挺挺地跪下。

“爸爸，谢谢您。”喉咙被硬块堵着，记忆闪回葬礼那一天，他的心自那时起便留下了一个空洞，没有任何事物能够填补。

死亡让他们分离，时间又让他们重逢，他心里的空洞终于被补上了。

几小时后，东面的北岐村迎来了等待日出的人们。无边无垠的苍蓝色云层像一团没有洇开的墨，将天际线遮得严严实实。林巧南穿着长袖长裤，依旧觉得遍体生寒，她在带着海洋独有气息的冷风里跺着脚，想甩掉爬上身的寒意。

山坡上人很多，大多数摄影爱好者除了长袖长裤以外，还套着一件有多个口袋的马甲保暖。他们扛着三脚架在林巧南周围走来走去，寻找更合适的机位，她恍惚觉得林振华也在其中。

天空逐渐亮了起来，已经能看清海边的滩涂。海水退潮时留下了虎皮一般的花纹，在微亮的晨曦里和竹竿搭起晒海带和紫菜的架子一起构成了漂亮的剪影，快门声此起彼伏地响起。

林巧南将相机交给江睦远，她彻底放弃了成为摄影师的追求。有些事父亲很擅长，她没必要非得像他。

冷岳阳在人群里找到了她，他看了看她空荡荡的双手，又看到前方栏杆处的江睦远，瞬间明了。

“其实你做自己擅长的事就好，要知道在相机出现以前，大家也是靠画画来记录美景的。”

“你怎么知道我会画画？”绘画是林巧南的兴趣爱好，但她很少主动告诉别人。自从他们重逢，她肯定没有对他说起过这件事。

他回到的这一个 2017 年，有些事不曾改变，有些事面目全非，有些事比他想象的更简单。冷岳阳从背包里拿出一本封面素雅的软面笔记本，在太阳从海里升起来的一瞬间，递向了她。

“2017 年 1 月 10 日，你的父亲在我住的房间写了一段留言。”他的视线紧盯着她翻页的手指，终于在那一页停下了。

光线越来越亮，亮到林巧南完全能看清楚林振华写下的文字。她嘴唇翕动，声音宛如梦呓，读出这一页最后一段留言。

“2017 年 1 月 10 日，今天就要离开霞浦去下一站，我想最后再写几句话。早上的日出激动人心，在太阳升起之前，我突然想起女儿画过的日出，她画里的光、影、色彩和我今天看到的很像。可惜我没有重视她的天赋，或者说这么多年，我一直忽视了她。

“人生最无奈的或许就是没办法挽回以前的错误，幸好我们还有时间。霞浦我一定还会再来，下次就带着女儿。我拍照，她画画，一起留住日出日落的美好景色。”

林巧南抬起头，她的眼里含着泪水：“我爸从福建回来后就开始腿疼，有一段时间严重到走不了路，只能在床上躺着。我劝他不要心急，慢慢会好起来的，还问过他要是腿不再疼了，想马上去哪里？”阳光从侧方照过来，她脸上的泪水闪闪发光，“我爸说霞浦，他想再看一眼海上的日出和日落。我不知道，原来是这样。”

冷岳阳的心情同样激动，一半为她和林振华，一半为自己与父亲。在重新开始的 2017 年，他们都找到了足以影响未来人生的真相。

“冷岳阳，谢谢你让我看到这个。”她紧紧抱着留言本，大声向他道谢。

“不是我，是你爸爸要让你看到。”他大声回答她，声音吹散在风里。

冥冥之中有人安排了他们会重逢，无论是在哪一个 2017 年。

Chapter 12

以后但凡遇到海，皆是重逢 

1

国庆节当天，泉州迎来了第一拨游客。一大早，位于西街的开元寺门外就人声鼎沸，各个旅行团的导游挥舞着旗子，举着小喇叭提醒团员不要走散。西街是泉州最早开发的街道和区域，本来就不甚宽敞，这下路人和大量游客你推我挤地交错在一起，生生地将佛门圣地变成了热闹的市场。

一行四人经过门口，林巧南被如此阵仗吓了一跳，感慨道："还好昨天上香时人还不是很多，看看，这才八点都没到，现在的旅行团也太拼了吧！"

他们要去西街另一头的餐馆吃泉州的传统早点——面线糊、炸香卷，林振华在朋友圈里发过这一家的早点，还发了定位，她当然要去同样的地方。

"泉州的游客不算多，你想想厦门，哪年长假不是人山人海？"江睦远高举双手避免不小心与女性游客发生肢体接触。他的举止虽有些滑稽，但能防患于未然，以免闹出性骚扰风波来。

"我早上看朋友发的，昨晚去鼓浪屿的渡轮票就全部售完了，今天还不知道有多少人要上岛。"冷岳阳的话勾起了林巧南对鼓浪屿的回忆，那个小岛确实不大，面积可能连 2 平方千米都不到。2017 年 7 月 8 日，鼓浪屿申请世界遗产成功后吸引了一拨疯狂的客流，那还是在没有什么长假的平常日子里。眼下正逢国庆黄金周，必然到处都是"人、人、人"。

林振华很少会在长假的日子出门，和大众恰好反其道而行之。他喜欢摄影，追求"空镜"或自然融入景物的人像，最讨厌在画面中突然闯入比剪刀手的游客。

脱离开元寺的范围，前面的人就少了。他们要去的店很快就到了，店内食客不多，不过坐了三成。

面线糊起源于泉州，盛行于闽南。林巧南去厦门的时候最爱沙茶面和面线糊，她的早饭常常要吃两顿，八点之前先来一碗沙茶面，九点再吃一份面线糊。

冷子荣点完单回到座位，对行程提出了疑问："小南，你和小江不去厦门？"父子俩计划国庆长假的最后两天，或者干脆长假后再绕回厦门，避开客流高峰。但听冷岳阳的意思，林巧南他们似乎不准备去厦门，泉州之后就返程上海。

"我以前去过。"她不解冷子荣为何问这个。她不想去厦门其实另有隐情，因为正是在鼓浪屿接到了外婆过世的消息，她对那个城市产生了一种"迁怒"的情绪。她明知这样不理智，但没法控制。

"江睦远也去过，而且他还要回去参加朋友的婚礼，所以我们这次就不去了。"林巧南又补充道。

她心里有很多负担，只是不想说出来影响其他人的心情。每个人都有自己的烦心事，她要做到尽量不去打扰别人的生活。

不知是不是她的错觉，她从冷子荣脸上看到如释重负的神色。

"有点可惜，要是能一起去就好了。这一路上吃什么住哪里都不用我们爷俩操心，跟着你太省心了。"他说的话，听起来又像是真诚的遗憾。

林巧南笑了笑，她不敢居功，这其实全靠自己父亲的旅行笔记。林振华在旅行中也保留了工作习惯，会详细记录当天的行程及花费，正适合这一趟缅怀之旅。

冷子荣不知道她和冷岳阳之间发生了什么，那天在霞浦拍完日出回到客栈，他本来已准备和他们告别了，谁知她突然提议道："冷叔叔，接下来你们也和我们一块儿走吧。"

那时他下意识地看了一眼旁边正在专心剥鸡蛋壳的冷岳阳，只觉是他在捣鬼，明明前一天晚上他答应自己不再去打扰林巧南和江睦远的。不过，冷岳阳表现得相当淡定，剥鸡蛋的动作一点没停顿，他抓不住把柄。

“不管是包车还是打车，四个人分摊成本比较划算，一起吃饭还能多点几个菜；而且冷岳阳的路线也是参考我爸的攻略，我们还不会闹矛盾。”林巧南掰着手指列举四人同行的优势。

冷子荣想找一个像样的反对理由，想了半天弱弱地问道：“你们小两口挺好的，加两个‘电灯泡’不合适吧？”

江睦远抬起眼，淡然地扫了扫斜对面的冷岳阳：“冷叔叔，没关系的。路上有个照应挺好。”林巧南“杀”了他一个措手不及，况且表情透出“异常坚决”的信号，他明智地选择了赞同。如果这是冷岳阳的诡计，他同样需要时间和机会揭开对手的真面目。

“这个……”冷子荣还想再说什么，被冷岳阳打断了。

冷岳阳将剥好的水煮蛋放进父亲碗里，接着江睦远的话继续说：“爸，别人不嫌弃我们做‘电灯泡’，你就不要再推辞了。”

冷子荣无话可说，只得接受。事后他旁敲侧击地询问冷岳阳是否影响了林巧南的判断，结果他睁大眼睛扮无辜，还以人格保证“我绝对没有对她提过同行的建议”。

他既如此表态，冷子荣也不好再追问下去。自从冷岳阳知道了自己的身世，冷子荣就有点心虚，不敢再以“父亲”的身份命令他听话了。

他们离开霞浦后的第一站去了福州，住在三坊七巷附近。林巧南从父亲手机相册里翻出一棵榕树的照片，执着地非要找到它不可。

福州号称“榕城”，榕树自然是城市的一大特色。她的想法好似在茫茫森林寻找一棵树，难度可想而知。江睦远理性地劝她不要抱太大希望，他的意见得到了冷子荣的赞同。

“小南，有些事尽力而为就可以了，不能勉强。”他加入劝说的阵营。

冷岳阳记得那棵榕树，它长在一条小巷里，整体造型宛如半倒塌的字母“Y”。他猜想林振华当日走到此处纯属偶然，觉得这棵树别致有趣便随手一拍，所以既没有在笔记中备注地名，也没有发过带定位的照片。

和父亲、江睦远相比，他最大的优势在于这是第二次经历。冷岳阳接过手机放大照片看了几眼，指着蓝色的编号牌说道：“有树木的编号和联系电话，我们打过去问一下。”另一个 2017 年中，林巧南就是用这个法子找到它的。当时没有人打击她的积极性，她很快就想出了办法。

园林管理处的工作人员很快找出了答案，那棵榕树所在的小巷名叫槐荫里。四人从路口沿着坡道往上走了一百多米，立刻就瞧见一条条垂挂到地面的榕须。它们被风儿吹得轻轻摇摆，好像在欢迎远道而来的他们。

“老爸，你好吗？我很好。”林巧南刻意远离三人站到几步开外，她喃喃自语，仿佛风里有人在应答，目光却穿过密密的榕须，锁定了冷岳阳的身影。

林振华在福州逗留一晚后即刻启程去了下一站，海上丝绸之路的起点——泉州。他们跟着他的步伐匆匆而过，赶在 9 月 30 日到达，在客流高峰到来前先去了一趟开元寺，替林振华上了三支香。

“我爸交代过将来有个万一，他要海葬。我已经替他登记了，参加明年清明后的海葬仪式。”林巧南上完香，仿佛完成了一件大事，心情放松下来。

“泉州是海上丝绸之路的起点，我相信他将来一定会漂流到这里休整，然后重新出发去探索全世界。”

“以后但凡遇到海，皆是重逢。”冷岳阳轻轻叹息道。那时他也产生过海葬父亲的念头，心中所想便是这一句。

林巧南低下头咀嚼此中深意，对他“感性”的一面越发欣赏。有些人确实拥有特殊的能力，对别人的心思一猜即中。她觉得邀请他们父子同行的决定堪称英明，对这个与自己心意相通的男人，她需要一场庄重的告别仪式与他互道“再见”。林巧南的生命中经历了太多次匆促的“再也不见”，她不愿意随随便便将冷岳阳逐出人生。

林巧南没有对江睦远说出实情，这是她给自己的交代，没必要节外生枝。毕竟没有哪对恋人愿意听到另一半亲口承认与其他异性有心灵的共鸣，所以面对他的询问，她只简单地回了一句：“冷叔叔是我爸的朋友，有个熟人一起缅怀他，我爸会高兴的。”

江睦远无法反驳，这趟旅行就是为了缅怀林振华，她的理由无可厚非。只是他依然感觉是冷岳阳在背后操纵着林巧南，对他的态度更加防备。

昨天开元寺的这一幕突然浮现在江睦远脑海里，他忘不了林巧南听到“皆是重逢”四个字后的反应。尽管她没说什么，然而她的身体语言却说出了声音不肯表达的意思——她站立的重心朝冷岳阳偏移了。

“冷岳阳，有时间我们私下聊几句。”江睦远端着两碗面线糊，趁走回座位的空当，飞快地说道。

有些事该做个了断，就让这里成为最后一站吧。他下定了决心。

冷岳阳点了点头，莫测高深的表情看不出他的心理活动：“等下午到了惠安，应该找得到时间。”

两人一前一后回到位置上，将装有面线糊和炸香卷的碟子摆上桌。林巧南迫不及待地舀起一勺，吹了吹往嘴里送，带着白胡椒清香的鲜甜味道一下子征服了她挑剔的味蕾。

不止她如此，其余三人的表情同样证明了此物的美味程度。

看着与林振华年岁相仿的冷子荣大口吃喝，林巧南忽然伤感起来——他们跟随父亲的足迹来到这里，他自己却再没机会品尝活着的甜酸苦辣了。

活着多好啊，老爸！她又舀起一勺，没有吹凉直接送入口中，不出意料被烫到了。

眼泪随着她夸张的惨叫声顺势滚下来，跌进了面前的碗里。

他们之后又去到了惠安，那里的游客比泉州城内更多，所有客栈都挂出了“客满”的牌子。还好林巧南预见到国庆的人流会很多，提前预订了林振华住过的那一家客栈。

他们订得早，房费相对便宜一些，但房间都不是最好的位置，打开窗户只能看到后面的小巷子。林巧南关上窗对江睦远抱怨：“以后出门一定要避开假期，我爸来的时候人不多，他住的房间能看到海。”

“我们一会儿就去海边，你可以看个够。”江睦远调侃道。

林巧南勉强咧了咧嘴，有了冷岳阳做对比，她越来越感到江睦远对自己的了解不够深，用时下流行的说法就是“get 不到她的点”。她不能怪他，因为最根本的原因是她变了，她不愿再“照顾”别人的情绪。

“相机你背着，我要带速写本。”她转移了话题，从背包里取出速写本和笔袋。读过林振华的留言，她终于决定把时间花在自己的天赋上。

江睦远背起了摄影包，包里有个长焦镜头，特别沉，价格也特别贵。林振华这一类型在摄影圈子里被称为“器材党”，他在机身和镜头上花了很多钱，算算也是一笔不小的遗产。可惜他俩都不是狂热的发烧友，估计这些器材未来的命运就是被送进干燥箱，默默等待继承者的下一次出游。

他们走到楼下时，冷家父子正坐在堂间悠闲地喝着老板娘泡的工夫茶。

福建是茶叶大省，这里的人也爱喝茶，几乎家家都有一套工夫茶茶具。冷子荣招呼两人坐下喝茶，顺便说起老板娘已安排了几个姑娘穿上传统的惠安女服饰去沙滩给摄影团摆拍，他问林巧南是否想参加。

林巧南摇了摇头，说道：“我爸不喜欢摆拍的人物。你看他朋友圈发的惠安女照片，背景都是街头巷尾还有集市里，多自然啊。”她打开父亲的相册，将手机递给冷子荣让他慢慢欣赏。

“林队的拍照水平真不赖。”冷子荣只看了两张就竖起大拇指。他才刚入门，常常连对焦都对不准，看了林振华拍的照片不禁自愧不如。

林巧南骄傲地挺起胸膛，像是自己得到了夸奖一样：“我爸是退休后开始学习摄影的，他常说多拍就会找到窍门。冷叔叔，你总有一天也会拍得像他这样好。”

见他俩凑在一起兴致勃勃地研究林振华的摄影作品，江睦远遂朝冷岳阳使了个眼色，示意他出去谈话。两人没打招呼，前后脚走出客栈大门，站到对面杂货店的屋檐下。

“你想说什么？”冷岳阳开门见山地问道。

江睦远打算采用先礼后兵的战术，他先走到杂货店买了两罐冰啤酒，递了一罐给冷岳阳：“我想劝你放手，我让小南重新选过，她说没必要。”

他小心翼翼地克制语气，避免流露出得意扬扬的情绪，以免刺激对方。

毕竟，冷岳阳还握着最大的秘密，他不能给冷岳阳机会兴风作浪。

冷岳阳犹豫了，倒不是畏惧江睦远恐吓吴韵诗所用的“杀了他”，而是觉得可以给迷途中的年轻人一个机会。几天相处下来，他相信江睦远并非通常定义上的“坏人”。他小时候做了错事导致一个人死亡，这份沉重的罪孽压住了他的人生，让他自以为抓住林巧南就能得到救赎。但其实他真正需要的，应该是忏悔和原谅。

“互相不了解的人，勉强在一起不会幸福。”冷岳阳喝了一口啤酒，微笑里加了一抹兴味，慢条斯理道，“你倒是说说看，林巧南最大的心结是什么？”

江睦远一怔，没想到他突然问这个。他迅速整理头绪，镇定地回答：“她爸爸的手术，因为是她签的字。”林巧南对他说过晚上睡不着的原因，要不是她在手术同意书上签了字，父亲也不会被送上手术台，至少现在还活着。

不错，这的确是她心里的一个结。冷岳阳先是赞同地点了点头，接着又冷冷一笑，说道：“果然我没猜错，你只知其一不知其二，林巧南最大的心结是她哥哥的意外。当时掉进水里的人是她，她哥哥为了救她，结果被淹死了。从那以后她始终有罪恶感，觉得自己不应该活着。”

江睦远哑口无言，冷岳阳的眼神变得冷酷无情，再度用言语刺激他：“可惜啊，她不知道自己根本就是受害者，这个心理阴影恐怕要跟着她一辈子了。”

江睦远面色剧变，俊脸惨白如纸，宛如见到神魔鬼怪一般，恐惧地朝后退了一大步。来了，最可怕的事发生了。这个男人，他果然什么都知道！

冷静，他要是有证据早就拿出来了。理智在混沌的大脑嘶声呐喊，江睦远打了个哆嗦，一下子清醒了。

他抬起手想喝一口酒缓解紧张情绪，然而手指却不受控制地发力，捏扁了铝制的罐子，带着气的液体喷溅出来，溅到了他的 T 恤上。

“呃，糟糕。”江睦远慌忙伸长手臂，让右手的啤酒罐远离身体，“我上楼换一件衣服。”

在冷岳阳看来，这是典型的落荒而逃。他望着江睦远的背影若有所思，但愿自己下的这一剂猛药能让江睦远主动坦白过往，得到真正的解脱。

倘若事与愿违……眸光转而深沉，他似笑非笑地瞧着站在一起的那对情侣。倘若事与愿违，那也只能不择手段了。

江睦远走到门口时正好撞见准备出门的林巧南和冷子荣，见他慌慌张张的样子，林巧南眼明手快一把抓住他的胳膊，关切地询问：“怎么啦？”

“衣服脏了，我上去换一件，你们不用等我。”他粗鲁地甩掉她的手，匆忙奔向楼梯。

林巧南疑惑地转过头，咕哝了一句：“换衣服而已，用得着这样吗？”蓦地，她恍然大悟，对冷子荣说，“冷叔叔，我们先去海边，不用管他。”

“哦，他不要紧吧？”冷子荣兀自猜想江睦远的失态是否与冷岳阳有关，但见迎上来的男人神色如常，又立即打消了疑虑。

也许，是自己多心了。

冷岳阳插话进来，笑着解释：“啤酒太冰，可能肚子疼了。”

“所以我说不用担心他。”

“小南，你心真大……”

三人说说笑笑走到了海边，穿着传统服饰包着艳丽头巾的姑娘们正从渔船上走下来，挑起扁担向下一个拍摄点走去，一群拿着单反相机的摄影师紧跟在她们后面，一路“咔嚓咔嚓”不断按快门。

“我跟过去看看。”冷子荣灵机一动，打算混在人群里蹭着拍几张。

破旧的渔船旁忽然只剩下林巧南和冷岳阳，他看看她，指着渔船问：“你想不想上去看看风景？”

她抬头一笑：“好啊。”

两人从舷梯爬上船，甲板上除了用作拍摄道具的渔网，什么都没有。他们走到船头坐下，坐在高处的视野和沙滩上有所不同，可以望见更多的渔船，以及码头以外的水域。林巧南打开背包取出速写本，西斜的落日将天空和海水染成一片温暖的橘红色，她要用画笔记录下这一刻。

风带来海洋的气息，温柔地掠过衣角，掠过头发。那一年，他坐在她身边，看着夕阳的余晖照亮了她的脸。

他对她说了一个和时间、记忆有关的故事。她说：“如果是我的话，也许愿意和这么深情的男人在一起，就这辈子。”

冷岳阳受到蛊惑似的伸出了手，手掌覆上她的肩膀。林巧南身子一颤，却什么也没做。

隔着棉质的布料，他掌心滚烫的温度传到她的肩上，那一片肌肤，仿佛着了火。

“林巧南，你可以给自己多一个选择吗？”

2

“你可以给自己多一个选择吗？”

耳畔响起的声音甜腻得让人膝盖发软，宛如咒语般缠绕住灵魂，紧紧地捆绑。林巧南的手抖了一下，在纸上胡乱地画了一笔。

她转过头，发现他和她坐得很近。倘若谁有心制造一个“事故”，只需抬一抬下巴，他们的嘴唇就会碰到。

林巧南立刻正襟危坐，头不敢乱转，眼神不敢乱瞟。她的心情十分复杂，这是冷岳阳最接近“表白”的一次试探，他仍旧没有明确地说出自己的感情。换言之，她同样可以继续装糊涂。

如果此刻表白，结果应该是拒绝吧？冷岳阳极为清楚后果，他幽幽地叹了口气，放在她肩头的手移开了。

她咬着唇一言不发，旁边的男人哀怨的叹息声令她愧疚不安。林巧南坐不住了，身体转了一百八十度将双脚放回舱内，接着她跳下地：“冷岳阳，我有选择困难症，多一个很麻烦。”

不管怎样，他既然问了，她总要给一个答复。

“你喜欢他什么？”冷岳阳整个人转向了船舱，他猛然意识到自己忽视了最关键的部分——林巧南本人的意愿。

冷岳阳汗颜不已，无法原谅自己竟然昏头了那么久。他来自一个更尊重女性自主意愿的世界，怎么一回到 2017 年就统统抛诸脑后了呢？亏得他还用“只要她没结婚，我就有权追求”来自我催眠，明明就是行骚扰之实。

林巧南不知他冷淡的神色下千回百转的心思，她侧着头凝望夕阳回顾相识一年来的点点滴滴，随随便便就能举出江睦远的一大堆优点：“他很温柔，工作不错，还会做家务整理房间，做饭好吃，家里条件好。人品没问题，对我和我爸都挺好的，而且他也愿意和我结婚。”

冷岳阳身形一晃，差点摔下来，他连忙稳住身子，不可置信地看着她：“林巧南，如果有其他男人符合这些特质，你是不是也可以嫁给对方？”她连真正的“爱情”长什么模样都不知道，就巴巴地准备结婚了，将来不成悲剧才怪！

林巧南被问住了，她蹙着眉头琢磨他所做的假设，想了半天才吞吞吐吐地回答：“那倒也不是，我还要看脸的。”

冷岳阳哭笑不得，二十七岁时的他和她一样不懂何谓真正的爱情，但是四十七岁的男人明白真爱就是“非你不可”。

不，冷岳阳，那只是你根据自身经历得出的结论，你不能强加给林巧南！他对自己说道。

“我相信林叔叔唯一的心愿，其实是你能得到幸福。”他笑了笑，居高临下地俯视她，“所以你一定要嫁给真正爱的人，千万不要嫁给条件或者为了满足他的期待而结婚。”

冷岳阳提到林振华的心愿时，林巧南的心弦不禁一颤。她以前只道父亲中意江睦远，无论如何都要满足他的遗愿，唯独没考虑自己的心情。现在想想，他们交往至今她始终是被动的那一方：因为他没有回绝介绍人，她就和他继续交往；因为父亲认为他是她能找到的条件最好的一个男人，她就说服自己会得到幸福；因为他求婚了，她就答应嫁给他……理智跳出来喊了停止，她不能再想下去。

林巧南心情慌乱，第一反应是自己不能再被冷岳阳带偏节奏了。她似是自言自语又像是对他说话：“我喜欢他，真的。”为了自我鞭策不再受他的蛊惑，她特意用上了强调的语气。

仿佛有一把钝钝的刀割着冷岳阳的心，经历了两个 2017 年的男人感受到同一种失落——她再一次拒绝了他。

要改变她的命运，只有从江睦远下手。

江睦远来到沙滩时，太阳已完全落下了海平面。天空尚有余光，奈何暮色已苍茫。他看到林巧南独自坐在堤坝上，而冷岳阳则站在码头那边，和冷子荣以及几个渔民打扮的当地人站在一起。

他走到林巧南身后，本来想开个玩笑吓唬她，可定睛一看她的双脚悬在堤坝外，并非安全无虞。

江睦远担心她万一受惊过度掉进海里，只得作罢。

他正常地打了个招呼："小南，我来了。"

林巧南回过头嫣然一笑："你还真的换了一件 T 恤呀。"她拍了拍旁边的石头堤坝，示意他坐下来。

"啤酒喷了一身，早点洗掉不会留印子。"他双手一撑，轻松地翻上堤坝，学她那样坐着。"那件 T 恤是我们第一套情侣装，有纪念意义的。"他俩确定恋人关系后不可免俗地开始购买情侣装，第一套不敢太高调张扬，于是买了同一款式的黑白两色，从颜色上配。

她的眼睛里涌现出感动，讷讷道："我那件不知放哪里了，和你相比，我很惭愧。"她不好意思地抬手作揖向他赔不是，更让她汗颜的是她看他穿了一天，竟然没想起来是情侣装。

"正常现象，你开淘宝看看自己买了多少衣服，这一件说不定早就扔了。"江睦远云淡风轻的样子绝对不会令她想到事实上他失望了一整天，因为她明显忘了这套情侣装。

林巧南吐吐舌头扮了个鬼脸："我错了，以后我不会再无节制地买买买了。"

她看着他忍不住笑了，伸手隔着衣服摸了摸他的胸肌和腹肌，夸奖道："去年买的衣服还能穿，证明这一年你的身材保持得很好，加油！"

江睦远也伸出手，拍拍她的下颌："你要多吃一点，争取养出双下巴。"

"为什么？"林巧南瞪了他一眼，拍开他的手，"减肥多辛苦啊，我才不要变胖呢！"她及时咽下后半句"胖了穿婚纱不好看"，以免他听了之后产生误解。

林巧南提醒自己在敏感时期千万不要说和结婚有关的词汇，否则他肯定会以为她同意在百日之内举行婚礼。此刻的她，受到冷岳阳潜移默化的影响，对于结婚一事无比迟疑，甚至有了这样的想法：冥冥之中注定她和江睦远不该在一起，所以上天带走了父亲，给了她更多时间考虑。

她垂下头，嘴角也耷拉了下来，显出一副愁眉苦脸的样子。她到底还是犹豫动摇了，为了另一个男人。

"嗨，两位，明天有兴趣去海钓吗？"冷岳阳的声音远远传来，他在码头那边冲他们挥舞双手，见他俩的注意力被吸引过来了，他又大声喊道，"明天，海钓，去不去？"

按照原来的行程，他们明天要去崇武古城。不过今天听说客流量巨大，她又打起了退堂鼓，想错开黄金周最高峰的头三天再去。这样一来，他们白天就没有活动了，总不见得在西沙湾无所事事玩一天水，何况海滩边的游客也绝不会少。

"你想去吗？"她对钓鱼说不上喜欢与否，自然以男友意见为准。

拒绝的念头占了上风，就在他打算说出"不去"之前，不知怎么回事江睦远想起了冷岳阳的挑衅，一丝怒气蹿上脑门，他赌气似的决定要在对手面前秀足恩爱作为回击："好啊，反正闲着也是闲着。"

"我来告诉他。"说完，林巧南便伸直了手臂，冲着码头方向上下挥动手掌。

江睦远惊讶道："你这是在干什么？"

"跟他说同意呀。"她咧开嘴笑容满面，"你看像不像一个人在猛点头？"

经她提示后再看，确实有几分相似。江睦远心中一动，忙转向远处的冷岳阳，但见他已转过身同其中一位渔民握了握手，好像敲定了交易。

"你根本不了解她。"那个男人轻蔑地冷笑着，笃定地说道。

他看了看林巧南，对她的疑心越来越大。若不是从她这里得到了某些暗示，冷岳阳从何而来的自信?

江睦远用力地咬住嘴唇，怒意席卷而来，他不得不用尽全身力量克制住邪恶的冲动。

他猛地伸出手将林巧南揽入怀抱，让她的头靠住胸膛。她在他的左侧，靠近心脏的位置。

只有她能让他重获安宁。

10 月 2 日一大早，一艘白色的海钓船从码头出发，驶向蔚蓝色的大海。

远离游客活动频繁的水域之后，海水的颜色越来越深，也越来越清澈。这里是中国东海与南海的交界处，渔业资源富饶，除了捕捞作业外，海钓项目也经营得有声有色。

林巧南站在甲板上体验乘风破浪的感觉，雪白的泡沫飞溅到半空折射阳光，一道小小的彩虹紧紧追随着这艘船。她觉得很有趣，盯着看了很久。

江睦远从舱内出来，走过来问她冷不冷。她摇了摇头，手指向彩虹出现的位置让他看："你看到了没有，彩虹。"

"哪有啊？"江睦远睁大眼睛搜寻半天，海面和天空并没什么"彩虹"。

他的肩膀突然被人拍了一下，接着一个嘲讽的声音传入耳中："你往下蹲一点就能看见。"冷岳阳跟在他的身后一同出来，显然这个家伙不但听到她说了"彩虹"，他也看到了。

江睦远面色一沉，勉强笑道："还是你想得周全，我忘了身高差距。"林巧南虽然身材高挑，但两人依旧存在近二十厘米的身高差，视物的角度自然会产生偏差。

他弯下膝盖，和林巧南保持同样的海拔高度，果然见到了彩虹。

"唔，看到了，很漂亮。"江睦远直起身，转头欲寻找冷岳阳，却见他朝船尾方向走去了。

他迅速做出了判断，冷子荣在驾驶舱和船老大聊天，林巧南扒着船舷发呆，他正好可以和冷岳阳继续昨天没完成的对话。他确信今天自己的情绪足够稳定，绝不会再受对方的挑衅影响。

“小南，我先回船舱打个电话，一会儿再来找你。”他对她说道。

林巧南仍然目不转睛地盯着那道彩虹，并不在意有没有人陪在身边，她“哦”了一声当作听到了，头也不回。

从昨日傍晚开始，她心不在焉的次数明显增多；另外一个显著变化就是态度变冷淡了。好在她的冷淡并非针对他一人，除了对冷子荣一如既往的热情，她将冷岳阳也视同空气一般。他想了想，觉得或许是她这个月的生理期又不准了。

江睦远往回走，到了船舱口并没进去，反而加快脚步朝船尾走去。冷岳阳凭栏而立，从侧面看像一尊俊美的希腊雕像，只是穿上了衣服而已。

在这个看脸的时代，江睦远能够理解林巧南为何心猿意马。人类的意志力往往没有想象的那么强悍，尤其是和虚荣心抗衡的时候。

他走上前，提高音量大声喊道：“冷岳阳，我们再聊几句。”

发动机巨大的轰鸣声盖过了江睦远的声音，冷岳阳勾了勾手指示意他站上栏杆前侧的甲板，也就是他旁边的位置。

两人身高相仿，栏杆的高度处于腹部下方，在疾速行驶中随时有翻落海中的危险。江睦远瞬间闪过犹豫，不过瞥见冷岳阳脸上的轻慢之色，顾虑马上就被不甘示弱的情绪替代了。他咬了咬牙，毅然跨步登了上去。

海钓船在深蓝的水面画出两道漂亮的弧线，翻涌的浪花化作海上的泡沫，迅速消散了。江睦远伸手抓住了栏杆，视线尽量望着远处的海面，他不能往下看，船尾下方似乎有个巨大的空洞，让他心生畏惧。

“你想说什么？”冷岳阳的脸上又是那种懒洋洋满不在乎的笑容。

江睦远定了定神，双手将栏杆抓得更紧。这个高度对他俩来说都是不安全的，任何一方只要轻轻一推，就能把人推下去。他们是情敌，难保对方不会激情犯罪。

他深吸一口气，大声说道：“林巧南对我很重要，我不能放弃！”

命运是执拗的，它不愿再被一个凡人轻易改变。冷岳阳毫不意外会得到这样的答复，他嘲讽地笑了笑，为另一个 2017 年里的自己。

那时的他放弃得太早，放手也太过轻率，他以为自己不会为任何女人执着。

“别开玩笑了，让她活得那么痛苦的人，不就是你吗？”他冷冷地笑了，声音如刀锋般锐利，“江睦远，今天我就不兜圈子了，我知道那年推她下水的人是你。”

江睦远脸色剧变，为了掩盖心虚，他色厉内荏地吼道：“我警告你不要胡说八道！”

“是不是胡说，你心里没点数吗？”冷岳阳哈哈大笑，极尽嘲弄，“有个家暴的父亲，你对这个世界充满痛苦和愤怒吧？没有人听得到你的声音，没有人知道你受到的虐待，你只能用暴力发泄怨恨。”其实，他对江睦远的童年遭遇深感同情，然而不得不违心地逼迫对方面对现实。

童年的伤痛和负罪感一直藏在他内心阴暗的角落，他无法同过去讲和，也得不到救赎，那些负面情绪最终会毁掉他的未来，以及别人的。

冷岳阳不能告诉江睦远他的将来是个悲剧，他会像他父亲那样在家人身上使用暴力。

“很不幸，林巧南成了你第一个伤害的对象。”假如无人阻止，他今后还将不断地伤害她。

“林巧南”三个字把江睦远从震惊失神的状态拉了回来，他伸出手抓住冷岳阳的领口，咬牙切齿道：“冷岳阳，你拿出证据呀。没有证据就是诬告，你看她会不会信？”

冷岳阳肆无忌惮地笑起来：“我不需要她相信，只要她怀疑。”他孤注一掷，眼神阴郁，是时候打出最后一张牌了，这张牌将彻底击溃江睦远——这是他绝对不能让林巧南知晓的秘密。

“我这就去告诉她，当年站在身后推了她一把的人就是你。”

“闭嘴！”被逼到极限的男人终于如冷岳阳所愿爆发了，他的眼睛里闪现出凶狠的光芒，俊秀的脸扭曲了，某种可以定义为“疯狂”的情绪现出了原形。

“你不能告诉她，不能让她知道……”他神经质地重复这几句，“我不能没有她。”

“除非我死了，否则我一定要告诉她真相。”流转的时光到了最后几分钟，二十年的时间，第二次的生命，全都用以证明林巧南是冷岳阳此生所爱。如果命中注定她将再一次踏进同一条河流，他甘愿押上生命为赌注。

江睦远阴森森地笑了：“那么，你就去死吧。”话音未落，他的手顺势一推，将冷岳阳推下了船。

“谁妄想拆散我们，我会杀了他！”冷岳阳赌的，就是这句话。

他的头部先落水，接着是庞大的身躯，巨大的冲击力砸出冲天的水花，脑袋也被震得昏昏沉沉。海水争先恐后地涌向冷岳阳的鼻子、嘴巴，他呛住了。

在太阳的照射下，表层海水是温暖的，但冷岳阳很快感觉到了寒冷，一股不可抗拒的力量将他拉向更深的水里，海水的浮力托不起他的身体。

一道白色的光出现了，意识抽离了身体，他仿佛看见它向着那道光飘去。眼皮越来越沉，他闭上了眼睛，嘴角却露出了一丝淡淡的笑。

这是他的选择。

无怨，亦无悔。

3

“扑通！”又是一声巨响。

江睦远跳入海中，他深吸口气，一个猛子扎下去，睁大眼睛搜寻冷岳阳的身影。

他看到了冷岳阳，像一根木桩一样垂直地漂浮着——冷岳阳溺水了，情况危急！

江睦远向冷岳阳奋力游去，他感觉自己从没游得如此快。

冷岳阳掉下去的一刹那，江睦远的神志清醒了。他一只手抓住栏杆，大半个身子探出去想抓住坠落的男人，但是下落的加速度比他的动作快多了。他只看到砸出的水花，却见不到冷岳阳的人影。

“停船，赶紧停船！”江睦远飞奔到驾驶舱，气急败坏地吼道，“冷岳阳掉下去了！”

冷子荣被吓得魂飞魄散，他跟在江睦远身后跑向船尾，还没回过神来就见前面的年轻人踏上甲板，一个纵身鱼跃，立刻从视野中消失了。

江睦远的脑海里只有一个念头——救冷岳阳，一定要把他救回来！

江睦远游过去抓冷岳阳的手臂，第一下没抓住，溺水的男人反而又向下滑了一米。江睦远快速浮上海面换了一口气，再次扎进海里。

这一次，他抓住了冷岳阳的右手。

江睦远紧紧拉住冷岳阳升上海面，让他保持着仰面朝天的姿势，自己则拢着他的脖子向海钓船游去。

快一点，再快一点，必须快一点！他不断激励自己游得更快。这个男人的生命以读秒的速度流逝着，他不能再看着一个人因为他而死去。

船上的人全体出动，大家合力将两人拖上船。林巧南焦急地指挥众人把冷岳阳平放在甲板上，她跪下来探了探他的呼吸，同时呼唤他的名字。他没有反应，也没有心跳。

仿佛很多年以前的噩梦重演，她那时只会流着眼泪撕心裂肺地叫着“哥”，却什么也做不了。

她的公司在2016年年初和医院合作开展过急救及心肺复苏的培训课程，林巧南不仅是第一期学员，在满分结业后她又以志愿者身份参与了后面几期课程，熟练掌握了溺水急救的措施。

她心里的“死结”，唯有救人方能真正解开。

林巧南准确找到了心前区，她捏紧拳头叩击了两次，然后双手重叠放在冷岳阳胸骨中下三分之一的位置，绷直双臂用力按压。

冷子荣老泪纵横，苦于什么都做不了，他只能跪在一旁向自己知道的神明挨个乞求。江睦远裹着毛毯坐在他身边，失魂落魄地望着林巧南施救，他看上去一点都不像救人的英雄，反而如同一个罪人，正等待着上天的宣判。

“江睦远，你快过来帮忙，我要替他做人工呼吸。”林巧南大声呼喝道。

他浑身一颤，如梦初醒。

江睦远甩掉毯子，快速移动到林巧南的位置，他观察着她的示范动作和按压深度，点了点头接手过去。林巧南则挪到冷岳阳头部，她捏住他高挺的鼻子，俯身向他口内吹气。

时间一分一秒地流逝，回程的路显得无比遥远。甲板上的急救持续了十分钟，冷岳阳吐出了大量的海水，颈动脉也恢复了微弱的搏动，可他仍然未苏醒。

“儿子，醒过来啊，你一定要醒过来。”冷子荣痛哭流涕，双手重重地捶着甲板，“你还年轻，怎么忍心让爸爸白发人送黑发人？”

“叔叔，我们一起祈祷。”林巧南拉住冷子荣的手，阻止他继续和自己的手过不去，“老板已经打了急救电话，一到岸马上就能送他去医院，他会平安的。”说到最后，她的声音也哽咽了，听起来相当缺乏说服力。

“小南，谢谢你，要不是你和小江，他根本救不回来。”冷子荣又一次向他俩道谢。造化弄人，冷岳阳遇到此番劫难的原因是为她，救了他的却也是她。

江睦远一直默默坐在冷岳阳的另一侧，时刻关注着他的呼吸和心跳。冷子荣和林巧南的对话一字不落地都听进了耳中，他的心剧烈地颤抖，愧疚、后悔像潮水一样湮过灵魂，害冷岳阳变成这样的人正是他！

“你是凶手！”英俊的男人对他说道。

“你是凶手！”秀气的小男孩对他说道。

他抬手掩面，嘶哑的声音从手掌边缘溢出：“冷岳阳，只要你醒过来，我就说出真相。”

林巧南听到了，大惑不解地轮番打量江睦远与冷岳阳。这两个男人，他们会有什么秘密？难道……她越想越诡异，脑补的情节足以赶上《断背山》，赶紧甩甩头把它们驱逐出脑海。

“江睦远，你不要吞吞吐吐，冷叔叔有权知道发生了什么事！”她以冷子荣为挡箭牌，将自己的胆怯隐藏在后面。

罪恶感彻底压垮了江睦远，他无法面对林巧南和冷子荣，更无法面对失去意识的冷岳阳，以及那个永远不会长大成人的孩子。他将脸埋得更深了，喃喃自语：“是我，是我害了他，和小时候一样。”

林巧南和冷子荣面面相觑，不敢相信江睦远说出的“真相”。他们本来以为他是救人的英雄，谁知溺水者还没苏醒，事情已经来了个一百八十度反转——他自认害了冷岳阳。虽未明说究竟，但两人已自动联想到是不是他将冷岳阳推下海，林巧南更因为他提起了“小时候”深感不安。她连忙走到江睦远身边，蹲下身用力掰开他的手，迫使他抬起头正视自己。

“小时候，你说的小时候是什么意思？”她的声音微微发抖，竟比他更惶恐。

江睦远凝视着她的眼睛，他绝望的表情中带着几分解脱，仿佛被逼上绝路的人，横竖没有了生机，反倒坦然了。

“小学一年级秋游，在公园门口集合的时候，你跑得太快撞掉了我的牛奶。我很生气，很讨厌你，后来大家一起过桥，你正好在我前面，我就推了你。”

林巧南有好一会儿说不出话来，甚至不知道该给他什么反应。她只是怔怔地看着他，觉得世事荒谬莫过于此。

“小南，对不起，我对不起你，对不起你们一家。”他急切地表达积压了许多年的忏悔，抬起双手按住她的手，“你原谅我，求求你原谅我！”

她像是被火烫到了，双手猛地从他身上弹开，顺势打掉他的手。林家就剩下她一个人了，他想从她这里得到原谅，那么已经离开人世的父亲、母亲、外公、外婆，他们多年来的痛苦、心碎、遗憾，怎么弥补？还有哥哥，在六岁就离开这个世界的哥哥，谁来补偿他？

林巧南的眼睛冒出了怒火。

“江睦远，我不能原谅你，我也不会原谅你。”她尖叫着，怒不可遏。

“你……你本来还想瞒我一辈子吗？”一想到自己差点就要在一无所知的情况下嫁给仇人，她就恨不得直接将他推进海里。

“我想好好照顾你，弥补过错。”他在她的悲愤面前退缩了，垂下眼睑不敢看她，“我那时候只是想吓唬你，我没想到，从来没想过后果会那么严重。”

江睦远脸色煞白，即使裹着温暖的毛毯，仍挡不住从身体内部散发出来的恶寒，他瑟瑟发抖，心情绝望——他永远得不到原谅了。

他那时候六岁多一点，心智发育不成熟，按现在流行的说法就是一个“熊孩子”。假如不是当事者，林巧南大可以在唏嘘谴责之后如此感慨，然后慢慢遗忘他在年少无知时犯过的错。

可是，她人生中第一场生离死别的悲剧因他而起，此后她被负罪感折磨将近二十一年，她做不到一笑而过。

冷子荣叹了口气，他本来想咒骂江睦远，但是看他现在的样子又实在太可怜，只好咽下骂人的话，一边愁眉不展地呼唤冷岳阳的名字，一边用手轻拍冷岳阳的脸，努力将冷岳阳从昏迷中唤醒。

大脑缺氧最多五六分钟就会造成不可逆的后果，幸好冷岳阳从落水到被救起的时间并不长，给大家留存了一线希望。只是他始终没醒，这一丝希望随时可能湮灭。

船即将靠岸，救护车已经停在了码头上。江睦远忽然扑向昏迷中的男人，对着他大声吼道：“冷岳阳，你给我醒过来！我说出了真相，轮到你了！”

江睦远不止吼冷岳阳，还抓住冷岳阳的肩膀提起他上半身拼命摇晃。冷子荣和林巧南急忙扑过去合力救下冷岳阳，一个接住冷岳阳瘫软的身体，一个抱住江睦远以防他再度发狂。

冷子荣用双臂箍住江睦远，怒道：“小江，叔叔已经不说什么了，你非要害死他不可吗？你放过他，冲着我来！”

“叔叔，我要帮他醒过来，我不想再害人。”江睦远拼命挣扎，长腿胡乱向前蹬，踢到了冷岳阳的腿，“你醒醒，醒醒啊！”

林巧南第一个注意到冷岳阳的变化，他的眼球在眼皮下动了起来，越动越快。她惊喜地叫道：“冷叔叔，快过来，我们一起叫他的名字。”她常常在影视剧里看到类似的场景，心想艺术总归来源于生活，这个方法应该管用。

冷子荣扔下江睦远，赶紧回到冷岳阳身边，他还没来得及叫出冷岳阳的名字，半躺在林巧南怀中的人睁开了眼睛。

他眼神茫然，表情显得有几分呆滞，似乎还没反应过来发生了何事。他的视线在林巧南和冷子荣脸上轮流切换，终于露出了一抹微笑。

“还好，又见面了。”

冷岳阳被送往医院做了详细的检查，听到医生说他并没有大碍时，大家都松了口气，特别是江睦远。

他站在病房外，等待结果期间，冷子荣和林巧南都不搭理他，将他当作空气处理。他厚着脸皮留下来，做错了事的人，活该受到惩罚。

医生宣布家属可以进病房探望之后，只有江睦远留在了外面。他没勇气面对冷岳阳，对方不仅是受害者，更是对他内心隐秘了若指掌的知情者，他不敢进去。

病房门打开了，林巧南走了出来，她看了一眼靠在墙壁上的他，脸上闪现出犹豫不决的神色，但最终走向了他。

“冷岳阳告诉我，你对吴小姐说过小时候被家暴的经历，他说那时候的你也是受害者。”她字斟句酌，尽力克制住负面情绪，“我同情你的遭遇，但是没办法原谅你。”

她的反应在他意料之中，江睦远不奢望能得到原谅，她愿意再和他讲话已足够他喜出望外了。

“不管什么理由，我给你，还有你们一家带去了伤害，对不起。”沉甸甸的秘密一经卸下，他得到了解脱，可以坦然面对幼年时的伤痛和过错。

“很多次，我想对你还有伯父说出真相，可是你们待我太好，尤其是你爸爸。我真心想成为他的‘半子’。”

林巧南无奈地笑了笑：“也许你不相信，我一直觉得我爸对你比对我好。”

“那也是因为我要娶的人是你。”江睦远有自知之明，林振华对他的友好前提是将他当作女儿的结婚对象看待，没有林巧南这一层关系，他们不会亲近。他微笑着，心里却明白自己再也不可能娶到她了。

说起林振华，两人之间的气氛稍稍缓和。林巧南必须承认在父亲患病期间，江睦远鞍前马后帮了很多忙，他还几次三番主动提出负担诊疗费用。这份恩情或许出于愧疚，但她还是记在了心里，她相信父亲在天之灵也会记得。

“我想进去和冷岳阳说声对不起。”江睦远指了指门，小心翼翼地说。

她点了点头，似乎对他勇于承担的态度颇为满意。

“嗯，他刚才也托我带话给你，想和你再聊两句。”

江睦远推开门走进病房，冷岳阳占用了最里面一张床位，另两张床空着，今天是节假日，据说病人请假回家陪伴家人了。

冷子荣看到他进来，知道他们私下有话要说，遂拿了水瓶借口接开水走了出去。江睦远走上前，站在床边看着冷岳阳。

“我也有错，这件事就算了，我不会追究。”冷岳阳先开口，他瞥了一眼局促不安的男人，明白江睦远在意的并非自己会不会报警。他淡淡一笑，注视着江睦远继续说，“你在奇怪为什么我会知道你的秘密，是吧？”

“是不是记者的直觉？”在林巧南家里的采访，他一时不慎留下了蛛丝马迹，只不过旁人未必会把两件事关联起来，并且还顺着这条线索追查下去。“你为了她能够翻出那么久远的事，我输得心服口服。”江睦远的语气里没有了怨怼，只有释然。

直觉固然是一个原因，更为重要的是他掌握着时间和命运共同的秘密。

“假如我说这是为了挽救你和林巧南未来的人生，你信不信？”冷岳阳又笑了笑，他不能透露太多。

那双眼睛里有着与年轻外表不相符的沧桑，他好像面对着比自己年长很多岁的长辈。江睦远垂下眼睑自嘲一笑，怎么能指望情敌说真心话呢？他们从来不是朋友，将来也不会是。

“谢谢你，冷记者。再见。”他说道。

“我是无关紧要的人。”冷岳阳说得云淡风轻，“你应该和另一个人好好告别，她这一生经历了太多次不告而别，就当你补偿她了。”

江睦远走出病房，林巧南还站在外面，她靠着墙，眼睛盯着对面白花花的墙壁，不知在看什么。

“我先回去整理行李。”他轻轻咳嗽一声，开始自己的“告别仪式”。

“嗯。”林巧南从背包里拿出钥匙递给他，“你交给老板娘保管就好了。”

他拿过钥匙，手指迅速抽离，避免碰到她的手惹起反感。

“你以后好好照顾自己，伤心可以，不要哭太久。”他也不是完全不理解她，只可惜他们没有机会再进一步了。

“嗯，你给我的戒指和礼物，等我回家打包后送过去，连同你那里的钥匙。”

江睦远本想说“留作纪念”，转而一想以她的性格断然不会接受，于是笑了笑默认她的做法。

“那么，再见了。”

“再见。”林巧南低下了头，不想让他看到伤心的表情。她曾经也憧憬过他们的婚后生活，连小孩将来的功课由谁辅导这种事都想好了。世事难料，总是如此。

他的脚步声响起，身影渐渐远离。林巧南忽然抬起头，大声说道：“江睦远，以后你要做个好人。”

他没有转身，只是抬起手做了一个“OK”的手势。

这个男人，从此走出了她的命运轨道。

另一个男人再度接近了林巧南的轨道，他远离过，现在又回来了。

10 月 4 日傍晚的西沙湾，林巧南和冷岳阳并肩坐在沙滩上。落日染红了天空和海水，一道金色的光芒从天空一直延伸到他们前面的沙滩。两人默默坐着，看别人跑进这道光里，仿佛置身在天堂的大门口。

林巧南翻开相册，首页是一张泛黄的黑白照片，小时候的林振华抱着一个大西瓜，咧嘴笑得没心没肺。

“我和哥哥也拍过一张。”她准确地翻到那一页，将相册向冷岳阳移动了几厘米。

那是一张彩色照片，两个粉妆玉琢长得一模一样的孩子各自抱着青翠欲滴的西瓜，他分不清哪个是她，哪个是林健辉。最过分的是，男孩、女孩居然穿同样的衣服！

“你们完全一样，哪个是你？”他问道。

林巧南嫣然一笑，摇了摇头回答：“我怎么可能记得当时坐哪一边呢。两岁以前，只看照片的话谁也搞不清楚哪个是我，哪个是哥哥。”她笑得很开心，眼睛眯成了一条细缝。

“男左女右，你爸爸妈妈一定会这样安排。”他指着右边抱西瓜的孩子，做出了推测，“这个是你。”

她半转过头深深地看了他一眼：“那就这么认为吧。”

两人又回到首页，从头开始一页页翻着相册，林振华的一生显现在眼前。他们看着他结婚，看着他生儿育女，看着他失去儿子、妻子……和家庭有关的部分结束于一张父女合影，她穿着学士服和林振华站在一起，两个人的表情都有点严肃。

“老爸那时候大概在想要是哥哥还活着，今天他也该大学毕业了。”林巧南长长叹了口气，“反正我是这么想的。”

冷岳阳抓起她的手翻过来，指尖划过她掌心的生命线：“你看，你会平平安安活很久的，因为他们把时间都给了你。”

她没有把手抽出来，任由他握着。他接着说：“所以你要开心地活下去，让他们也感受到活着的快乐。”

他的话不切实际，偏偏说到了她的心坎里。

林巧南仰起脸，明亮的眼睛里涌现疑惑，问道：“你究竟是什么人啊？感觉我们好像认识了很久。”

冷岳阳微微一笑，他的另一只手翻动着相册，翻到冷子荣和林振华的合影。视线向下一扫，他看到了以前并不存在的一张照片——两位父亲，她和他。

“呃，那次去你家我本来想给你看的，后来说到你的小说，我就忘了这事。”林巧南笑了笑，心虚地辩解。实际上那次她以为他不安好心蓄意接近，要他先交出小说“证明”所言非虚，当然不会让他知道有这张合影。

命运是一个喜欢恶作剧的孩子，它乐意制造各种各样的困难，但有时候它也会在生命旅程里留下微末的温情。

他的眼睛盈满温柔，轻轻地说：“在另一段人生里，我是爱了你二十年的人。”

4

2037 年 3 月 23 日，林巧南四十七岁了。零点的时候，身边的男人将睡梦中的她摇醒，手中晃着一个包装好的盒子，兴高采烈祝她生日快乐。

林巧南睡眼蒙眬地看了他半天，气急败坏地嚷道：“拜托，你也不看看现在几点！睡醒了不能再送吗？我要睡美容觉！”她拍着脸哀叹睡前涂的贵价保养品又浪费了，那可是白花花的银子啊！

冷岳阳笑得一脸无辜：“亲爱的，我想第一时间对你说‘生日快乐’。”

她忽然就气消了，对着这双依旧少年感十足的眼睛，她总是生不了太久的气。林巧南伸手接过他的礼物，故作严肃地表示：“要是不合心意，你得再赔我一个包。”她一边说，一边手脚麻利地拆掉外包装，蒂凡尼蓝色的盒子出现在眼前。

“怎么样？”冷岳阳勾起嘴角，颇有几分自得。

她故意泼了他一盆冷水：“还得看里面的东西……”随着盒子打开，她的眼睛被璀璨的光华照亮了，最后一个字自动消音。她傻傻地盯着这条钻石项链，仿佛与年轻时的自己久别重逢。

2017 年底，他的第一本小说《我的父亲是机器人》出版后没多久就签出了影视版权。冷岳阳带她去了南京西路，豪气如云地宣布：“从今往后，你想买啥就买啥。”

她觉得有必要挫一挫他的锐气，让他明白“山外有山，人外有人”的道理，不能如此骄傲自满，于是故意指着蒂凡尼橱窗里展示的钻石项链说“就它了”。两人走进店里一问才知，那条项链的标价是 96.9 万元，冷岳阳的脸色顿时尴尬得很。

“我当时是开玩笑的。”二十年后，林巧南仍然用这句话为自己当年的“任性”做注解。即使现在的他身家上亿，但一掷千金买下一条近百万的项链，她还是觉得太夸张了。而且，她今年才四十七岁，只是一个普通的“小生日”罢了。

上个月冷岳阳过四十七岁生日，机器人管家小武做了一桌菜和蛋糕，家里人聚在一起吃了一顿生日餐权当庆祝。她送了他一只小狗，自从五年前阿 T 因为年事已高离世，他一直没有勇气再养一只，说是受不了再经历一次离别。话虽如此，每次散步时遇到邻居遛狗，他又会忍不住蹲下来摸狗狗的头，一脸喜欢又向往的神情。林巧南忍了几年再也忍不下去了，遂瞒着他又买了一只哈士奇。

她的礼物不仅让冷岳阳开心无比，两个孩子和冷子荣也十分欢喜。然而从价值来说，和这条项链一比，她只能用“礼轻情意重”自我安慰了。

冷岳阳从盒子里取出项链替她戴上，组成这条项链的钻石总重 15.83 克拉，使得她整个人在灯光下闪闪发亮，不论哪个角度。他揽住林巧南的肩膀转向自己，那串项链像花环一样环绕着修长的颈项。“我能有所成就全因为你，不管是玩笑还是真的愿望，我都愿意为你实现。”

林巧南抬起手轻抚他的脸：“遇见你，是我生命中最精彩的章节。”

2020 年他们在西沙湾举办了婚礼，他对她说过这句话。

他笑了，温柔地靠过去，湿润的嘴唇沿着颈项吻向锁骨，冰冷的钻石躺在温暖的皮肤上，似乎也带上了温度。

“林巧南，你也是我生命中最精彩的章节。”他抱着她呢喃，让她意乱情迷。

她抬起上半身亲吻他，意志被粉碎成了千片，宛如蝴蝶在心田飞舞。

二十年过去了，所有的蝴蝶都还在。

吃早餐的时候，十五岁的女儿芷璇匆匆忙忙跑进餐厅，拿起盘子里的吐司叼在口中，含含糊糊地说了一句“老妈，生日快乐”就扭头往外跑，差点撞到准备走进来的冷子荣。

“爷爷，对不起！”冷芷璇边跑边说，最后从门口传来的声音似乎是“大家再见”。

“这孩子，又要迟到了吗？”冷子荣摸着头发稀疏的脑袋自言自语，走进餐厅数落儿子儿媳管教不严，“我说你俩不能采取放任自流的教育方式，你看她，天天掐着点赶校车，就不能早点叫她起床吗？”

林巧南笑了笑：“爸，她就是不到最后一秒不起床的风格，反正每次都能赶上，不用管她。”

冷岳阳偷偷朝她竖起大拇指。这些年她是父子俩的缓冲地带，她总能三言两语化解冷子荣的抱怨，不像他每次都要和父亲爆发正面冲突。他凝望对面的她，琢磨着自己究竟是从何时开始如此依赖她的。

二十年前，明明是她依赖他更甚呢！

小武端上冷子荣的早餐，他吃不惯西式吐司、咖啡和煎蛋，小武为他准备了豆浆和包子。现在的家电完全智能化了，冰箱会根据牛奶、水果等日常食品的消耗速度自动向超市下单采购。至于复杂多变的中餐，也不用特意准备食材，只要告诉机器人管家第二天想吃什么，到了饭点就有美味佳肴等着你大快朵颐。

科技改变了生活，冷岳阳在小说里写到过的未来一一实现了。

“我吃好了，爷爷、爸爸、妈妈你们慢用。”坐在餐桌末位的冷睿宬此时才发出声响，他推开盘子优雅地用餐巾擦了擦嘴，弯腰拿起另一张椅子上的书包，向三个大人又打了个招呼，“我上学了，爷爷再见，爸爸再见，妈妈再见，小武再见。”走到门口，他还和正在撕咬垫子的哈士奇挥了挥手，“小 T 再见。”

三人目送他的身影消失。冷子荣转头咬了口包子，万分感慨：“这两个孩子的性别绝对搞错了，女孩子风风火火的，男孩子又秀气又安静，倒像个女生。”

冷岳阳眉毛一掀，做好了驳斥父亲“性别偏见”的准备。就在他的话将要说出口之际，林巧南温柔的声音先响了起来：“爸，这样不是挺好吗，和别人不一样才有意思呢。”

“那倒是，他俩开心健康就行。”冷子荣哈哈一笑，专心地吃起了早点。

冷岳阳又向她竖了竖大拇指，她淡淡地扫了他一眼，意思是“好好吃饭”。

“小武，说说今天我的行程？”见无人搭理自己，冷岳阳哀怨地转向机器人管家。无论何种情况，这个圆头圆脑有四只手臂的智能机器人都会和他聊天。

“先生，九点您和编辑有个电话会议，下午两点在多功能活动中心安排了新书签售活动。四点半到花店给太太买一束玫瑰，五点和太太在餐厅会合共享烛光晚餐，Mumi 的位置已提前两个星期预订了。”小武调出他的日程安排，柔和的男中音一如既往的好听。

林巧南抬起头，微微吃惊。

“今天要去外面吃饭？”她定下的规矩是逢 9 的大生日才去饭店庆祝，小生日通常就在家里吃个蛋糕。

“2037 是个特别的年份，和你有关的日子我都要好好庆祝。”他单手托腮，笑眯眯地看着她，“我们 1997 年第一次见面，2017 年再次重逢，今年是不是很特别？”

简单的心算让她明白了冷岳阳的深情，还没来得及开口表示什么，冷子荣轻咳几声打断了他们。他一脸“受不了”的表情，嫌弃地说道：“肉麻！小南，这小子花言巧语的毛病几十年没变，你要小心他。”

“老爸，有你这样拆自己儿子台的吗？”冷岳阳也一脸“受不了”地大呼小叫起来。

林巧南含笑看着这对父子斗嘴，二十年相处下来，她早就能分辨什么时候他们在开玩笑，什么时候真的需要她出面调和。他们是她的家人，在父亲过世之后给了她家的温暖。

“太太，您和铜雀文化的会议也约在了九点。考虑到市中心的堵车情况，我建议您可以出门了。”小武提醒道。

林巧南是有名的画手，她在过去二十年里以冷岳阳的小说为起点给很多书籍制作过封面、插图，现在她和影视公司也有合作，帮他们创作海报。

她喝完最后一口咖啡，擦了擦嘴起身：“爸，我吃完了，你慢用。老公，晚上见。”

冷岳阳跟着起身，他越过桌子走到她身旁，用力抱住她，低下头，将脸埋在她的秀发中，清新的橙花香沁人心脾。

“再见。”他大声地用力说出这两个字。

林巧南一愣，感觉到他的拥抱不同寻常。待要细细琢磨，那一丝怪异迅速消散了，她抓不住。

“嗯，再见。”她也大声回答他。果然，没有反常的感觉，的确是神经过敏。

林巧南离开后，冷子荣开怀大笑，又拿他俩的恩爱打趣：“儿子啊，你们晚上就能见面一起吃饭了，怎么搞得像要出远门似的？你啊，不结婚则已，一结婚就成了痴情种子，老爸真是服了。”

四十七岁的男人露出狡黠的笑容，他转身走向日渐老去的父亲，弯下腰也给了父亲一个结结实实的拥抱：“爸，我出门了，再见。”

自从冷岳阳升级当上了爸爸，他就很少像孩子一样拥抱自己的父亲了。这会儿冷不丁被冷岳阳抱住，冷子荣有些反应不过来，不过很快他就拍着冷岳阳的手臂让冷岳阳不要再孩子气：“要有大人的样子。”

“我知道了。”冷岳阳松开怀抱，朝父亲挥手作别。

快走到门口时，他忽然又回头，冲着餐厅的方向喃喃自语：“爸，不管过去多少年，我永远都是你的儿子。”

他的表情充满伤感，奈何看到这一幕的只有躺在自己窝里的小 T。冷岳阳微微一笑，迈开脚步走向既定的命运。

二十年前，当冷岳阳在甲板上睁开眼睛，他的身体重新感受到阳光的温暖，而灵魂却坠入冰窟。

他记忆中的未来发生了变化：2037 年 3 月 23 日，林巧南四十七岁生日，他在傍晚五点十五分赶回家为她庆祝生日的路上，看到一个学生模样的少女从桥上跳了下去。他记得自己立刻下车冲过去，只见那个孩子正在水里拼命挣扎，于是毫不犹豫地跳下河救人。

他记得水极冷，女孩像看到救命的浮木一般死死抱住他，他的身体越来越重。他拼命向岸边游，围观的人群里有人伸出了援手，将她拉了上去。她的脚从他双手中脱离那一刹那，他松了一口气，小腿猛然痉挛，他在冰冷刺骨的河水里抽筋了。

后来他的意识就模糊了，再次清醒的时候却看到“冷岳阳”躺在病床上，身上插着维系生命的各种管子。

是的，他和林巧南的命运都被改变了。那只在亚马逊丛林里扇动翅膀的蝴蝶，在万里之遥卷起了旋风。

冷岳阳当时有两个选择，第一种是拒绝命中注定的悲剧结局，他和林巧南会延续父辈的缘分成为亲密的老朋友。他们可以分享生活的喜怒哀乐，做彼此小孩的“干爹”“干妈”，永远保持精神上的共鸣。

但他选了第二种，成为她的丈夫，她孩子的父亲，她一生挚爱的伴侣。她是他此生以及另一段人生里唯一爱过的人，他无法再眼睁睁地看着她嫁给别人，即使命运吝啬到只让他们相守二十年。

二十年后，冷岳阳不甘心接受命运的摆布，放弃已经得到幸福的人生。如同回到 2017 年拯救了父亲和林巧南，这一次他要挽救自己。

下午四点半，冷岳阳从花店拿到了预订的玫瑰花。从她二十八岁生日开始，他每年都会多送一枝玫瑰，到今天已是相当可观的一大束。他抱着花束回到车上，暗暗祈祷能有机会亲自抱着一百枝玫瑰祝她生日快乐。

“先生，接下来的目的地是 Mumi 餐厅吗？”车载 AI 询问目的地是否发生变更。

“嗯，去 Mumi。尽量选离家远一点的路线。”他确认了目的地，并且下达新的指令。

一秒不到，新的规划路线出现在投影显示屏上，的确是一条离家很远的路线。“先生，请您系好安全带，马上就要起步了。”AI 提醒道。

冷岳阳扣上安全带，放松心情靠向椅背，这样应该可以了吧，躲开命中注定的时间和地点，平平安安过完今日。

无人驾驶汽车平稳地通过一个又一个路口，路人的身影映入眼帘。他在心里感叹活着真好，能牵着爱人的手度过春夏秋冬，能在父亲膝前尽孝，能陪伴孩子一同成长……可是，有另一个本来可以活下去的少女或许会在今天死去，他的幸福从此以后将蒙上“死亡”的阴影，这样的他如何能心安理得地继续扮演好丈夫、好儿子、好爸爸呢?

自私与良知在灵魂战场角力，他捏紧了拳头，恨恨地捶向大腿。清醒一点冷岳阳，你又不是超级英雄，不要多管闲事。

至少去看一眼吧，说不定有其他人会救她呢?

冷岳阳挫败地叹了口气，开口说道：“改变路线，我们先回家一趟。”

一条新的路线随即出现，他点击放大，那座桥果然还是在顺路的方向上。冷岳阳无奈地笑了笑，命运是执拗的，它让他的妻子和父亲不约而同地看中附近的别墅，它让他的子女以最优秀的成绩被附近的重点初中、高中录取，它甚至会让“本人”成为最大的障碍。

比如善良、正直、勇敢，这些继承自父亲或来自林巧南影响的特质融入了骨血，他的自私完全没有赢的可能。

汽车驶向归途，冷岳阳盯着数字不断跳动的时间仪表盘，心情反而不再紧张了。当 17 ：15 这四个数字出现，他猛地抬起头——前方五十米的石桥上，一个少女双手脱离了桥栏，她的身影下一秒就消失了。

这一幕在冷岳阳脑海里闪现过无数次，以至于他一度以为那名少女其实由死神假扮，目的就是带他走。

冷岳阳命令 AI 立刻靠边停车，他迅速下车奔向石桥，由衷地希望有人挺身而出代替自己去做英雄。

桥下的河水很深，而且还有可怕的漩涡及暗流。他很久以前就向驾着小船在河上捞垃圾的工作人员了解过情况，深知那个不知名的少女如果不及时施救，十有八九会溺水。

水里，少女挣扎着呼救，不论她此前抱持何等坚定的寻死之心，她现在想要活下去。

冷岳阳用双手撑住桥栏，石头是冰冷的，他知道下面的水也是冰冷的。

尽管永远不会有人知晓时间的秘密，可他过不了良心那一关。

对不起，老爸!

对不起，小南!

对不起，璇璇!

对不起，宬宬！

幸好，今天他对他们都说过了“再见”。

他义无反顾地跳了下去，巨大的水花劈头盖脸地砸向少女的脸，她被呛到了，更加惊慌。

“冷静，放松，我来救你了！”他大声喝道。记忆告诉他究竟在哪一步犯下了致命的错误——因为她恐慌的挣扎，他的力气被耗尽了。

“不想害死我们两个，你就别再扑腾了！”他继续用最严厉的声音喝道，慢慢接近的同时命令她跟着自己的指令呼吸，“很好，我会从背后抓住你，你只要放松，什么都不要想。”

“谢谢。”少女趁着呼吸间隙，急急忙忙地对他道谢。

她的情绪显然稳定了不少，冷岳阳来到她身边，他用一只手从背后抱住她的头颈，另一只手抓住她的手臂开始向岸边游去。

“你继续喊救命，大点声。”他的声音低沉磁性，平时说话可能会令女人膝盖发软，但轮到呼救这种事就显不出优势了。

“救命，救命啊！”少女听话地大叫起来，凄厉的声音差点让他想放开手堵住耳朵。

五点多钟正是下班高峰，这座桥又位于主干道，来来往往的车辆很多。一前一后两个人落水闹出的动静相当大，很多私家车主动停下，车主们纷纷跑到桥下方的河道准备伸出援手。

冷岳阳揽着女孩游向大家站立的地方，有个年轻人也下水了，飞快地游过来帮忙。

他们三个人，一同被拉上了岸。

少女号啕大哭，一边哭一边呜咽着道谢。

三月底，春寒料峭，浑身湿透的冷岳阳在冷风里瑟瑟发抖。

他的心里却是火热的，像有一把火熊熊燃烧。

纳博科夫曾经说过：人有三样东西是无法挽留的，时间、生命和爱。

他全部留下了。

尾 声

我们会继续相爱

10月2日，8 ∶ 30。国庆假日的第二天，医院门口依然进进出出，门庭若市。生老病死从不休假，所以世间每时每刻都在上演悲欢离合的故事。

林巧南的车在医院的地下停车场找到了空位，面色惨白的她待车停稳后从驾驶位下来，绕到另一边打开车门搀扶着冷子荣下车。

坐在后排的冷芷璇和冷睿宬也钻出了车门。姐弟俩相差四岁，尽管平时一个任性冲动，一个冷静理性，这会儿却都神情悲恸，一副想哭又不得不强忍眼泪的样子。

“小南，你不要答应医生，他会醒过来的，总有一天会的。”冷子荣突然抓住林巧南的胳膊，老泪纵横。他的衰老非常迅速，自从冷岳阳在8月15日出事后，他就再也不复昔日的硬朗，脸上的表情也常常像是走投无路一般不知所措。

林巧南忍住悲伤，现在她是这个家的主心骨。他们，包括变成植物人的冷岳阳都需要她拿出魄力来。

“爸，我们先了解具体情况再说吧。宬宬，璇璇，过来扶着爷爷。”她向两个孩子递了眼色，要他们陪在爷爷身边。看到他们，想到冷岳阳的血脉得以延续，冷子荣应该会得到些许安慰吧。

电梯将四人送到脑外科的加护病区，冷岳阳的主治医生陈莫声正在医生办公室等待他们。他特意清了场，保证交代病情时无人打扰。陈莫声的表情比前几次更加凝重，每个人的心都沉了下去，两个孩子终于忍不住了，依偎进冷子荣的怀抱抽泣起来。

“冷老先生，林女士，病人的状况最近一个星期非常不稳定，你们天天来医院，心里应该也知道情况不容乐观。昨天我们给他再次做了一个全面检查，他的大脑对外界的反应越来越差了，而且身体各部分的器官出现衰竭迹象，今天主要是想和你们确认要抢救到什么程度？”陈莫声轮流看着冷子荣和林巧南，他的声音和表情足够沉痛，确保不会引起家属的抵触情绪。

“陈医生，求求你再救救他。”冷子荣紧紧抓住他的衣袖，好像他不答应就坚决不放手。

林巧南连忙上前拉住冷子荣，吸了吸鼻子劝道：“爸，陈医生已经尽力了，你不要为难他。”

“爷爷，爷爷，你这样爸爸会难过的。”冷芷璇上前帮母亲的忙，一把抱住冷子荣的手臂将他往回拉。

冷子荣抱住了孙子孙女，他流下热泪，撕心裂肺的哭喊令人心碎：“璇璇，宬宬，你们就要没有爸爸了！”泪腺和感情的阀门一下子被打开了，祖孙三人浑然忘了这是医院，他们抱在一起痛哭。

林巧南紧紧咬住牙关，她仰起头，把眼泪逼回眼眶。第六次，死亡第六次对她露出了狰狞的笑容，她不能输！

冷岳阳 8 月 15 日在徐汇新区的多功能活动中心进行新书签售，活动结束离开时前往楼顶停车场的自动扶梯出了故障，上行电梯突然变成下行，一群人纷纷滚落。站在冷岳阳前面的人摔下来时带到了他，以他为肉垫“搓”着楼梯一级级滑下去，导致冷岳阳的头部遭到重创。他的伤势在当天受伤的所有人里最为严重，至今未醒。

林巧南站在走廊上，她的冷静在踏入病房前一秒消失殆尽。躺在里面靠仪器维持生命的男人就要走了，她又一次感受到二十年前父亲去世后的孤独无依。当初是冷岳阳治愈了她，而今他也要离开了。

“你们先去看他，我还有话问陈医生。”她匆匆找了个借口，转身快步走向办公室。听到身后病房门传来关上的声音，她的双腿顿时丧失了力气，再也挪不开步子。

医院带给她的绝望色彩曾经被两个孩子出生的喜悦冲淡，但是再一次面临生离死别，那些悲痛的回忆又全部苏醒了过来。

它们睁开闭上了许多年的眼睛，强迫她回看一幕幕令人伤心绝伦的影像。她在医院见了外公最后一面，在医院错过了和母亲的告别，在医院看到手术室里推出了父亲冰冷的尸体……

8 月 15 日，这是一个被诅咒的日子吗？为什么生命中最重要的两个男人都在这一天遇到意外？林巧南的身体靠着墙滑了下去，她坐在了地上，蜷起双腿将脸深深埋入膝盖。

爸，为什么会这样？她仿佛回到了二十年前，迷茫又脆弱，急于寻找关于命运的答案。

林振华的身体已经变得冰冷，他的脸色惨白，一眼就能看出的“死气”紧紧缠绕着他。她失声痛哭，扑上去抓住父亲的肩膀想摇醒他，被江睦远强行拉开了。

眼泪从眼角滚下来，温热的、带着“生”的温度。她忽然举目四顾面带惊惶，为什么，为什么在她的回忆里出现了冷岳阳？

林振华发生意外之后，除了接到通知赶来的亲戚，手术室门口还聚集了不少围观群众。她当时对周遭环境失去了反应能力，没有焦点的目光掠过所有人的脸，只觉得众人眼里的同情令她浑身发冷。

二十年后，相似的场景和悲痛唤醒沉睡的记忆。恍若慢镜头一般的回放中，林巧南看到一张熟悉的脸，他的脸上带着深切的悔恨和不忍心。

那是冷岳阳，在 8 月 15 日晚上就出现在父亲的手术室外。他明明对她说的是“二十年前见过一面”！

“在另一段人生里，我是爱了你二十年的人”，这句听起来荒谬的告白她当年没有听懂，碍于气氛太好不想破坏，以及不想被他认为自己不解风情，她流着眼泪收下他的表白。这句话背后的含义从此被流转的时光层层掩埋，直至此刻她方才相信冷岳阳说过的另一句话——其实我来自未来。

所有发生的事，对于冷岳阳来说都是注定会发生的。

林巧南无法控制内心的恐慌，害怕的情绪蔓延到四肢、皮肤、头发……她浑身发抖，想跳起来逃离医院，逃离命中注定的悲剧，双腿却软得没有半分气力。

他和她，他们都逃不过这场离别。

林巧南回到病房，她的丈夫毫无生气地躺在病床上，像个科学怪人一样，全身插满了各种管子，有监控生命体征的，有辅助呼吸的，还有输送营养的……他无知无觉地任人摆布，俊美的外表变形了，那是过度抢救留下的后遗症。

“爸爸，璇璇，宬宬，请你们先出去一会儿，有些话我想单独对他说。”林巧南平静地开口，要不是红红的眼眶证明她哭过，她的冷淡自制很容易被误解成对他已没有感情了。

冷子荣带着两个孩子离开病房，房门关上后她伸出手，握住他没有在打点滴的那只手。他的手背布满针孔，苍白浮肿，令她无端想到洪水过后漂浮的死尸。

“这就是二十年前你知道的未来吗？”她的声音凄凉哀怨，伴着单调空洞的监控音回荡在房间里，“为什么你不躲开呢？”

“躲不开，这就是我改变未来要付出的代价。”一个声音从她前面传来，低沉磁性，令人膝盖发软。

林巧南震惊地抬起头，冷岳阳站在病床对面的墙根处。他穿着病号服，神采奕奕的模样与这身衣服根本不搭。她再低下头，病床上的男人依旧无知无觉地躺着，她吓得打算甩掉他的手。

“别，别松手！”冷岳阳连忙阻止她，“这应该是我们最后一次超感连接了。”

“超……超感？什么意思？”她结结巴巴地问，“那不是你小说里的设定吗？”

他的脸上闪过怀念，不过很快恢复了平静。

“在另一个 2017 年里，我和你之间产生过超感，我们能在对方的生活里以精神体的形式出现。”他笑了笑，带着几分小得意，“我的小说也不全是幻想，只不过你不知道有些事情真的发生过。”

冷岳阳用几分钟时间快速讲完发生在另一个 2017 年和 2037 年的故事，包括他从医院楼梯滚下来，醒来后重新回到 2017 年。

“对不起，我没能改变爸爸的命运。”他所称的“爸爸”指林振华，在当时他优先选择的人只可能是冷子荣。

林巧南抹去泪痕，她终于能够坦然放下了，心里的伤口虽然结了痂，可是每到敏感的日子总会隐隐作痛。

“如果两个 2017 年爸爸都没躲过这场意外，那就是命中注定了。”

“就像我一样，我努力改变了我已知的结局。那些未知的变数是命运的安排，我无能为力。”冷岳阳已平静地接受了命运的裁决，二十年前他选择走向林巧南的那一刻，他就知道未来会发生什么。

“你改变的未来是不是关于我？”他的叙述尽管简略，然而以林巧南对他的了解，她敢打赌一定与自己有关。

他轻轻一笑，她不愧是他的灵魂伴侣，事事皆瞒不过。

“无论多少次，我仍然会这么选。”

“笨蛋！”林巧南笑着流泪，“我没为你做过什么，不值得。”

他的身体被困在床上，他无法走过去为她擦眼泪，而她也同样不能放开他的手走过来，此生最后一次相见，他们只能用眼神倾诉无尽的爱意。

“对不起，这一次轮到我擅自把时间给了你。”

二十年前他对她说过类似的话，她的唇边绽放伤感的笑容，含泪说道：“嗯，我会开开心心地活下去，不浪费你们给我的时间。”

疲倦袭来，冷岳阳明白自己的精神快撑不住了，他随时可能“下线”，必须抓紧时间了。

“林巧南，和你在一起的二十年，我很幸福。”他郑重地与她道别，“在这一段人生里，我不得不和你说‘再见’了。”

她点点头，咬咬牙抹去伤感，用灿烂的笑脸送他踏上新的旅途。

“不管你会去哪里，那个时空里的林巧南一定会像我这样深深地爱上你。”

林巧南和冷岳阳的命运，注定要交集。

他消失不见了，就像出现时那样突然。

监控器上代表脑波的曲线倏然出现剧烈波动，林巧南放下冷岳阳的手正想按铃召唤陈医生，她看到了代表时间的数字。

9 ：15，二十年前，他差不多就是在这时候掉进了海里。

林巧南停手了，她静静地看着曲线停止波动，最终变成了一条不会再有转机的直线。

她低下头，在他的耳边轻轻说道：“冷岳阳，在另一段人生里，祝福你和我能有幸福的未来……”

（下部 完）